U0902916

独家情商

弱水千流——著

下册

青岛出版社
QINGDAO PUBLISHING HOUSE

第五章

微光倾城

篮球联赛晃眼已经是三日前的事了。

今日，阳光明媚，由江旭、陈肃和徐玮组成的助理三人组来到了商府，向商迟汇报之前芬兰分部遭受黑客攻击事件的调查结果。

“上次攻击芬兰分部内部系统的黑客是西班牙地区的世界顶级黑客组织GKA。我已经和GKA的负责人取得了联系，可以初步确定，这次事件他们受雇于中国A城的某家族。”陈肃语调平稳，不徐不疾地道。

徐玮闻言，面无表情地思索数秒钟，沉吟道：“A城四大豪门，‘雷朱郑司马’。其中，雷、朱、郑三家和我们签署了长期战略合作协议，他们背靠商氏好乘凉，应该没胆子做出这种事。”

“所以我推测，”陈肃抬眼看向坐在沙发上的商迟，道，“是司马家。”

话音落下，偌大的商府会客厅有片刻安静。

紧接着，徐玮又道：“据我所知，司马家在20世纪一直扎根中国香港，后受亚洲金融风暴影响，举家迁回A城，利用当初在港圈积累的资源迅速发展，跻身四大家族之一。我之前在巴黎见过司马瑜一次，那老头儿有魄力有手腕，也算个人物。”

商氏的精英们你一言我一语地说着，白珊珊在旁边吃着零食当着背景墙，过了一会儿才把事情的来龙去脉听明白了点儿：商氏芬兰分部的系统让人给黑了，造成了一定损失，商迟的诸爱卿积极开动脑筋，经过一系列分析判断，初步锁定头号嫌疑人——A城的司马家。

B市与A城虽相隔千里，但司马家的大名，白珊珊还是略有耳闻。她曾经闲来无事，听白岩山和余莉聊起过这个家族。

在白岩山口中，司马家族的老一辈并不是什么正经生意人，曾在维多利亚港横行霸道，称霸一方，连当时的警察署也要敬他们三分。后来时代变化，加上亚洲金融风暴来袭，司马家便从香港回到了A城，至此彻底洗白。他们进驻房地产、影视、IT等各行各业，摇身一变成了如今的“A城四大家族”之首，清清白白，热衷公益。

不过，这里存在一个问题——

司马家族虽财大气粗、背景雄厚，但跟商家一比，简直就是小巫见大巫，根本不值一提。商氏是什么地位，全球知名的百年豪门，跺跺脚，五大洲四大洋的金融圈都要变个天。

所以，白珊珊实在很好奇，司马家那位年近八十的老爷子是出于什么样的心态才敢找人黑商氏芬兰分部的系统。

是爱吗？是责任吗？是谁给的勇气吗？

偌大的客厅陷入了几秒钟的安静。

这时，站在大佬身旁俨然是个一品护国丞相的江助理抬起了头，手里拿着会议记录本和一支笔，一副班主任抽查的姿态在屋里几人面上扫过，问：“嗯，还有谁想发言吗？”

白珊珊脑子里正思绪乱飞，闻言没忍住，一边吃苹果一边眨巴着一双大眼睛，试探性地缓缓举起一只小白手。

“好的，”江助理视线落在她身上，弯起唇冲她露出了一个班主任看优等生般和蔼可亲的笑容，“白小姐你说。”

于是，白珊珊就把内心的疑问给提了出来：“其实也没什么，我就是好奇司马家为什么无缘无故找黑客给你们添堵。”

“是这样的。”江助理笑眯眯的样子看上去就跟一个吃斋念佛、慈悲为怀的老方丈似的，善良又友好，“商氏今年准备开拓一下影视市场。我们进行过综合评估，司马家旗下的蜂后影业在业界的实力是最强的。”

白珊珊听完点点头，哦了一声：“然后呢？”

“然后，先生准备收购蜂后影业。”

白珊珊一脸茫然。

“不过，司马家并不愿意把他们最赚钱的分支产业卖给商氏。”江旭叹了口气，遗憾道。

白珊珊不禁内心吐槽：大哥，你这不是废话吗？是个正常人都不会愿意卖。你们这和抢有什么区别？

江助理一副勉为其难的口吻，又说：“我们就只好把收购方案调整了一下，不收购蜂后影业了。”

白珊珊闻言侧目，悄悄地瞥了一眼坐在她旁边，从始至终脸色冷漠，一句话都没说的商迟。

嗯，他还算良知未泯。

然而，就在她这么想的时候，江助理拳头一握，乐呵呵地道：“我们决定把整个司马集团都收购下来。”

白珊珊彻底无语了。

难怪司马老头儿要找人黑你们的系统，就你们这一个接一个、连条活路都不给人留的行为，别说是找人黑你们的系统，那位老爷子就算是雇杀手她都不会感到奇怪。

这场毫无人性、野蛮霸道又冷酷无情的资本家研讨会，她等平民理解不了，也没有资格发言，还是继续安安静静地当背景墙吧。

这时，格罗丽带着用人送来了几份精致的点心和果茶。

“谢谢。”白珊珊朝格罗丽笑了下。

“小姐不必客气。”格罗丽淡淡地说。随后她便转身在商迟面前站定，微微垂眸，恭敬而平静地说：“先生，司马家刚才派人送了一份邀请函过来，说是这周六晚要在A城举行一场游轮晚宴，为司马家的三公子订婚。司马老先生想邀请你当他三公子的证婚人。”

说完，格罗丽从身后女佣手里取过一份暗金色的函件，双手递给商迟。

商迟接过来。

正在喝果茶的白珊珊动作顿了下，转头看向商迟。

他坐姿慵懒，两条大长腿随意地交叠着，高大身躯靠着沙发靠背。他看着那封邀请函，脸色淡而冷，教人琢磨不出他是什么情绪。

“鸿门宴”——看着商迟冷漠的侧颜，白珊珊脑子里瞬间浮现出这三个字。

“司马瑜之前为了收购的事，曾三度登门，全都被拦在了商氏总部的大门外。”“万年面瘫脸”陈肃漠然地道，“递这份邀请函，可见他还没有死心。”

“这段日子，商氏跟A城的另外三大家族联手向司马瑜施压，他处处掣肘，举步维艰，早就不堪重负。最后一搏的机会，他当然不会放过。”徐玮摇头感叹，“螳臂当车。早知今日又何必当初？”

江旭轻轻一笑，语气里带着一丝惋惜：“A城四大家族，曾经也是一段美谈，可惜马上就要成为历史了。”

不知为什么，听着几位“精英大臣”的话，白珊珊只觉一股寒意顺着她的脊梁骨冒了出来，让她毛骨悚然。

她忽然意识到这个世界果然是由一群强者掌控的。

强者制定游戏规则，强者制定一切法则。

然而，令人感到胆寒又无语的是，这群强者绝对忠诚服从的最强者，是一个史诗级的不正常人。他冷酷残忍，毫无怜悯之心，还总是直勾勾地盯着她看。

白珊珊坐在沙发上，沉默片刻，脑袋才缓慢地转向别处。她看落地窗，看天看地看风景，强迫自己无视那道就跟长在了她身上似的视线。

“格罗丽。”商迟忽然淡淡地喊了句。他微微倾身，把邀请函漫不经心地扔回了桌上。

身着深色长旗袍的大管家低眉垂眸，平平稳稳地应道：“是。”

“替我准备一份礼物，”商迟优雅地弯了弯唇，随手拈起身旁姑娘的一束乌黑发丝，修长食指轻轻地缠绕着，语气淡淡的，“恭贺司马三公子新婚之喜。”

白珊珊暗喜：听这意思是，他要去A城参加晚宴？出差？公费旅游？当真？啊，太好了，这就意味着她可以至少两天不见到商迟！

不知道司马家会不会顺便邀请大佬A城十日游？要不，直接请他定居A城也行啊！

白珊珊内心一阵窃喜，脸色却淡淡的。她默默地把自个儿那束可怜的头发从商迟指间抽出来，无意识地挪挪，再挪挪，坐远了点儿。

冰凉柔滑的发丝从男人的掌心飞快地滑出去。

商迟察觉到这个小动作，侧目，盯着姑娘半边雪白的小脸，轻轻一挑眉。

格罗丽回了一声“是”，便转身离开了客厅。

“游轮晚宴，听起来真是不错。”江旭双手合十，满脸期待的表情，笑容满面地道，“先生，需要我去帮白小姐挑选参加晚宴的礼服吗？”

白珊珊一脸茫然。

“不用。”商迟又伸手拈起了她的一缕发，语气淡淡的，“晚上的时候，我亲自带她去。”

白珊珊一惊：说好的至少两天不用见面呢？给我选礼服是什么剧情？谁告诉你们，我会跟着去的？啊？！

愣了会儿，一直把自己当作背景墙的白珊珊终于忍不住了。她嘴角不可控制地抽了抽，扭头看商迟，道："商先生，你去当证婚人，去谈生意，我去干什么啊？"

商迟的指尖轻轻地抚了下她细嫩柔软的手背，他说："我的公主，必须随时待在我身边。"

白珊珊心中吐槽：大哥，请问你是怎么做到全身上下都是戏的？

大佬非要她去，那也行，就当是免费到A城来一趟豪华旅行。

一向以"给任何人添堵也不能给自己添堵"为人生座右铭，以"天塌下来也有一米六以上的人顶着，自己该吃吃、该喝喝就好"为人生目标的白珊珊很快就想通了这件事。所谓既来之则安之，生活既然无法反抗，不如坦然地享受。

谁让她是个伟大神圣的心理师，而她的病人是一个有钱有势、还对她抱有某种不纯洁念头的不正常人呢？

这么思索着，白珊珊对于即将到来的A城之行也就没什么抵触心理了。相反，她甚至开始期待这场据说在"天城号"游轮上举行的鸿门宴。

曾经的维多利亚港之霸对战百年贵族灰色帝国继承人，老奸巨猾老狐狸对战心狠手辣大佬，这样的对战组合其实还挺有看点。她就当去看戏了。

白珊珊便抱着"事不关己，高高挂起"的心态过了两天。

周四晚上，商迟因为有几个重要会议去了公司还没回来。白珊珊难得落个清净，正挥舞着五十米大刀在游戏里所向披靡征战四方。忽然，一通电话打了进来。

来电显示的备注上写着仨字儿：顾老弟。

白珊珊略微皱了下眉。身为从高中时期便跟顾老弟穿一条裤子的好友，白珊珊对顾千与的很多生活习惯了如指掌。譬如说，这位模样清秀、内心猥琐的“宅女”有轻微的社交恐惧症，平时不喜欢与陌生人接触，即使是和白珊珊或者刘子、昊子联系，她也大部分使用短信或微信，除非是有极其重要的事。

白珊珊半秒迟疑都没有，立刻便把电话接了起来，说：“喂，姐妹？”

电话那头一阵静默，没有人说话。

心理师通常具有极其敏锐的第六感。白珊珊心里一沉，一股不祥的预感犹如一株嫩芽，从她心底破土而出。她嗓音低沉几分，又问一遍：“怎么了，千与？发生什么事了吗？”

这回，电话那头的好友没再沉默。顾千与虽极力压抑着，但声音还是夹杂着一丝哭音，哽咽了一下才道：“珊珊，思涵出事了。”

白珊珊眼皮忽地一跳。

顾思涵是顾千与的亲妹妹，比顾千与小三岁，大学读的是某知名电影学院的表演专业。毕业后她签了一家娱乐传媒公司，只身一人在S市发展，出演过一些微电影和网络剧的角色，小有名气，微博粉丝有六十万。

白珊珊高中那会儿时不时就去顾千与家写作业、打游戏，经常会见到顾思涵。顾思涵性格活泼好动、开朗阳光，模样也长得好，总是甜甜地叫她“珊珊姐姐”。白珊珊对当年那个小丫头的印象可以说是非常好。

“思涵出什么事了？”白珊珊定下神，安抚着好友的情绪，道，“你先别着急，慢慢说。有什么困难我们一起想办法。”

隔着手机屏幕，顾千与似要克制不住，好几回都快哭出声又被她自己强行憋回去。

白珊珊与顾千与交好多年，自然明白情况不妙，心里也是一阵焦急惊慌。但她也不催促，只安安静静地等着好友开口。

半晌，顾千与道：“你现在有时间吗？我们见面说吧。”

“嗯，好。”白珊珊想也没想就从床上跳下去，光着脚拉开衣柜，随便找出一条裙子就套在了身上，道，“我在老地方等你。”

她换好衣服拎上包，离开卧室飞奔下楼。

吉娜和另一个金发碧眼的英籍女佣正在客厅里打扫卫生，格罗丽则拿着喷壶给摆在花厅里的几盆绿植浇水。听见从楼梯口传来的匆忙脚步声，几人都不约而同地抬眼望过去。

然后，她们就看见一道娇小的浅绿色身影一下就冲到了大门口。

“快要吃晚餐了，小姐现在要外出吗？”格罗丽淡淡地问。

“嗯，”白珊珊礼貌地笑了下，踢着小黄鸭拖鞋一跳一跳地站在玄关处换鞋，道，“有点儿急事。麻烦你跟商先生说一下，不用等我吃晚饭。”说完，她脚下生风拉开门一溜烟地冲到路边打车去了。

格罗丽看着白珊珊的背影静默半秒，没什么语气地吩咐道：“吉娜，通知司机克朗尼去送她。”

吉娜闻言眨了眨眼睛，道：“格罗丽，你是担心白小姐晚上一个人出门不安全吗？”然后，她开心又天真地笑起来，“你是不是很喜欢白小姐呀？”

格罗丽面无表情地看她一眼。

吉娜一滞，意识到自己好像又说错了话，尴尬地垂下脑袋，吐吐舌头。

格罗丽的视线回到面前的那盆绿植上，她继续给花草浇水，垂眸，语调冷漠，没有丝毫感情：“白小姐的一切日常活动，包括她每天去过什么地方、见过什么人、做过什么事，我们都要一一记录清楚向先生汇报。这是先生吩咐的事，记清楚了。”

吉娜恭恭敬敬地应声：“是。”

“去找克朗尼吧。”格罗丽说着，冷淡地瞥了一眼外头的朦胧夜色，“这一带不好打车，她这会儿估计已经快把外面的蚊子喂饱了。”

“啊，白小姐真可怜。”吉娜亮晶晶的眸子忽地瞪大，想起什么似的竖起一根食指，“那我给她拿点儿驱蚊虫的药过去！”接着，她转身跑开了。

客厅里只剩下格罗丽和一个叫索菲的英籍女佣。

索菲做着手里的事，眼也不抬地淡淡地用自己的母语道：“格罗丽，吉娜的性子太活泼，也太天真单纯，我们都知道她并不适合留在先生身边。当初纽约把她送过来，我以为你会直接把她打发到其他地方。”

格罗丽神色不变，也淡淡地回答：“留下她的人，是先生。”

索菲眼中顿时浮起诧异，感到不解。

格罗丽侧目看向她：“你难道没有发现吗，整个商府，只有吉娜能和白小姐说上几句话。如果没有吉娜，白小姐该觉得多无趣。”

话音落下，索菲隐约反应过来什么，道：“先生是为了白小姐才留下的吉娜？可是，吉娜来商府已经两年了，白小姐刚搬来不到半个月……”

“先生的事不是你我能过问的。”格罗丽说，“索菲，收起你的好奇心。你应该很清楚，在商家，好奇心会害死人。”

中年妇人的语气、神态皆无丝毫变化，索菲却感觉到一股寒意。她垂眸，道：“抱歉，格罗丽管家，我失言了。”

格罗丽脸色淡漠不再说话。

索菲却忽地又弯了弯唇，淡淡地道：“不过，吉娜有一句话我也赞同。”

“什么？”

“管家，我们都看得出来，您很喜欢白小姐。在她出现之前，我已经忘记有多久没见到您笑了。”索菲平日沉静的眼眸里闪过一丝促狭，“先生也是。”

格罗丽拿余光瞥她。

索菲垂着头继续打扫，淡定自若，一副什么事也没发生过的样子。

格罗丽收回视线，背过身，摇头淡淡地笑了下。她想，自从那个孩子再次出现，商家从上到下就全都变得不正常，也不知道这究竟是好事还是坏事。

白珊珊和顾千与见面的地方，是距离一中两条街的一家咖啡馆。这家店以前是一家卖炸鸡汉堡的快餐店，她们上高中那会儿便时常相约在此处补作业。如今十年过去，快餐店变成了咖啡馆，装修了一次又一次，老板也换了一个又一个。

唯一不变的是坐在里面的两个姑娘。她们的友谊经受住了岁月的考验，犹如当年。

天已经黑透，小咖啡馆里只有零零散散几个客人。中年大叔店主抱着他的大肥猫懒洋洋地坐在吧台里头看电视剧，一台老旧到快要被淘汰的柜式空调拖着残躯，嘎吱嘎吱吃力地往外散发冷气，与屋外的高温做斗争。

白珊珊和顾千与坐在咖啡馆靠窗的位置上，桌上摆着一杯奶茶和一杯卡布奇诺，好半天都没有说话。

良久，白珊珊皱眉，看着从进门到现在始终一言不发的好友，终于忍不住出声："到底出了什么事？思涵怎么了？"

顾千与眼眶红红的，好半晌才深吸一口气吐出来，下定决心看向白珊珊，开口："你知道我妹妹大学读的是电影学院表演专业，毕业后签了一家传媒公司的事吧？"

白珊珊点头："嗯。"

"今年年初，思涵的公司帮她投了一份简历，想给她争取一部电影女三号的试镜机会。"顾千与道，"那部电影是大制作，制片、策划、导演全是业内数一数二的。但是你也知道，思涵入行这些年没代表作，人气也不高，所以她公司本来也没抱希望，只是想着试一试。但是大家都没想到的是，最后她真的被选上了。”顾千与说着顿了下，双手捧起桌上的奶茶喝了一口，像在尽量控制自己的情绪。她缓了缓，才接着道，“制片给思涵打电话，说看了她的照片和部分作品之后，觉得她无论是形象还是整体气质都很符合他们对女三号那个角色的要求。然后他提出要亲自见见她，让她去A城试镜。

“思涵是新人，从来没接触过这么好的资源，得知这个消息，她和她的公司都高兴坏了，第二天就让经纪人带着她去了A城。按照制片人给的地址，他们到了一家高档会所的一间包间门口，然后经纪人就被对方随便找了个理由支开了……”

娱乐圈本就是个大染缸，各类黑料层出不穷。听到这里，白珊珊心里一凉，已隐约猜到什么，皱紧了眉头：“经纪人被支开了，然后呢？思涵一个人进了那个包间？”

顾千与这会儿已经说不出话来。她抬手捂住嘴，点了点头，再出声时语带哽咽，说：“包间里没有制片人，也没有导演，只有一个投资商……他刚开始还算规矩，只是和思涵聊天，夸她人漂亮、身材好，还说她以后一定能大红大紫。思涵说她当时很害怕很想走，但是知道能投资这部电影的肯定是大人物，她得罪不起，就只好硬着头皮继续待着。后来，那个投资商拿了一杯酒给她，说她能得到这个角色，都是因为他，让她敬他这个伯乐一杯……”

顾思涵是娱乐圈的人，对于那些肮脏的事情，她虽未经历过，但基本的警惕性还是有的。因此，当她看到投资商递过来那杯酒时，她的第一反应就是拒绝。

但是，这个世界的恶意和人性的丑恶，远远不是简单的“警惕性强”就能对抗得了的。

一个手无缚鸡之力的女生，怎么拧得过一个人高马大、孔武有力的男人？

那个投资商强行把那杯酒灌进了顾思涵嘴里。

听完整件事，白珊珊只觉一记重锤狠狠地砸在了她的脑门上。

她一直知道，这个世界的光鲜美好只是部分，无数丑陋和罪恶隐藏在阳光照不到的阴暗角落处，发霉腐朽。但白珊珊怎么也没想到，有朝一日，这些丑恶会这么毫无顾忌地暴露在阳光下。

而且，它就发生在她身边，发生在她好朋友的亲妹妹身上。

白珊珊足足沉默了数分钟。半晌，她深吸一口气，定定神，再看向顾千与时，目光已经重归冷静。她说："事情已经发生了，我们在这儿痛苦难过无济于事。打起精神，做点儿有意义的事。"

闻言，顾千与怔了下。

"第一，思涵现在怎么样？"

"这件事发生在几个月之前。她一直瞒着没有告诉我，也没有告诉任何人……都怪我，是我这个做姐姐的对她关心不够，没能第一时间陪在她身边。"顾千与内疚不已，"前几天她回来休假，我看她精神状态很糟，一再逼问，她才在昨晚跟我说了实话。"

"这么大个事，一个小姑娘怎么承受得住……"白珊珊皱眉，思索几秒后道，"这样，我明天陪你一起去你家，看看思涵。我需要面诊才能确定她具体是什么情况。"

顾千与颔首："好。"

"第二，"白珊珊眸子突然变冷，沉声道，"那个杀千刀的是谁？"

顾千与支吾了一下，面露难色，半天没有说话。

白珊珊气结："你跟我还有什么好隐瞒的？"

"你误会了，珊珊，我不是想隐瞒你。"顾千与眉头皱成一团，道，"如果那个人只是一个普通的富二代，不用你说，我都会去把他千刀万剐。但是……算了，我找你只是想让你帮帮思涵，让她走出阴影，至于其他的事，我不想把你牵扯进来给你添麻烦。”

话音落下，白珊珊扬手，啪一声拍在顾千与脑门上。

顾千与吃痛，嗷的一声捂住脑袋。

“给我说人话。”白珊珊面无表情地瞧着她，淡淡的，“我只数三声，一、二——”

“司马邢。”顾千与说。

白珊珊瞳孔忽地收缩，眯了眯眼睛。

顾千与沉声道：“司马家的三少爷司马邢，蜂后影业的执行总裁。司马家的势力如何，我不说你也清楚，再加上他们是A城人，强龙压不过地头蛇，我们根本动不了他。能有什么办法？”

咖啡馆突然安静下来。

须臾，白珊珊拿起包招呼道：“老板，买单。”说着，她就起身给钱去了。

顾千与皱眉，在白珊珊身后喊道：“大哥，你有这份心意我替我全家谢谢你。但是你搞不动那个司马邢的，千万别干傻事儿。”

“搞不动？”白珊珊回头看她，挑了挑眉毛，语气淡漠，“没听过吗？一山还有一山高，一物降一物。”

顾千与一时没反应过来：“什么意思？”

“敌人的敌人就是朋友。能对付坏人的，只有比坏人还坏的人。”白珊珊淡淡地说道。话说完，老板刚好把钱找给她。

“等爸爸消息。”

顾千与就这样目送她家“一米六大佬”离去。

这时，咖啡店老板养的大肥猫不知何时走到了她脚边，眯着眼，懒洋洋又慢悠悠地转圈。

顾千与弯腰把肥猫抱在怀里，忽地明白过来：“难道……爸爸要去找爷爷？”

大肥猫打了个哈欠：“喵——”

白珊珊原本只是想去A城看场戏，但半路上忽然出了顾思涵这件糟心事，她的身份瞬间就从“围观这场大佬之战的群众”变成了誓要捶死司马邢的讨伐者。

恶人自有恶人磨，敌人的敌人就是朋友。

思及此，回商府的途中，为了正义，为了给顾思涵讨回公道，白珊珊在悲愤之余又对自己的身份进行了一个小调整——姑且先把自己定位成“商迟的铁杆支持者”。

她迫不及待地想看到她家商迟把司马邢踩在地上摩擦的画面。

司机克朗尼在驾驶座上安静地开着车。白珊珊坐在后座，面无表情地看着车窗外飞速倒退的景物，心里琢磨着要怎么帮助商迟灭掉司马家。

想着想着，她兜里的手机忽然响了起来。

白珊珊看一眼来电显示，接起来，问：“格罗丽阿姨，怎么了？”

“小姐，先生回来了。”格罗丽的声音无波无澜。

白珊珊有点儿蒙：“然后呢？”

“没有第一时间看见你，先生不太高兴。”格罗丽说，“他在等你吃晚餐，请你尽快回家。”

白珊珊腹诽：你家大佬一把年纪了还这么黏人？你身为把他抚养长大的人，不批评他两句也就算了，跟着瞎起什么哄啊，阿姨？

白珊珊弯了弯唇，嗓音又轻又软，礼貌地道：“好的，格罗丽阿姨，我已经在回来的路上了。麻烦你跟商先生说一下，请他老人家稍等片刻，谢谢。”

挂断电话，白珊珊沉默片刻，对英籍司机用英语道：“劳烦您，请开快一点儿。”

黑色豪车霎时如离弦之箭一般划破夜色。

数分钟后，商府大院。

白珊珊放下包在玄关处换鞋，站起来一瞧，灯火通明的一层客厅和饭厅内都没有商迟的身影。她狐疑地在屋子里晃了一圈儿，问刚从花园进来的格罗丽："格罗丽，你看到商先生了吗？"

格罗丽语气淡漠，道："先生在主卧等你。"

白珊珊点头，说了句"谢谢"，然后便踩着拖鞋上了楼梯，直往二楼的卧室走去。

商府四处充满了欧洲文艺复兴时期的气息。无论是楼梯尽头的断臂女神喷泉石像，走廊上《最后的晚餐》的浮雕墙画，还是雕工精湛的铜质壁灯，都将这个百年豪门骨子里的尊贵与傲慢展现得淋漓尽致。

白珊珊走在走廊上，有一搭没一搭地看着周围的景物，忽然就对商氏一族产生了好奇。

她好奇，是怎样的背景和文化才会造就出这样一个坚忍、残酷、冷硬而又通晓各类艺术的家族，以及一个冷漠如冰又艳丽入骨的掌权者。

白珊珊脑子里思绪乱飞，人已经走到了主卧门前。她回过神，看了一眼，两扇实木门并没有关严实，开着一道缝，里面的人仿佛已经等候多时。

室内仍是漆黑，应该没有开灯。

白珊珊暗暗做了一个深呼吸，定定神，在门上礼貌地敲了两下，然后才推开门走进去。

一室幽暗，只有月亮洒下清辉以作照明。空气里飘散着一丝极淡的烟草味。

白珊珊往前走了几步，忽地一怔。

男人坐在沙发上，大概是刚从公司回来的缘故，他没有换衣服，也没有换鞋，纯黑色的西装笔挺，还是那样沉稳冷硬、一丝不苟。他指间夹着一根烟，白烟缭绕，火星明灭，衬得他的手指越发冷白。

光线太暗的缘故，白珊珊看不清楚他的面容，也看不清他的表情。

这是专属于商迟的世界，整个空间都充斥着他身上那种标志性的清冽气息。白珊珊被笼罩其中，一呼一吸间全是他的味道，心跳不自觉地变得急促。

她突然有点儿慌，面上却还是一副平常的样子，清清嗓子，弯弯唇，甜甜地问："商先生，格罗丽说你找我。请问有什么事？"

"你似乎遇到了麻烦。"商迟弹了弹烟灰，嗓音低沉，漫不经心的，没有一丝起伏。

白珊珊闻言皱了下眉，突然意识到什么："你居然派人跟踪我？"

"这只是在确保你的安全。"商迟又薄又润又好看的唇弯了弯。一根烟抽完，他倾身，把烟头掐灭丢进烟灰缸里，淡淡地道，"顺便，让我更全面地了解你。"

白珊珊无奈地想：我错了，我居然一直用"不正常"来形容这位大佬。这位大佬哪儿是不正常，他简直是不正常到变异了。正常人类能理直气壮地说出这种话？？？

屋子里陷入沉静。

白珊珊饶是给自己做过许多的心理建设，也被这人给弄蒙了。她抬手捏了捏眉心，沉默了会儿才道："既然你已经知道了，我也就不用再重复了。商先生，您就直说吧，这个忙您帮不帮？"

黑暗中，商迟充满兴味地盯着她，声音又低又柔，道："公主，求人要有求人的态度。"

白珊珊没明白这番话是什么意思，只觉得此时商迟的脑门上仿佛出现了一个感叹号，就跟在游戏中发布任务似的，暗示她寻找屋子里的隐藏剧情。于是，她便无意识地在屋子里转了半圈儿。

就在寻找线索时，她突然看见了黑色大床上摆着一条不一样的女士裙装。

裙子纯黑色、薄纱材质，在月光下呈半透明。旁边还有一个同色系的、跟项圈差不多的项链，以及一双性感的黑色细高跟。

剧情这么离奇吗？

月黑风高杀人夜，商迟吓人时。

白珊珊看了一眼沙发上那位西装革履的大佬，又看了一眼黑色大床上那套半透明的女士纱裙、项链和黑色高跟鞋，整个人蒙了。

白珊珊就这样瞪着那些莫名其妙的东西愣了五秒钟，然后才抽了抽嘴角，艰难地回过神来。她跟机器人似的把自个儿的小脖子扭回来，面向商迟，指着那些东西支吾道："商先生，你这是什么意思？"

"换上高跟鞋，拿上裙子，"商迟脸色淡淡的，没什么语气地说，"过来。"

白珊珊怀疑自己听错了，眼眸一闪："你说什么？"

"白珊珊，同样的话我不喜欢说三遍。"商迟抬眼，直勾勾地盯着她。月色下，他整个人仍是那副冷漠禁欲、高不可攀的"冰山"相。他非常平静，重复道，"换上高跟鞋，拿上裙子，过来。"

在最初的几秒钟震惊之后，白珊珊很快便平静下来。幸亏商迟经常有奇怪行为，她的心态已在种种磨炼下坚不可摧了。

她非常淡定地说："商总，还有别的事儿吗？没事儿我先回去睡了。"她边说边伸懒腰打了个哈欠，"您也早点儿休息吧，晚安。"接着，她便转身准备离开。

刚迈出半步，背后传来男人的声音，低沉冰冷，不带任何情绪："为我跳一支舞。"

闻言，白珊珊脚下的步子倏地顿住。她微微皱眉，有些狐疑地回过头。黑暗中，商迟的身影优雅笔挺，英俊如画，宛若一尊大理石雕像。

空气里响起清脆的声音，金属打火机的火光瞬间亮起又熄灭。他又点燃了一支烟。

白珊珊说：“一支舞？”

“十年前，你欠我一支舞。”商迟眉眼平静，抽了一口烟，白色烟雾从那张好看的薄唇里呼出。他弹了弹烟灰，表情平淡得让人猜不透，“十年后，敢还给我吗？”

他的语气从容不迫，白珊珊听完，神色却忽地一怔。一桩掩埋在记忆与时光深处的陈年旧事如一颗种子，生根发芽，短短几秒内便长成了一棵参天大树，将她的思绪拖回当年。

高三那年，一中举办元旦晚会，班上文娱委员往学生会报上去的节目是独舞——白珊珊的独舞。

十七岁时桀骜不驯的她，为了那支独舞，甚至在网上提问“有钱又帅的学霸都喜欢看什么舞”。这件事被顾千与、刘子和昊子知道后，他们打趣了她整整十年。

白珊珊至今都记得那件事。

她的问题提出后，短短两天之内得到了无数回答，其中一条回答令白珊珊印象非常深刻：“舞蹈是艺术之母，以经过提炼加工的人体动作为主要表现手段，着重表现语言文字或其他艺术手段难以表现的人类最深层次的精神世界。人们总对与自己截然相反的事物充满好奇与期待，热情的灵魂向往孤独，孤独的灵魂向往热情。”

白珊珊虽然觉得这回答太复杂了，但是很赞同那句“孤独的灵魂向往热情”。

她想，像商迟那样孤独傲慢的人，应该就是喜欢热情奔放的舞种。

因此当年的元旦晚会，白珊珊报的是单人伦巴。伦巴是以舞姿妖娆、性感热情闻名全世界的舞种。

为了在晚会上跳好那支伦巴，她苦练了整整两个月。

可惜的是，白珊珊最后因为种种原因没能参加那场晚会，那支热情灿烂、奔放如火的伦巴，没能如她当初所幻想的那样呈现在她心仪的冷漠少年眼前……

一阵凉风侵袭背脊，白珊珊一个激灵，猛地从回忆里惊醒，抽身。她的视线往侧边一扫，注意到房间的窗户并没有关严，丝丝缕缕的夜风从外面灌进来。

此时，她才反应过来，她已不再是当年十七岁的少女了。

记忆里的少年已经成为一个呼风唤雨、铁血冷酷的史诗级大佬。如今，这位史诗级大佬还优雅地坐在她跟前，淡淡地跟她说“你欠我一支舞”“敢还给我吗？”这样的台词。

换成往常，白珊珊早就一个白眼翻上天，拍拍屁股，撂下句“拜拜”走人。

但，此时此刻、此情此景，也不知道是哪儿来的一把无名火，点燃了她全身。她紧紧地抿着唇，隔着几米远的距离一言不发地瞪着商迟。

商迟高大挺拔的身躯慵懒地倚靠着沙发，指间夹着烟，火星明灭，幽暗的黑眸一眨不眨地盯着她，充满兴味。

两道目光在空气里交会，刀光剑影，却不着一丝痕迹。

片刻后，白珊珊的嘴角弯起一道弧。她笑靥如花，轻轻地道：“商先生，我们早有赌约，三个月之内我没有爱上你，你就要彻底从我的世界消失——你该不会觉得，我为你跳一支舞，就会对你动心吧？”

商迟轻轻一挑眉，慢条斯理地问：“敢吗？”

“为什么不敢？”

“那么，”他黑眸璀璨如星，静静地注视着她，意味不明地勾了勾唇，“我无比期待。”

白珊珊侧头避开了他的目光，暗暗吸气、吐气，做了一个深呼吸。她转身走到大床前，将那双黑色细高跟鞋扔到地上，踢掉拖鞋踩上去。然后，她便拿起那条黑纱半透明的大摆裙和配套的项链朝沙发上的男人走去。

站定，她递过去裙子和项链，神色淡然得没有丝毫起伏。

商迟打量了一遍眼前的姑娘。

她肤色白皙，表情平静，但脸颊有两团淡淡的红晕，暴露出了她此刻紧张不安的心情。她身上浅色的T恤裙十分宽大，裙摆下两条长腿白皙纤细，高跟鞋将小腿的曲线衬得更加迷人，膝盖处浅浅两处凹陷，十分勾人。

商迟的眸色渐渐地变深，他又看向她浅粉色的唇，小巧精致，唇瓣上有着淡淡的水光，看起来饱满又可口。

白珊珊原本镇定自若，这会儿却被对面直勾勾的视线看得有些不安，不由得皱眉。她正要开口说什么，商迟却忽然伸手握住了她的右手，微微用力，将她拉得更近。

姑娘娇小的身躯瞬间置于男人修长的双腿之间。

靠得太近，他身上的气息骤然浓郁，搅得白珊珊脑袋发晕。她紧张起来，两个掌心不自觉地沁出汗水，动动唇，道：“你要干什么？”

商迟的指尖挑起她小小的下巴，他平静而专注地审度那张雪白的脸蛋儿，没说话，大手以一种温柔的姿态环住她腰身，捏住了她T恤裙背后的拉链。

白珊珊一愣，还没反应过来，便听见空气里刺耳的刺啦声。

他拉开了她裙子的拉链，冷空气直接袭上她的背脊。

“住手……”她回神之后几乎是立刻抬手推搡商迟，试图从他的怀抱里挣脱。然而，对方钳住她两只纤细的腕子放至身后，便将她轻而易举地禁锢。

“嘘。别害怕，公主。”黑暗中，商迟的面色和声音都很平静，他淡淡地说，“我只是帮你换衣服。”

说话时，他手上动作不停，一只手钳住她，一只手慢条斯理而又优雅地替她解开扣子。冰冷的指尖滑过她脖颈和耳后的皮肤，分不清是无意还是有意。

白珊珊的脸已经红透了。她挣脱不开，只能咬了咬唇，竭力克制那种从内心深处蹿上来的恐惧感。

T恤裙被脱了下来，被商迟随手扔到一边。

这简直是一场温柔却堪比凌迟的酷刑。

白珊珊这个时候已经在心里暗道“阿门”了。她觉得自己一直以来在T恤裙里面穿个打底背心裙的习惯实在是太好了。

商迟拿起一旁的黑色纱裙，动作轻柔，把它穿在了姑娘身上。随后，他勾了勾嘴角，握住她的细腰，牵引她退后几步，静静审视：

纯黑色半透明纱裙，长度及膝，使她看上去野性又妖娆；腰身位置紧紧收拢，勾勒出姑娘曼妙的身体曲线；配上那戴在纤长脖颈上的同色系金属项链和脚上的高跟鞋，红唇似火、黑发雪肤的白珊珊，说不出的迷人。

这副装扮，搭配他的姑娘，浑然天成，仿佛她天生就是为“黑白色”而生。

商迟眼底流露出一丝极为罕见的满意神色，他优雅地弯了弯唇，给出了一个评价：“很漂亮。我很喜欢。”

闻言，白珊珊咬了咬唇，只觉脸颊的温度越来越高，几乎能起火了。她不由得庆幸屋子里黑灯瞎火什么都看不清，否则被商迟看见自己的番茄色脸蛋儿，实在是太丢脸了。

白珊珊思索着，没有说话，定了定神再次往后一挣，尝试脱身。

这回，那股力道却松开了。

她成功逃脱，几步便走到落地窗处，站定，回过头。商迟不知何时从沙发上站了起来。他抽着烟，随手把西装外套脱下扔在了一边，扯开领带，松开黑色衬衣最上端的三颗扣子，随意地靠着背后那架黑色钢琴。

屋内整整齐齐地陈列着刀架，满室的冷色刀光与夜色都是他身后的背景。唇间火星暗红，他直勾勾地盯着一身黑裙、站在窗边的她，黑眸深不见底。

白珊珊垂下眉眼。

又起了一阵风，姑娘乌黑的长发在她脑后翻飞起来，她迎风立于夜色中。片刻，她抬头转身面朝落地窗站定，一伸手拉开了深色系的挡光帘。

夜空中，星月点缀，点点星光混着月华如瀑布一般倾洒进来，将姑娘整个笼罩其中。她安静柔顺地站着，画面唯美，迷幻如梦，仿若希腊神话中的弯月女神阿尔忒弥斯。

商迟移不开视线。然后，他的公主美眸微眯，看向他，行了一个淑女礼，眉眼妩媚，甜美轻柔地说了一句话："劳烦，请给我一个音。"

"当——"修长冷白的手指敲下一个琴键。

潘多拉的魔盒打开，漫天星辰霎时化作迸裂的火花。白珊珊拎起裙摆重重一甩，黑纱飘飞，流光飞舞。

商迟看见他的公主抬起一只小手，斜眼看他，又细又白的食指朝他轻轻一勾，热情的光芒几乎照亮整片夜空。

"这位绅士，"她笑，带着一丝挑衅又诱惑的味道，"想和我共舞吗？"

深黑色的窗帘被夜风吹得飘起来，边缘起浪，在漫天星光汇成的深海里打过来、打过去。身着黑纱裙的姑娘站在窗前，如梦似幻。

商迟夹着烟，靠着钢琴直勾勾地瞧了她片刻，嘴角不易察觉地挑起一道弧。

白珊珊也跷着一根食指直视他，不言不语，媚眼飞扬。

她是典型的被天使亲吻过的姑娘，精致耐看、乖巧可爱。本是娇柔温婉的相貌，但此时，她身着一袭黑纱裙，穿着细高跟，再配上那条纯黑色的金属项链，竟显出几分妖气来。她像一个靠男人精血阳气为生的妖精，无须任何肢体挑逗，甚至无须言语，随意一个眼神，便令众生臣服颠倒。

几秒光景，商迟盯着她，掐了烟，迈开长腿朝她慢条斯理地走过去。他的目光一改之前的慵懒随意，变得凌厉而又清明，像极了潜伏在黑夜荒原中的狼，即将对猎物发起致命一击。

纤尘不染的纯黑色皮鞋踩在地板上，脚步声沉稳有力。

白珊珊站在原地，保持着原本的动作，看着男人笔直地向自己走来。她只觉脸颊滚烫，全身血液逆流，心脏在胸腔里雷鸣作响。扑通、扑通、扑通扑通——心跳声。急促得仿佛下一刻心脏就要从嗓子眼儿里蹦出来。

坦白地讲，白珊珊也不知道她怎么会在这种节骨眼儿上“邀狼共舞”。事后细细回想，她猜测自己那会儿应该既是在挑衅他，又是在带着一丝报复意味地引诱他。

不过，此时的她已根本无暇思考了。

商迟已经在她身前站定。他额前的短发垂下几缕，西服外套丢到了一边，只着一件纯黑色衬衫，领带松垮随意，衬衣领口处的扣子松开三颗，露出锁骨和小片紧实分明的胸肌。他垂眸审视她。

此时，他身上既带有一股肃杀之气，又带有一股撩人的气息。

白珊珊仰着脖子与他对望。她嘴角含笑，眸子无波无澜，但背上的汗水几乎将黑色纱裙的轻薄布料打湿。

商迟一眼就看穿她心底的慌乱不安，眉头不着痕迹地轻轻一挑，盯着她，弯腰俯身，朝她伸出右手。

白珊珊后悔了，她觉得自己一定是脑子被门夹了才会冒出那句“想和我共舞吗”。

白珊珊就这样顶着一副骄傲美艳的表情，进行了一系列的心里活动。

三秒钟过后，她一咬牙一跺脚，把心一横，笑靥如花地把自个儿的手放到了商迟手里。

修长有力的大手五指收拢，握住姑娘柔软雪白的小手，往前一带，她整个人瞬间便到了他怀中。

室内，光线昏暗。星河月色中，商迟温柔又强硬地环住了白珊珊的细腰。“公主，”唇就贴在她耳边，轻言细语，冰冷的气息拂过她右耳处雪白、微微泛红的娇嫩皮肤，他问她，“知不知道伦巴的别称是什么？”

白珊珊被囚于他的臂弯内，一呼一吸全是他身上的烟草气和荷尔蒙味道，脸已红透，心跳毫无规律。不知为什么，分明只是这样温柔的一句话，她却听得心惊胆战。但她仍强装镇定，没什么语气地问：“是什么？”

商迟淡淡地笑了下，闭眼俯身，轻轻地吻上她的眉心，犹如一个虔诚朝圣的信徒。她心一颤，正纳闷阴狠残忍、冷漠无情的人竟会做出如此多情的举动时，又听见商迟沉声道：“爱情之舞。”

他说这话时，漆黑的眸子里有不一样的光。

话音刚落，白珊珊眼眸忽地一闪，便觉腰上一股力道将她推了出去，强势却温柔，又在她转出一圈后稳稳地扶住她。

白珊珊始料未及，差点儿闪到腰，有些气结。她大眼瞪得圆圆的，凶巴巴地扫了他一眼，脱口而出：“你能不能——”

“嘘。”商迟低声打断她的话，手臂用劲，将浑身滚烫、两颊娇红的姑娘扯回怀里，死死搂住，“专心点儿。”

猝不及防，这伦巴开始了。

白珊珊咬咬唇，直视商迟漆黑的眸，在他冰凉又温柔的引导下被迫起舞。

伦巴是拉丁舞项目之一，是源自16世纪非洲黑人歌舞的民间舞蹈，流行于拉丁美洲，后在古巴得到发展，所以又叫古巴伦巴——这是白珊珊高三那年为了元旦晚会苦练独舞时，在网上了解到的伦巴相关说明。这个舞种的特点是浪漫迷人、性感热情，舞步曼妙缠绵。伦巴尤其讲究舞者之间的互动，以若即若离的挑逗和若有似无的诱惑为精髓，引人入胜，动情入骨。

当年十七岁的她，学会了一支孤独的伦巴。

离奇的是，十年后的这个夜晚，这支伦巴竟有了重见天日的机会。而更离奇的是，当年被她放在心尖上的冷漠少年，如今成了她的舞伴。

世事真是无常。

十七岁的她，能和商迟共舞一曲，她必定会心花怒放、喜不自胜。可惜，此时此刻月下双人舞的女主角，是二十七岁的她。心境变了，有些东西也就跟着一起变了。

不过这些都不是最离奇的。今晚最离奇的是，商迟居然也会跳伦巴。

他的每个动作不仅标准而且优美，竟与她当年练的这支舞极其合拍。这就像是一块被劈成两半的玉，她的独舞占据二分之一，另外二分之一，被他非常圆满地补上了……

白珊珊已经有十年没有再跳过这支舞了，没想到这会儿重新捡回来，动作一个没忘。她不由得暗赞自己不愧是当年的年级前十名，这记忆力真好。她撤后两步扭腰回旋，边跳舞边在脑子里胡思乱想着。

忽地，她的下巴一紧，一丝疼痛感令白珊珊猛然回过神。

夜风不知何时停了，浓重的乌云从城市的西北方飘过来，遮住了屋外皎洁的月和璀璨星河。这是要下大雨了。

偌大的书房少了唯一的光源，顿时陷入一片漆黑。

黑暗中，商迟手指用劲，捏住姑娘的下巴将那张雪白小巧的脸蛋儿扳过来面朝自己。他垂眸，直勾勾地盯着她惊慌失措的大眼，食指指尖从她脸蛋儿上轻轻地滑下去，冷静地问："珊珊，你在想什么？"

与此同时，他搂住她纤腰的大掌用了力。

白珊珊察觉到对方的动作，心头没来由地一慌。她抿抿唇，努力调整心态。下一刻，她扬起眼角，又是那副甜美清新、纯洁无辜的"仙女式"笑容，道："我在想，商先生真是多才多艺，居然还会跳伦巴，真让我大开眼界呢。"

再联想到这人之前在赵氏晚宴上惊艳全场的华尔兹，白珊珊觉得商迟或许是一个被事业耽误的艺术家。

商迟闻言，弯腰贴近她。高挺的鼻梁亲昵地蹭了蹭她可爱的小鼻尖儿，他弯了弯唇："我的公主，你好像变笨了。"

她愣了下，不明白，微微皱了下眉："你说什么？"

"我找上KC，你成了我的心理师，有了那次'久别重逢'。甚至是现在，我会跳你十年前学的伦巴。"商迟抬高她的下巴，眼睛一眨不眨地直视着她的眼睛，一字一顿，低声道，"白珊珊，你真以为世界上有这么多巧合？"

话音刚落，一道闪电霎时划破夜空。紧接着，轰轰隆隆，一阵雷声响起，一场夏日急雨就这么猝不及防地落下来。雨珠子噼里啪啦地敲着一切障碍物，砸满整座城。

白珊珊起初还没反应过来，两秒后意识到什么，整个人瞬间呆在了原地。

伦巴舞已接近尾声。

最后一个动作，商迟有力的手臂搂住姑娘的腰往前倾身。她黑发垂落，柔软细腰在黑夜里弯成一座迷人的弧桥，然后又猛地收回来。

他的力道太重，指掌之间几乎带出一丝残暴戾气。毛茸茸的脑袋重重地撞在男人硬邦邦的胸肌上，她吃痛地叫了一声，揉着脑袋抬起头看他，难以置信地瞪大了眼睛。

刚才那些话是什么意思？

难道？？？

白珊珊错愕不已，呆若木鸡。

下一刻，商迟已低头吻住了她的嘴角。他闭着眼，语气温柔又透出一丝寂寞，嗓音沙哑地问道："白珊珊，还要多久？"

"什么？"她的声音也有些沙哑。

"还要多久，你才能彻底属于我？"商迟道。

他说这话的神态，不像跳完了一场舞，更像是刚从某种运动中抽身而退。那种禁欲又纵欲的矛盾感，让她有种被人点了一把火的感觉，全身一片滚烫。

白珊珊伸手推他，面红耳赤，不安极了："商先生，舞跳完了，请你记得履行自己的承诺。"

商迟纹丝不动，直勾勾地盯着她："你想要的，我都给你。白珊珊，那我想要的，你什么时候给我？"

"时间不早了。"两人还保持着跳舞的姿势——贴得严丝合缝。白珊珊觉得自己要炸开了，她竭力吸气呼气，试图找回正常的语调，但说话时仍旧发着颤："格罗丽早就准备好了晚餐，我们该下楼吃饭了……"

他却像没听见她在说什么，脸颊轻轻地摩擦着她细腻雪白的脸蛋儿，自顾自地呢喃："知道吗，我想把你藏起来。"

他想将她藏在只有他的世界里，只有他能看见、能触碰、能亲吻、能占有，让她从骨到血、从身到心，只想着他、只念着他，完完全全只属于他一个人。

大雨倾盆而来。

白珊珊和“艺术家大佬”贴身跳了一支热情似火的伦巴后，她觉得就跟人打完一场群架似的，身也累，心也累。她不仅有了心理阴影，还饿得不行，哪儿还有精力陪这位大佬发神经？

她此时此刻只想快点儿吃饭。

因此，听完商迟的话，白珊珊只是低下头默默地翻了好几个白眼，吐槽老商家的祖宗十八代。

但是从商迟的角度瞧过去，小家伙小小一个，低眉顺眼地待在他怀里，安静又柔顺。她戴着纯黑金属项链的一段儿脖颈纤细雪白，两颊红云弥漫，看着娇滴滴的，跟只羞怯又乖巧的小宠物一般。

商迟漆黑的眸子里闪过一丝异样的光。

姑娘肤色白皙，但这种白皙不是苍白，不显病态，而是一种泛着淡粉色的、健康的白。黑发雪肤，再加上一袭黑纱裙，禁欲与魅惑共存、清纯与明艳交织，美而不妖，艳而不俗。

商迟追求至纯的黑，也中意无瑕的白，他对黑白的喜爱程度已经达到一种偏执的病态。而他的白珊珊，就是他最心爱的“黑白色”。

他迷恋她的愤怒，迷恋她的冷漠，也迷恋她的乖巧可爱。

他偏执并疯狂地迷恋白珊珊的一切。

商迟年幼时从拉斯维加斯的黑市拳台里爬出来，回到商家，认祖归宗，加入了那场腥风血雨的百年家族继承权之争。布兰特为揽大权，把他当成了制衡他三个同父异母兄长的工具，试图把他打造成商氏帝国最完美的一届傀儡继承人。

布兰特告诉商迟，“情”与“欲”是万恶之源，是人类最大的软肋，前者毁人理智，后者害人性命。所以在之后的教育中，布兰特用尽了一切或温和或残忍的手段，让这个十来岁的少年变得无欲、绝情。

日复一日，年复一年，他果然如布兰特所愿，长成了一个理智果断、冷漠寡欲、阴狠绝情的人。

直到十八岁那年，商迟回国。那时，他在B市一中高三年级班主任办公室的门口，瞧见了一个据说在升旗仪式上站着都能睡着的小姑娘。

当时，吉鲁和格罗丽已办理好转学所需的一切手续。他去一中，只是出于基本礼仪，提前跟班主任打个招呼。

没想到，他会在办公室外听到一番令人啼笑皆非的对话。

“白珊珊，你火烈鸟成的精？”他未来的班主任吼得很大声。

“火烈鸟长什么样子啊？”他未来的同班小姑娘问得很认真。

彼时，商迟高大修长的身躯背靠墙，漫不经心地看着远处，心底哧了一声。

后来，那小姑娘又挨了一通骂之后就出来了。她脚步声沉重，似乎不开心。

商迟面容冷漠，只用余光瞥了一眼那只“小火烈鸟精”。和其他中学生一样，姑娘身上穿着一套规规矩矩的校服——宽大的外套，肥肥的裤子。她个子不高，骨架子又太过娇小，整个人看起来就像小孩儿穿着大人的衣服。

她毛茸茸的小脑袋耷拉着，弱不禁风的小肩膀也垮垮的，似乎因罚写八百字检查这种惩罚措施而受到了极大打击。

她太过娇小，头又几乎埋进胸口，商迟第一眼只注意到了少女那身校服和仪态。对于无法为他带来利益的人、事、物，他向来不会浪费时间，哪怕只是半秒。

他视线移开，面无表情地迈步走向办公室大门，路却被堵住了。

那小小的人儿不知看见了什么，一呆，站在办公室门口就跟机器人断了电似的不走了，就那么垂着脑袋立在路中间。

商迟冷漠地瞧着面前挡路的少女，不说话，眼底也没有一丝波澜。过了大约三秒钟，少女的脑袋慢慢地抬了起来，目光依次扫过他的白色板鞋、他的腿、他的腰……最后落在他脸上。

姑娘扎着马尾，素面朝天，小巧俏丽的脸蛋儿上是精致的五官，很灵动，也很乖。不知是惊讶还是其他原因，她一双乌黑澄澈的眸子睁得大大的，浅粉色的嘴巴也张成了一个不甚明显的“O”字形。

黑发雪肤，强烈的色彩对比，只一眼便直接击中商迟的视觉神经。

皮下血液的流速骤然加快，他感觉骨子里有一种说不清道不明的东西在蠢蠢欲动，似要挣脱桎梏。

这种感觉很强烈，并且陌生，商迟不知道那是什么。

他是在夺权的杀戮游戏中全身而退、从容优雅的人，冷静蛰伏和不动声色都是从娘胎里带出来的天性。

因此，当他看到眼前的小姑娘时，只是面无表情地说了两个字：“让开。”

听见这句话，姑娘像是从惊讶中回过神。意识到自己挡了路，她勾勾嘴角，朝他挤出了一个有点儿尴尬的笑容：“不好意思啊，同学。”说完，她娇小的身子往边上挪了挪，赶紧给他让路。然后，她便转身垂着头往教室方向走去。

商迟侧目，直勾勾地盯着姑娘渐渐远去的纤细背影，一丝不易察觉的兴味从眼底蔓延开。他看她随着走动而甩来甩去的马尾辫，看她雪白纤细、露在校服领口外的一截后颈，看她身上那套蓝白相间的校服。

商迟冷淡地站在原地。

她的肤色，是他最喜欢的那种白，纯洁无瑕，又带着一丝健康的粉色，就像一件艺术品，值得珍藏。

所以，他想要她。

直到那一刻，商迟才顿悟，他在这个叫“白珊珊”的少女身上所感受到的陌生而强烈的感觉，就是布兰特口中能让人丧失理智、丢掉性命的“情欲”。他对“情欲”产生了前所未有的浓烈的兴趣。

白珊珊现在满脑子都在想着吃的，当然不知道自己此时的姿态会引发商迟那么多的思绪。

她只是饿得慌。

对比雌性，雄性在力量上本就占据先天优势，更何况商迟这种宽肩窄腰、体格高大、健美如男模的雄性。

商迟执意不放白珊珊走，白珊珊自然也没法儿挣脱。她只能继续硬着头皮待在商迟怀里。

就在她实在受不了，准备说点儿什么的时候，商迟却先她一步开口。他捏着她的下巴，亲昵温柔地道：“《圣经》里记载，上帝创造了亚当这一人类中的男性公民后，又为亚当创造了夏娃。这是人类的起源。”

白珊珊蒙了，心想：这位大佬有事吗？大晚上的饭也不吃，先强行拖着她跳舞，跳完又强行抱着她探讨《圣经》这么高深莫测的东西。他是要修仙吗？

“呃……”白珊珊不受控制地抽了抽嘴角，尴尬而不失礼貌地干笑了一下，“商先生，你为什么突然说这个？”

窗外已经电闪雷鸣、暴雨如瀑了。商迟没答话，只是盯着她，漆黑的眼睛沉静如古井。片刻，他抬起手，指尖轻柔地描摹她又细又弯的眉、高挺小巧的鼻尖儿、脸蛋儿，最后在她唇瓣上停住。

雷雨交加的夜晚，满室刀光的书房，周身肃杀之气与情欲气息交杂的男人，还有这种令人汗毛倒竖的触碰，一种危险气息在屋子里弥漫。

白珊珊的心又是一紧，嘴唇在他的指尖下轻颤。

“你在发抖。”商迟闭上眼，封闭视觉，仔细地感受她嘴唇处传来的轻微战栗。

“没有……”她想也不想地否认。

窗外雨声哗啦啦。又是一道闪电划过去，照亮商迟的面容，冷白俊美，又透着一种寂寞。

“上帝为亚当创造了夏娃，也为我创造了你。”商迟没有睁眼，在黑暗中低头寻找着姑娘的唇，沙哑地道，“你的眉眼、你的唇……你的全部，你全身上下的每一处，都是为我量身定制。”

他的气息萦绕在她唇齿间，清冽的烟草气，如兰似桂，颓废又撩人。白珊珊全身滚烫，心一慌，下意识地别过头想躲开，可下巴处的大掌将她禁锢得死死的。

“公主，你是上帝赠我的礼物。”

白珊珊脸色大变，瞪大了眼睛正要说话，嘴巴迎上两片冰冷的唇。她在瞬间僵硬成了一座石雕，大脑“宕机”，停止运作。他的气息铺天盖地而来，似织起了天罗地网，将她整个笼罩。

他吻她的唇。姑娘似受了严重的惊吓，整个人僵住了。

“嗯！”短短几秒后，白珊珊猛地回过神来，心底暗骂一声，皱起眉，手脚并用地挣扎起来。

她力气小，但小打小闹也搅人雅兴。

商迟蹙眉，一手捏她下巴，略弯腰，另一只手一把将她小小的身子抱了起来。双脚腾空，白珊珊始料未及，吓得低呼出声，两只小手出于本能一把抱住了他的脖子，跟个小树袋熊似的挂在了高大男人的身上。

白珊珊愣住了。

屋子里一片漆黑，窗外风雨交加。商迟抱着白珊珊走动几步，一把将她抵在了背后的落地窗上，加深这个吻。

他的吻是蛮横的、野性的，强硬不容拒绝。

白珊珊如遭雷劈，潜意识里的自我保护机制因为这强烈到令人胆寒的危险行为而完全开启。她再次用力挣扎，双手推搡，但对方犹如铜墙铁壁，未动分毫。

这个吻不同于十年前懵懂无知的那次，也不同于她醉酒胡闹的那次。此时此刻的她，是个心智成熟的二十七岁姑娘，并且大脑非常清醒。

因此，被商迟疯狂地亲吻着，白珊珊呼吸困难，大脑缺氧，满脑子就只剩下一个念头：我想杀人。

不知过了多久，这个吻才结束。

商迟仍将她摁在落地窗上，意犹未尽地亲吻着她的嘴角。

和最初的狂怒暴躁不同，在之后那短暂又似乎无比漫长的数秒钟时间里，白珊珊面红耳赤，平复着呼吸，显得非常镇定。她以为自己会抓狂，会咆哮，会把商迟给暴揍一顿。但她没有，通通都没有。

良久的沉默之后，商迟放开了她。

白珊珊飞快地退后几步，和他拉开了一个安全的距离，没什么语气地说："吃饭去吧。"说完她转身就走。

冷冷的嗓音在背后响起，语气漫不经心："不生气？"

"不气。"白珊珊说。

商迟盯着她，挑了下眉。

白珊珊回过头面无表情地和他对视片刻，然后勾了勾唇，竟笑了。她嗓音又甜又软，说："一个人的情绪如果长时间能轻而易举被另一个人左右，那就说明她开始在乎他了。所以，我不气。"

商迟黑眸沉沉，没有说话。

"下楼吧，晚餐估计已经开始热第三回了。"姑娘说完，拍拍小手，转身蹦蹦跳跳地走了。

那背影，那姿态，仿佛是在朝他宣告着一件事：管你干什么，我就是无动于衷，不在乎你。

我才不气。

我要气死你，气死你，气死你！

商迟在原地静了几秒，嘴角忽然勾了下，眼底有一丝浅淡的笑意蔓延开。

这天晚上的晚饭，白珊珊权当夜宵吃了。她饿得头晕眼花，逮着那几份烤牛肉和烤面包就是一顿狂吃，足足吃下了正常女性食量的两倍分量。然后，她优雅地拿起纸巾擦了擦嘴，优雅地对从始至终没动过筷、一直安安静静盯着她看的商迟露出一个非常淑女的笑容，优雅地说了句："晚安商先生，祝您做噩梦。"

然后，她就在一屋子用人震惊加惶恐的眼神中，施施然回房睡了。一夜多梦，她睡得并不安稳。

第二天一大早，白珊珊接到了顾千与的电话，说顾思涵终于松口，勉强同意让白珊珊给她面诊的事。

白珊珊当即从被窝里弹了出来，洗脸刷牙，换衣服出门。

上午十点左右，黑色豪车停在了顾千与家高档电梯公寓小区的门口。白珊珊推门下车，跟司机克朗尼留下一句"您先回吧，等我快结束的时候再给您打电话，您再过来，谢谢"之后，便啪一声关上了车门。

几分钟后，白珊珊在顾家见到了许久未见的好友的妹妹。

顾思涵穿着一身睡衣，两只手抱着膝盖蜷在床尾，神情恍惚，对外界的动静反应不大。她栗色的大波浪鬈发不知已经多久未曾打理，毛糙打结，乱糟糟地堆在脑后。或许是好些日子没见过太阳的缘故，她皮肤白得极不自然，眼下黑眼圈浓重，看着憔悴极了。

白珊珊忍不住皱眉，一时间难以将眼前的姑娘和记忆中那个活泼明艳、光彩照人的小妹妹联系在一起。

顾千与眼眶红红的，站在房门外擦了擦脸，回头朝白珊珊强颜欢笑，说："你们两个聊吧，我去给你们准备点儿水果。"

"嗯。"白珊珊神色复杂，缓慢地点了点头。

白珊珊从顾家出来，已经是下午四点五十了。快到下班高峰期了，城市交通逐渐变得拥堵起来。

白珊珊坐在黑色豪车里，面无表情地看着车窗外的车水马龙，回想起数分钟前她和顾千与的那番对话。

“根据我的诊断，思涵应该是患上了反应性抑郁症和轻微的厌食症。我今晚要跟着商迟去A城，回去之后我会把思涵的病情详细记录，并拟订初步治疗方案转交给涂岚。我已经跟涂岚说过了，思涵后续的治疗都由她来跟进。涂岚的从业时间比我长，各方面也比我强，让思涵在涂岚那儿接受治疗，你可以完全放心……”

“你去A城？去A城做什么？难道是去给司马家难堪，给思涵出气？”

“不会的。”

思绪中断，白珊珊眼底浮起一丝玩味。

给司马家难堪？怎么会。

十恶不赦的坏人，应该下地狱才对。

入夜，A城的大街小巷都亮起了街灯，霓虹斑斓，五光十色。这座以博彩旅游业闻名全球的城市脱去了白日里端庄的面具，像一个化上了浓妆的女王，看着形形色色的都市男女臣服在她繁华迷乱的石榴裙下。

二十三点十五分，正在玩手机游戏的白珊珊一边紧张地打着团，一边走出A城国际机场。她跟随商迟走出VIP通道，一辆黑色商务车似乎已经等候多时。

江旭拨通一个电话，简单用英语说了几句。不多时，黑色商务车副驾驶座的车门打开了，一个瘦高的俊朗青年从车上走了下来。

“先生。”看见商迟，青年微微垂眸，神色恭敬。

商迟神色冷漠，淡淡地问："事情办得如何？"

"请您放心，都安排好了。"熊晋微微一笑，"这次的晚宴，相信会令司马家毕生难忘。"

两人说着话，白珊珊一局游戏也打完了。她迈着步子懒洋洋地打了个哈欠，扭过头，朝商迟故意嗲声嗲气地道："商先生，请问你们谈事情能到酒店之后再谈吗？"她用手指戳了戳手腕，假装那里有块表，"这个点儿好像该睡觉了。"

"这位小姐是……？"熊晋看着白珊珊，面露狐疑。

江旭清了清嗓子，端庄而沉稳地回答："白珊珊，白小姐。"

熊晋是商氏安排在A城分公司的监管人员，年纪轻轻能坐到这个位置，自然不会是什么小角色。见江旭这表情，他视线不露痕迹地在自家沉稳冷硬的老板和这位小乖猫似的小姑娘之间扫了一圈儿。

他顿时明白了。

熊晋当即朝白珊珊笑成了一朵花儿："白小姐好。我姓熊，名晋，你叫我小熊就好了。"

简单打过招呼，几人上车一道前往酒店。

车上，白珊珊困得很，看着这座不夜城繁华的夜景打了个哈欠，随口道："小熊助理，酒店还有多远？"

"大概还有三分钟的车程。马上就到。"熊晋坐在副驾驶座的位置上，回过头，朝白珊珊露出一个非常和善友好的笑容，说，"白小姐很困了？大老远从B市来一趟也真是辛苦你了，回酒店之后就和先生一起早点儿休息吧。"

"嗯。"

嗯？？？

白珊珊被瞌睡虫侵袭的大脑愣了下，敏锐地捕捉到这人话语里的某个信息，一下子惊得睡意全无，干巴巴地笑了下，说："小熊助理，我自己休息就行了……不用和商先生一起。"

“是这样的，”熊晋满怀愧疚地笑了下，一副为难的神色，道，“我事先不知道小姐要来，陈助理等人又都是明天才到，所以我只订了两个房间，先生一间，江助理一间。而且据我所知，酒店并没有多余空房。”

白珊珊皱眉：“所以？”

“白小姐今晚如果不想和先生住一间的话，就只能和江助理一间了。”

白珊珊愣了。

江旭内心吐槽：好你个臭狗熊，心思够毒啊，嫉妒我也不能这样害我吧？！

白珊珊沉默了十秒钟，才说：“没事儿，我自己去其他地方找个酒店。”

这时，一道低沉嗓音响起：“其他酒店也没有空房。”

白珊珊觉得好笑，侧过头看了一眼身旁西装笔挺、沉稳冷硬的超级大佬，说：“怎么可能？A城这么大，酒店那么多，我想找个空房间还不容易？肯定还有的！”

商迟面无表情地静了几秒，道：“熊晋。”

熊助理应声：“是，先生。”

“订下A城所有酒店的剩余空房。”

“是。”

白珊珊蒙了。

商迟侧眸，视线落在她的脸上，轻轻一挑眉，慢条斯理地说：“现在，没了。”

简短有力的四个字，成功地令白珊珊目瞪口呆。她再次亲眼见证商迟实力演绎何为真正的霸道总裁。

白珊珊腹诽：有钱了不起啊？！有钱真的了不起。

车里霎时陷入安静。

商迟在冷淡地命令熊助理订完A城所有酒店的空房之后，便开始闭目养神。他背靠椅背，两条大长腿随意地交叠着。

看着商迟冷硬平静的侧颜，白珊珊一脸郁闷，嘴角不受控制地抽了抽。几秒后，她闭上眼深深地吸了一口气吐出来，一只手握成小拳头，另一只手安抚地拍拍自己的胸口，平复心绪。

调整好后，她想到什么，然后把头转向了江旭，一双亮晶晶的大眼睛半眯着瞧他。

江旭抱着笔记本电脑处理公务，察觉到什么，抬起头刚好和白珊珊的目光撞到了一起。这姑娘笔直地盯着他，那架势跟要在他脸上瞪出朵花儿似的。

江旭心生困惑，但面上还是礼貌地微微一笑，道："白小姐，请问您有什么事吗？"

闻言，白珊珊的眸子里顿时冒起两团希望的小火苗，她仿佛抓住了最后一根救命稻草，以一种满是希冀的表情瞅着江助理，说："江哥，你今晚能去小熊助理家凑合一晚吗？把你的房间借给我，回了B市我请你吃大餐呀！"

江助理面上的微笑一丝不减："稍等。"然后，他就侧目瞥了一眼熊晋，很有礼貌地询问同僚，"熊助理，白小姐的话你听见了吧？你意下如何？"

熊晋悄悄地转头，不露痕迹地瞧了一眼后座位置，只见自家老板仍旧闭着眼靠着椅背，唇微抿，面容冷漠，没有丝毫反应。

熊助理看上去仍是那副标准的上流社会精英形象——脸色漠然，仿佛泰山崩于前也面不改色。然而，他的大脑在快速转动，几个念头在来回切换。

白珊珊等了半天都不见熊晋回答，不由得皱了皱眉，疑惑道："怎么了，小熊助理，不方便吗？"

熊晋沉吟片刻，迟疑且谨慎地答道："不是很方便……"

“哦。”这也是意料之中的答案。这些看起来衣冠楚楚、一表人才的精英都是商迟的人，胳膊肘不会朝外拐，当然无条件站在他们家老板那边。

白珊珊沉默了，自顾自地趴在车窗上看着外面飞速倒退的景物发呆。

不知不觉间，纯黑色商务车已停了下来。

江旭先下车，拉开了后座的车门，恭恭敬敬地弯腰，抬手挡在了车门上边沿的位置。坐在边上的白珊珊侧目一瞧，只见酒店大门前是一座大阶梯，往上是一片空地，有石狮喷泉池。酒店大厅装修得富丽堂皇，灯火璀璨，怎“奢华”一词可形容！

啧，万恶的资本主义。白珊珊腹诽。

这时，一阵手机铃声突然响了起来。

江旭接起电话，微微皱眉，用英语跟对方交流，然后挂断，抬眼看向白珊珊身后，神色严肃而恭敬地说：“先生，赛吉从意大利打来的电话。那批货的价格没有谈妥，阿肯西维一方的意思是他们最近正遭遇财务危机，我们开出的价格太低，对他们而言无异于火上浇油。他们请求与你进行视频会议直接对话。”

“具体时间。”白珊珊背后冷不丁响起一个声音，十分淡漠。

“他们希望就在今晚。”

“十分钟。”

江旭颔首：“是。我这就给他们回话。”

白珊珊回头，只见西装革履、英俊冷漠的男人坐在商务车的后座。他侧目看向她夜色下雪白的脸，道：“你站着不走，是要我亲自抱你进去？”

白珊珊干巴巴地笑了两声，摆摆手，说了句“不用不用”，转过身小跑着上了阶梯。刚到酒店门口，她便瞧见几个外籍面孔的侍者站在大门前，脸上带着标志性的微笑。

“您好，小姐，请问您有预订吗？”侍者笑着用英语问。

白珊珊正要说话，江旭和熊晋已从背后跟了上来。他们在外籍侍者身前站定，江旭以一口极其纯正的美式英语道：“先生明晚要参加一个晚宴，今天提前过来。”

白珊珊闻言，皱了皱眉。

侍者瞧见江旭和熊晋，当即毕恭毕敬地应道：“总经理早就交代过先生今晚会下榻酒店。房间已经准备妥当。”

白珊珊狐疑，凑近看起来比老狐狸江助理要实诚许多的熊晋，压着嗓子小声地问：“小熊助理，这个人认识你们吗？”

“是的。”小熊助理笑容真诚。

“为什么？”白珊珊好奇地眨了眨眼睛，猜测，“是不是因为你家先生经常来A城出差，所以成了这家酒店的高级VIP？”

“啊，”小熊助理这才后知后觉地想起什么一般，诧异地道，“我刚才没有告诉白小姐，这家酒店是先生的产业吗？”

白珊珊一脸茫然。

“这家酒店是先生的，先生在这家酒店有专属的总统套房。”小熊助理诚恳地道，“先生有洁癖，专属套房从未对外营业，也就是说，除了先生以外没有人住过你们的房间。所以，小姐可以放心居住。”

几分钟后，白珊珊一脸郁闷地跟在商迟身后来到了直达顶层总统套房的私人电梯前。

年轻的葡萄牙籍电梯女郎弯下腰，友善而恭敬地朝两人道：“行李和其余物品已经送至房间，祝二位度过一个愉快的夜晚。”

白珊珊沉默，一脸窘迫，从小挎包里拿出一颗草莓味的棒棒糖拆开放进嘴里，再掏出耳机塞到耳朵里。

话音落下，电梯门悄无声息地合上，电梯开始上行。

密闭空间，电梯四面内壁全是镜面，反射着白色灯光，电梯越发显得宽敞而明亮。电梯里安静极了，因此，小姑娘津津有味吃棒棒糖的声音便显得尤为突兀。

身着笔挺黑西装的男人站在电梯中央，沉稳冷漠、面无表情地看着对面的镜面，镜子里映出身旁姑娘的身影，小小一个。

她随便穿了一身浅绿色的及膝T恤裙，挎个小包，露出两条雪白纤长的小细腿。她嘴里咬着棒棒糖，左边腮帮子被棒棒糖顶高，鼓起一个小圆球。她低着脑袋，戴着耳机，两只小手抱着手机，全神贯注，几根又细又白的手指飞快地在屏幕上戳着。

商迟盯着镜子里的小家伙看了会儿，侧目，视线下移看向她的手机屏幕。

画面五颜六色，乱七八糟。只一眼，商迟便冷淡地收回视线。

“商先生。”突然，边上传来一道又柔又软的嗓音，甜甜的。

“嗯？”商迟应了声。

“你家酒店的总统套房，肯定不止一张床吧？”咬着棒棒糖的缘故，她发音不是很清楚，听着含含糊糊的，语气倒是颇显随意。

商迟平静地回答：“一张。”

话音落下，白珊珊打游戏的动作忽地顿住了。屏幕变黑，她缓慢地抬起头，缓慢地转动脖子朝向身旁，盯着他，一字一顿地重复：“一张？”

“嗯。”

啪！白珊珊脑子里那根强绷了一晚上的名为“淡定”的弦断了。

白珊珊深吸一口气吐出来，竭力克制住打人的冲动，嘴角一勾，微微一笑：“没有第二张床，沙发总有吧？”

商迟还是很冷静，嗯了声，没有多余言语。

“OK！”白珊珊点头，道，“那今晚你睡床，我睡沙发，我们各睡各的，井水不犯河水。如果……”说着，她忽然一顿，眯了眯眼，拉开自己小挎包的拉链，从里面掏出了一把微型工具锤。

她的一只小白手紧紧地握住微型工具锤，举高，在商迟眼皮底下耀武扬威般地挥过来、挥过去。

商迟抬眼，瞧她。

“如果半夜三更，有人想对我不轨，”小姑娘嘴角扯出一个冷笑，娇软可爱的小脸蛋儿上摆出一副自认为非常霸气威猛、高贵冷艳的表情，义正词严地道，“我就代表月亮，锤爆他的狗头。”

进了房间，白珊珊干的第一件事就是飞快找到开关把灯摁亮。她环顾四周，这间屋子果然如熊晋所说，是商迟专属。

这里的布局甚至是一应装修的风格和色调，都和商府的主卧极其相近——单调的黑白色，纤尘不染，冷硬冰凉，充满着他独有的男性化气息。

思绪乱飞间，她听见身后传来沉稳有力、不徐不疾的脚步声。

白珊珊回过头，看到商迟已在客厅的沙发前站定，背对着她脱下了西装外套。他背脊笔直，肩背到腰的区域呈现出漂亮的倒三角形，隐隐可见衣服下的肌肉线条。他穿着黑衬衣黑长裤，几乎要和落地窗外的无边夜色融为一体。

就在白珊珊忍不住再次赞叹商迟的好身材时，她看见不远处的大佬抬起双手，解开了领带。

紧接着，他又开始解衬衣扣子……

白珊珊的眼珠子都要瞪出来了，她支吾道：“那个……不是，商总，请问您这是要干吗？”

商迟闻声转身，黑色的眸子盯着她，语气平静，答道：“脱衣服，洗澡。”说话时，他手上的动作没有停。

白珊珊微微瞪大了眼睛，咕咚一声，不由得咽了一口唾沫。

白珊珊一直觉得，这个男人骨子里的某些特性，很像荒野中的凶猛兽类，比如对待敌人时的杀伐果决、阴狠残忍；比如对待猎物时的耐心和蛰伏；比如，对黑暗环境情有独钟……

但凡是他经常出没的地方，灯光都不会太明亮——套房里虽亮着灯，但光线是暗金色，幽暗昏沉，平添几丝暧昧。

此时此刻，这人穿着黑衬衣在解扣子，自上而下，动作优雅，慢条斯理。两只修长有力的大手骨节分明、干净修长，指甲修剪得干净整洁。

而在解扣子的整个过程中，他直勾勾地盯着她。

白珊珊鬼使神差地没有移开视线，就那么呆呆地站在原地，眼睁睁地看着男人从容不迫地解开了最后一颗纽扣，脱下了衬衣。

如果不是亲眼所见，白珊珊怎么都无法想象那身笔挺西装下包裹着的躯体是这副模样：宽肩窄腰，身躯高大修长；肌肉分明，却丝毫不显突兀，匀称紧实，恰到好处；胸肌、腹肌、人鱼线，一样不缺，满满的阳刚美和野性美。但最令人不可思议的是这具身体上大大小小的伤疤，狰狞可怖，无论看过多少次，她都会心头一惊。

此时，屋子里静极了，似乎四处都充斥着浓烈的男性荷尔蒙气息。

室内分明开着冷气，温度却好似不降反升。

看着不远处赤着上身的男人，白珊珊忽然觉得心跳急促、口干舌燥，全身的皮肤好像快要着火一般。

几秒光景，她猛地回过神，这才别过头移开视线。她的脸颊烫得能煎鸡蛋，胸腔里似乎有小鹿在乱跳。她心慌意乱，只能清了清嗓子，故作镇定地道："我洗得慢，还是我先洗吧。"

说完，她根本不敢看商迟，脚下踩着风火轮般逃也似的冲进了浴室。

商迟微微侧头。

姑娘咔嗒一声锁上了浴室门。

短短半秒，他微微勾唇，黑眸深处闪过一丝饶有兴趣的光。

温热的水流洗去一身疲乏，同时也令混乱的大脑重归清醒。白珊珊闭着眼睛站在淋浴头下，甩甩脑袋，定定神，反手关上了水龙头开关。

水声消失。

“蓝颜”祸水，男色撩人，商迟毕竟长了那样一副“盛世美颜”，她偶尔“花痴”一下，很正常。白珊珊一边拿毛巾擦着头发上的水，一边开导自己，然后，她把刚才的失常行为归结为暂时性的“色迷心窍”。

这么一想，白珊珊就释然了，一身轻松，轻松到甚至哼起了歌。

然而，这种轻松愉悦的状态持续了不到十秒钟，白珊珊口中欢快的《小跳蛙》便戛然而止——她看着空空如也的浴室架，化身成雕像。

她居然忘了拿浴袍？

她跟机器人似的缓缓地扭过头。大理石洗脸台上，摆着她刚刚随手洗了的T恤裙，还湿淋淋地往下淌着水。

事实证明，人一倒霉，不仅喝水会塞牙缝，洗个澡都能忘记拿衣服。难以接受智商一百二的自己会干出这么蠢的事，白珊珊裹着浴巾、双臂抱膝，蜷在浴缸边上，陷入了沉思。

就这样，在纠结了整整三分钟之后，白珊珊把心一横，小拳头一握，做出了选择。

常言道，求人不如求已，自己动手丰衣足食。

之前听商迟和江狐狸说话，商迟今晚似乎还有个视频会议要开。没准儿，他这会儿正在开会，并没有在浴室附近溜达。

白珊珊琢磨着，裹紧浴巾踮起脚丫子，小壁虎似的紧贴着浴室门，耳朵贴在门上。

外面的世界静悄悄的。

嗯，商迟应该不在附近。

这么一想，白珊珊才稍稍放心。她站在浴室门前吸气呼气，过了一会儿才终于下定决心。她郑重地抬起“爪子”，握住浴室门的门把，轻轻一拧。

门锁开了。

她小心翼翼地抓着胸前的浴巾，探出一颗湿漉漉的小脑袋。走廊灯已经关了，周围有点儿黑。她左看看，没人，右瞧瞧，也没人。

白珊珊心头一喜，高呼万岁，就在她准备拉开门直接冲出去拿浴袍的时候，一道低沉的声音从正前方传来：“在找这个？”

白珊珊小身子一僵，脸缓慢地转向正前方。

商迟就在正对浴室门的地方，黑衬衣随意地挂在那具高大身躯上，没系一颗扣子。他靠墙站着，一手夹烟，一手拎着她忘记带进浴室的白色浴袍，漆黑的眸隔着烟雾瞧着她，意味不明。

白珊珊一脸震惊。

0.5秒的震惊过后，白珊珊吓得直接低呼出声，慌乱之中下意识地往浴室里躲。然而，忙中出错，她裹在身上的浴巾竟一下挂在了浴室门的门把上。同时，她光裸的长腿撞上浴室门，发出一声闷响。

“嗷。”她低呼出声，又羞又慌，疼得眼泪都快出来了。

商迟怕她继续胡来弄伤自己，当即掐了烟大步走向她，皱眉沉声道：“小心。”

“你……你站住！不许过来！”见他走过来，白珊珊全身羞成了粉红色，更慌了。她使劲去拽缠在门把上的浴巾，一边拽一边往后躲。

浴室的地上本就有水，她的脚丫子一下踩滑，重心不稳，整个身子顿时以离弦之箭般的速度，光溜溜地扑进了商迟怀里。

一室昏暗，空气仿佛凝固了。

姑娘裹在身上的白色浴巾缠在了浴室的门把上，而她整个人以两只小脚丫为弧心，淌着水的、光溜溜的雪白身子在半空中画出了一道漂亮的弧线，就那么沉重地向商迟栽倒过来。

商迟皱眉，眼中闪过一丝担忧，怕她摔倒，瞬间便张开了双臂去接。

而白珊珊因脚下太滑、周围光线太暗，在扑向商迟时，一双光裸的小胳膊在半空中拼命地乱挥，试图拽住什么东西借个力，抢救一下自己。

可她这一拽，捞了个空。

下一刻，男人修长的手臂已牢牢环住她的腰臀位置，稳稳的，极有力。她撞进宽阔健壮的胸膛中，左边的脸蛋儿最先“着陆”，和对方黑衬衣下的紧实胸肌直接来了一次零距离接触。

触感坚韧，硬邦邦跟一堵墙似的，温度滚烫灼人。

两个人就这么肉贴肉、毫无阻隔地抱在了一起。

世界仿佛被谁摁下了暂停键，啪，画面定格，时间停止。

这一切发生得猝不及防，等白珊珊回过神时，她感觉全身都红了。

此情此景，白珊珊再也淡定不了了。她又羞又气又慌又乱，从脸蛋儿红到脖子，甚至连脚指头都羞成了粉红色。

她想也不想就挣扎起来，皱起眉，面红耳赤、惊慌失措地斥道：“商迟你要干什么？放开我！快点儿放开我！”

她边说边从他手里抢过浴袍，胡乱地挡住胸口，用手死死地捂住。

姑娘刚洗完澡，热气一蒸，她身上那股清新甜美的香味似乎也浓郁了许多。她浑身上下一丝不挂，长发淌着水，像条刚从水里捞起来的小鱼，光溜滑腻。

这片区域的地板被她弄得到处都是水，她情绪激动，极有可能再次摔倒或者磕磕碰碰弄伤自己。

商迟眉头皱着，眸色极深，像有浓墨在其中漫延开。他大手用力钳住她，声音沙哑得可怕，但语气很冷静，也很克制："冷静，别乱动。"

他抱着白珊珊，能清楚地感觉到这副小身子的曼妙勾人。她再一挣一扭，他骨子里天生的侵略欲和破坏欲全被点燃，野火燎原，烧得商迟兴奋到疼痛，四肢百骸似要炸开。

若换作平时，理智状态下的白珊珊自然能第一时间察觉到商迟平静表象下汹涌的暗潮。但此时此刻，她全身赤裸地被这人禁锢在怀里，躲不掉又挣不开，窘迫与慌乱的情绪交织成海浪，将她淹没，她哪里还有心思去感知他字里行间流露出的威胁？

因此，商迟的话说完，她非但没乖乖地静下来，反而挣得更厉害了。她一只手捂胸，另一只手对着他又推又搡，连脚丫子都用上了。她红着脸，怒气冲冲地说："放开我！再不松手，信不信我报警啊？"

就在白珊珊一身正气地吼完这一嗓子之后，房间里的所有灯竟在眨眼之间全部熄灭。

酒店停电了。

偌大的空间骤然陷入一片黑暗。

这个节骨眼上，白珊珊本就心乱如麻、手足无措，视觉的消失更是将她恐慌的情绪推到了巅峰。她无意识地惊呼出声，紧接着就挣扎得更厉害了，大声地骂道："你这个神经病！我让你把我放开，听见没有！把我放开！"

"白珊珊，"黑暗中，男人的嗓音在咫尺处响起，十分低沉地唤了一声她的名字，音量低得让人觉得危险，"我说，别乱动。"

"我还说让你把我放开呢！"她咬咬唇，手掌抵着他用力往外推，脱口而出，"我凭什么听你的话？你跟我本来就一点儿关系都没有，你凭什么对我做事这么不讲道理？！"

话音落下，整个屋子一片死寂。而人仿佛坠入了真空环境，一切声响都消失得干干净净、无影无踪。

黑灯瞎火的，白珊珊还仰着脖子怒视商迟，但视野中只有男人线条分明、冷硬的轮廓。她看不清那张脸上的表情，只觉呼吸急促，心跳如擂鼓。

半晌的诡异静默后。“我们没有关系？”商迟淡淡地重复了一遍她的话，语气平静，意味不明。

白珊珊抿抿唇，稍微冷静下来已觉察到什么，但她仍强装镇定，仰着小脸硬着头皮，没什么语气地道：“我只是在阐述事实。”

这时，她的眼睛稍微适应了周围黑暗的环境。

视野中，高大男人双臂还环着自己光裸的腰身。他微微垂眸，深邃的眼睛中锋芒丝毫不减。他直勾勾地盯着自己，像发现了让他极感兴趣的事物一般。

白珊珊忽然没来由地害怕。商迟的眼神，让她联想到了某种处于猎食状态的猛兽，仿佛下一秒就要将她连皮带骨地吃了……

就在白珊珊胡思乱想的时候，商迟优雅地弯了弯嘴角，竟很淡地笑了下。他修长冰冷的指尖挑起她尖尖的小下巴。

白珊珊眼眸忽地一闪。

“公主，”商迟低头，薄唇贴近她耳边，语气低沉而轻柔，“你为什么总是这么不乖，总是喜欢惹我生气？”

说话时，他手掌轻抚她的脸颊，掌心处薄而硬的茧抚过柔软细腻的脸蛋儿，带起一阵若有似无的冰冷痒意。这像在爱抚一只小宠物。

白珊珊全身一僵，不受控制地轻轻抖了下。

就在这时，酒店供电恢复，会客厅骤然灯火通明。

浴室门外的走廊处，一长一短两道人影落在地板上，姿势暧昧而亲昵，安静无声。

白珊珊这时已经完全冷静下来，意识到自己刚才的某些言论似乎触到了商迟的逆鳞，还是有一丝后悔。毕竟这会儿，她在A城，又在人家的地盘上，而且还连衣服都没穿……

如果他们真的起了什么大冲突，毫无疑问，吃亏的一定是她白珊珊。

好汉不吃眼前亏，既然不能武斗，那就只能智取了。毕竟条条大路通罗马，还是采取“曲线救国”的迂回战术比较明智。

白珊珊飞快地给自己做着心理建设，就在她准备委曲求全说些好话，让商迟放自己去穿衣服的时候，一阵手机铃声忽然响了起来。

丁零丁零、丁零丁零。

商迟像没听见，一手环着怀里姑娘的细腰，一手轻轻地抚她湿淋淋的发和娇红明艳的脸蛋儿，动作温柔得可怕。

几秒后，白珊珊清了清嗓子，干巴巴地笑了下，说：“谢谢商先生刚才出手接住我。你的手机在响。”

“左边。”对方来了这么一句。

白珊珊一脸茫然。

“拿给我。”商迟淡淡地说。

白珊珊无语，暗暗翻了个白眼，去给这位大佬拿手机。她扭脖子一瞧，那只纯黑色的手机果然就摆在不远处的酒柜上，刚好是她伸手就能够到的位置。

她脸上红云不减反增，咬咬唇，硬着头皮伸出一只手飞快地把那只手机拿了起来，递给商迟：“喏，给你。”

商迟面无表情，左手去接。

趁着他一只手没空，白珊珊眼眸一闪，抓住这个机会想抱着浴袍逃回浴室。谁知，她的小脚丫子还没迈出半步，背后大手一押，环住那软软的细腰，将她重新扯了回去。

白珊珊踉跄了一下，雪白的背脊贴上商迟。

她垂眸，扫了一眼环在她腰上的那只冷白修长的手臂，欲哭无泪，十分绝望。她只能僵着身子，一动也不敢动，不知道这位大佬不放她走，也不让她穿衣服是什么想法。

然后，她就看到商迟把电话接了起来。

听筒里传出江旭恭恭敬敬的声音：“先生，刚才酒店电路出现了故障，现已启用备用电机。”

“嗯。”商迟漠然地应了句，同时低头轻轻地吻了吻怀里姑娘的长发。

白珊珊整个人又是一僵。

“另外，”江助理的声音顿了下，然后才接着道，“阿肯西维一方已经准备好了，想请问您现在是否方便与他们视频连线。”

“知道了。”商迟挂断了电话。

几秒后。“公主，这段时间我给予你的耐心、尊重、纵容和宠溺，似乎让你忘了我究竟是个什么样的人。”白珊珊身后的人忽然淡淡地说。他的大手描摹白珊珊的脖颈线条，迫使她高高地仰起脖子，以仰视的角度看向头顶上方那张英俊冷漠的脸。

白珊珊无意识地眨了下眼睛。这个角度，他额前碎发低垂，漆黑深沉的眸被发丝略微遮挡，如星辰，漂亮极了。

而后，商迟俯身，在姑娘轻颤的嘴角轻轻一啄，蜻蜓点水般落下一个冰凉的吻。他残忍又优雅地笑了，夹杂烟草味的气息萦绕在她鼻端：“来玩一个游戏。”

就在白珊珊不知所云的时候，商迟弯腰低头，用浴袍将姑娘裹住，接着便连人带浴袍一把将她给抱了起来。姑娘吓得惊呼了一声，一只手紧拽着挡在胸前的浴袍，一只手出于本能抱住他脖子，不解地道：“你要带我去干什么？”

“视频会议。”商迟漠然地说。

白珊珊蒙了。

事实证明，商迟并没有开玩笑。

约三分钟之后，商迟关了灯，抱着怀里的姑娘来到位于工作区的纯黑色办公桌前。白珊珊的脸都快热得失去知觉了，她羞愤交加，想到之前江旭的那通电话，心里不由得咯噔一下，一双眉毛紧紧地皱着。她在他怀里挣了挣，沉声道："商先生，请你不要开这种低级玩笑。"

对方对她的话充耳不闻。他面无表情，弯腰落座，将白珊珊放到腿上，像抱着一只乖巧可爱的小奶猫。

"商迟，你不要乱来。"她突然意识到什么，声音沉了下来。

"别害怕。"商迟的语气温柔而平静。他一手箍住她，另一只手拉开办公桌的第二个抽屉，里面是数排折叠得整整齐齐的纯色领带。

白珊珊这下彻底慌了。

商迟取出其中一条纯黑色的，动作轻柔又慢条斯理地绕过她雪白纤细的两只手腕，绑好、系结，淡淡地说："我只是要让你记住一件事。"

说完，他在白珊珊惊愕的目光中用东西挡住了电脑的摄像头，将显示屏摁亮。

画面一闪，几个欧洲面孔的中年人出现在屏幕中。他们个个西装革履，神色冷峻，气度不凡。

白珊珊本来想骂人的，见状，满肚子的脏话全都生生卡在了喉咙里。她目瞪口呆，眼中的窘迫与愤怒几乎要燃烧起来。

没想到，他竟会真的在这种情境下开始和人谈正事。

但这种诧异只持续了短暂的半秒，下一刻，商迟的食指抬起她的下巴。白珊珊眼眸微微闪动，动了动唇，来不及发出半点儿声音便被他吻住了。

白珊珊的脸颊泛红，被领带束缚的两只小手不安地挣扎，她错愕地瞪大了眼睛。

视频的另一端，意大利人中为首的中年人看着一片漆黑的会话框微微皱眉，感到有些奇怪，但还是礼貌地笑了笑，用英语道：“商总，您好，我是阿肯西维·吉拉尼，抱歉这么晚打扰到您休息。之前听说您对我们最新生产的一批货感兴趣，对此，我们都深感荣幸……”

电脑传出视频对话中意大利人的声音。

白珊珊脑子嗡嗡的，半个字都没有听进去。她坐在商迟腿上，被他完全禁锢在只属于他的空间里，嘴唇发麻，舌根生疼，连氧气都被毫不留情地掠夺。

这种甜蜜又痛苦的折磨，令白珊珊有种马上就要窒息而亡的错觉。

会客厅黑漆漆的。

商迟坐在办公椅上，微闭着眼，亲吻着怀里只裹了件浴袍的姑娘，冷硬的下颌线随着唇齿的动作轻微蠕动。屏幕的冷光照亮他的侧颜，平添几丝颓废又阴郁的寒意。

不知过了多久，视频另一端的阿肯西维面色微沉，道：“实不相瞒，我们集团正遭遇财务危机，这批货的售价，贵方开得太低了，我们无法接受。”

闻言，商迟很淡地笑了下，放开白珊珊被他吻得红肿的唇，亲了亲她的嘴角，漠然地道：“你跟江旭说，我在火上浇油？”

白珊珊一双亮晶晶的眸子起了一层水汽，羞愤交加，又不能发出声音，只能怒视着商迟。

他说这话时，语气冷漠而平静，仿佛和刚才疯狂强吻她的不是一个人。

她感到毛骨悚然。人类这种动物，怎么能在沉迷情欲的同时，还保持如此冷静的头脑？

视频那端的意大利人沉吟片刻，道：“商总，这个价确实太低了。我们期待能与商氏合作，但恕我直言，贵方开出的价位，会让我们有贵方诚意不足的错觉。”

“纠正阁下的一个说法。”商迟道。他的唇慢条斯理地滑过怀中姑娘羞红的颊。在她愤怒的眼神中，他轻轻地在那小巧可爱的耳朵上咬了一口，语气沉而冷，“我对‘落井下石、火上浇油’没有兴趣，我现在的行为，应该叫‘趁火打劫’。”

阿肯西维沉默了。

一众意大利人沉默了。

白珊珊则是愣住了。

商迟微微闭着眼，吻着她的脖子，冷声道：“阿肯西维，贵司如今正逢寒冬，我是个生意人，肯买你的货，当然只看重怎么才能将自己的利益最大化。这个世界上从来没有无端的善意，你是个聪明人，应该明白我是什么意思。”

闻言，阿肯西维面色一阵青红交织，一抹不易察觉的难堪之色在这个曾叱咤风云的意大利名流眼中蔓延开。

沉默片刻，他颓然地叹了一口气，强颜欢笑道：“谢谢商总对我们的帮助。”

“合作愉快。”商迟的嘴角淡淡地勾起一个弧度，切断了连线。

白珊珊憋了好几分钟，终于红着脸忍无可忍地怒道：“疯子！”她边说边扭着被领带绑住的手腕，“神经病！你到底想干什么？”

“无论是货还是人，我想要的，就一定要得到。”商迟语气温柔而平静，淡淡地说，“得不到，就毁掉。”

白珊珊心尖猛地一颤。

“我的珊珊，”他唤她的名，贴近她，高挺的鼻梁蹭了蹭她的小鼻尖，亲昵又温柔地道，“世界上从来没有无端的善意。十年前我救过你的命，作为交换，你的命、你的人生、你的未来，你整个人从身到心，就都应该属于我。”

白珊珊沉默片刻，才道：“我说……你能不能把我的手解开，让我先把衣服好好穿上？”

“不要再惹我生气，”商迟解开了黑色领带，牵起姑娘的两只雪白的手腕送到唇边，轻轻吻了吻上面留下的浅红色印痕，抬眸，直勾勾地盯着她的眼睛道，“否则下一次，我不保证自己会对你做出什么事。”

闻言，白珊珊整个人都不好了，气得笑出一声：“比如什么？”

“比如，做完南城一夜，我魂牵梦萦了十年都没来得及做的一切。”

夜已深，繁华的东方城市却久久不眠。落地窗外灯火绚烂，霓虹灯的光芒几乎将浓夜照得宛如白昼。

白珊珊一手端着一杯刚煮好的咖啡，一手无意识地握着她从白宅带出来防身用的工具锤，面无表情地坐在套房客厅的沙发上。她双眼平视前方，安静地看着落地窗外的夜景发呆。

屋子里静极了，唯有浴室方向的水声哗啦啦，清晰可闻。

几分钟后，浴室里水声忽地一停。

白珊珊的心一紧，她下意识地抬起脑袋转过头看向浴室方向，清朗的眸子里带着明显的防备和敌意。她只觉全身血液逆流，整个心脏仿佛被一只无形的大手给紧紧攥住。

咔嗒一声轻响，门开，一道高大身影从浴室里走了出来。

商迟已经洗完澡，全身上下只穿了一条纯黑色的拳击短裤。水蒸气在男人宽阔的肩背和胸肌处凝成水珠，顺着漂亮的肌肉线条往下滑，淌过巧克力状的八块腹肌，顺着人鱼线，徐徐没入腰际。

他脸色冷漠，黑眸仿佛两口不起任何波澜的古井，黑色短发滴着水，左手随意地拎着一块纯白色毛巾。而后，他微一侧目，瞧见了坐在沙发上，举着把小锤子，满眼警惕瞅着自己的白珊珊。

姑娘已经穿好了浴袍，而在那套浴袍之内，能清楚地看见里三层外三层，又是T恤衫又是衬衣又是长裤。她把自己从头到脚都给包得严严实实的，活脱脱一个刚出锅的小粽子。

显然，她把行李箱里带来的衣服都套在了身上。

几乎在注意到他看向她的刹那，“小粽子”直接从沙发上跳了起来，朝远离他的方向噔噔噔后退三步。咖啡杯被撂在一边，两只白生生的小手握住微型工具锤举在身前，表情凝重决然，跟一个随时准备跟邪恶势力决一死战的小战士似的。

商迟面无表情，直勾勾地盯着她。

白珊珊也面无表情，一双大眼睛毫不躲闪地看着他，清朗的眸子里闪烁着愤怒和戒备的火光。

隔着几米距离，两道视线就这么撞在了一起。刀光剑影，空气里似乎有一阵刺刺刺的电流声。

气氛之诡异，情势之严峻，好似一场大战一触即发。

白珊珊脸上没有表情，脑海中却已经把自己和商迟代入成了武侠小说里的西门吹雪和叶孤城。两个武林高手站在一望无际的茫茫雪原中，一人持剑，一人持锤，神色冷漠地对峙着。

然而，就在白珊珊举着锤子顶着一张冷漠脸，想象武侠剧里大佬决斗的剧情时，对面的商迟终于有了动作——他迈开长腿，竟然笔直地朝她站的方向走了过来。

白珊珊见状，心头一慌，但面上仍然强装镇定，沉声道：“商先生，有什么话请你就站在那里说。我们最好保持一下距离。”

商迟充耳不闻。人高腿长的缘故，一眨眼，他就到了她跟前。

周围气压明显低了几分，白珊珊暗道一声不妙，下意识地想转身躲开。还没等她有所动作，商迟便伸手一把环住她纤细的腰身，将她打横抱起来。

在这人怀里，感受到他灼人的体温，白珊珊脸颊泛红，整个身子都是一僵。她皱眉，用力挣了挣：“你又要干什么？”

“给你吹头发。”

“吹……吹头发？”白珊珊闻言，一时没反应过来。

“如果你感冒，我会心疼。”商迟淡淡地说。他面容冷淡，语气平静。

卧室内依然是一片安静。

商迟动作轻柔，将怀里不安的姑娘放在了纯黑色的大床上，不知从哪儿取出一支药膏，弯腰坐在床沿。

“吹头发这种事就不劳烦商先生了……”白珊珊干巴巴地挤出一句话，说着便准备跳下床，“我自己来就好。”

话音刚落，男人宽大的手掌已经握住了她的腰肢，不由分说地将她抱到了自己腿上，牵起她的两只手。

手腕处传来一阵冰凉的触感，之前领带勒出红痕的位置被均匀地涂抹上了白色膏体。白珊珊眼眸一闪。与此同时，她听见头顶传来低沉冷冷的嗓音：“公主，乖乖的，别再惹我生气。”

他语气寻常，但那个“再”字瞬间勾起了白珊珊数分钟之前的记忆。

她一脸郁闷地抽了抽嘴角。

她看了一眼还握在手里的工具锤，思考着要不要给商迟来一个当头棒喝。老虎不发威，他可能真的会把她当成病猫。

但这家酒店是商迟的产业，这个地方的人也都是他的手下，若是硬碰硬，毋庸置疑，她不可能捞着半点儿好处。而且，今晚商迟开视频会议时对她做的事、说的话，都充分表明他已在动怒边缘。如果她继续跟他对着干，后果极有可能不堪设想。

谁知道他真的生气了会做出什么事？

好汉不吃眼前亏，忍一时风平浪静，退一步海阔天空。自己先按着他的意思来吧。

白珊珊给自己做着思想工作，紧接着，她再瞄一眼手上的锤子，迟疑几秒，把五指松开了。

这种武器还是放远一点儿，否则，她怕自己会忍不住跟商迟同归于尽。

这么想着，白珊珊把锤子放到了一边，抿抿嘴唇，定定神咬咬牙，不再有其他念头。她穿着深蓝色铅笔裤的两条纤细长腿分开在商迟窄腰两侧，跪坐在他腿上。

只是，这个姿势……

脸颊忽地一烫，她深吸一口气吐出来，安慰自己，就当在游乐场里骑旋转木马。

冰凉修长的手指从姑娘湿润柔软的发丝里穿过去，商迟垂眸，眉眼平静，缓慢而轻柔地将她一头长发理顺。不知是有意还是无意，他的指尖若有似无地擦过她黑发下雪白的小耳朵。

时间一分一秒流逝。

白珊珊心跳加速，脑子也有些混乱。她的双手垂在身体两侧，掌心湿湿的，也不知是水还是汗。

她黑发底下的一双大眼有点儿迷茫，不知该看哪里，最终无意识地望向商迟近在咫尺的脸。

男人长了一副非常美的五官。大多数情况下，能用“美”来形容的男士，稍不留神便会有些女气，他却冷硬得像一块寒铁，英俊冷厉。他只是一言不发地坐在那儿，就能让人感受到那股不怒自威、威严冷漠的气场。

他抚摸着她的发，看着她，目光极其专注，甚至绝对冷静。

浓烈的男性气息侵占周围空间，丝丝缕缕，不留余地，几乎要让她染上他的味道。

白珊珊暗暗屏息。不受控制地，她的皮肤从脸颊到耳朵、脖子都呈现出粉色。她甩甩头，收回视线看向别处。

“紧张？”突然，她头顶上方传来低沉的嗓音，商迟淡淡地问道。

白珊珊怔了下，随之便听见一阵嗡嗡的声音——商迟取过吹风机打开了电源，一边吹，一边用白色的干毛巾替她擦拭湿发。

白珊珊僵着身子坐在他怀里，想起他刚才问的话，摇摇头，很淡定地回答道：“不紧张。”

闻言，商迟勾了勾嘴角，没有说话。他的手指穿过姑娘乌黑浓密的发丝，找到那尖尖的小下巴，捏住，抬起来。

白珊珊心尖一颤，感到男人粗糙的指腹在她柔滑的脸蛋儿上来来回回地摩挲，然后又轻抚过她的唇。触感凉凉的，还透着一丝痒意。

片刻之间，她心跳的速度更快了。

胸腔里跟有一支乐队在敲锣打鼓似的，扑通扑通、扑通扑通扑通……

就在白珊珊想从商迟怀里挣脱出去，结束这种“酷刑”时，对方忽然握住了她的腰身，将她往后拉开了一小段距离，关掉了吹风机。

吹风机的声音戛然而止。

白珊珊不明所以，一脸茫然地拨开自个儿的长发抬起脑袋，刚好对上了男人深不见底的眸。

窗户开了一道缝，微凉的夜风将深色的窗帘吹得飘来飘去。

下一刻，商迟右臂从她腰后环过，弯腰俯身。脸颊紧紧地贴住她的胸口，他将右耳靠近她心脏的位置。

白珊珊的脸忽地红透，她全身滚烫，觉得自己马上要窒息了。错愕片刻，她伸手推他：“你在——”

“嘘，乖女孩儿，”他闭着眼开口，嗓音温柔得不可思议，“别说话。”

一室之内安静无声，姑娘的心跳越发急促，犹如擂鼓。

“脸这么烫，心跳又这么快。”商迟直起身，他的指尖缓慢轻柔地描摹她优美纤细的脖颈线条，捏住了她的下巴。他直勾勾地盯着她，勾勾唇，语调里带着一丝倨傲，淡淡地说，“公主，之前那个为期三个月的赌约，你真觉得自己能赢？”

白珊珊正要开口说什么，商迟已将吹风机随手扔到了床头的柜子上，环住她的小细腰一把将人往怀里一搂，躺上了床。

一晚上经历的转折太多，白珊珊已经连说话都有点儿不会了。她被商迟紧紧地抱在怀里，视野中是一片冷白的胸膛。过了一会儿，她才回过神来。

她试着动了动，环住她腰背的手臂犹如铜墙铁壁般将她禁锢，使她难以动弹分毫。

轰！白珊珊感觉全身起火，整个人要奓毛了。她皱起眉在商迟怀里扭动挣扎着。

商迟单手捉住那双胡乱挥舞的雪白小手，送到唇边吻了吻，然后就闭上了眼睛，道：“睡觉。”

“我不跟你睡一起。”姑娘挣了半天挣不开，眼底强撑多时的淡定已消失，明显慌了神，非常坚持自己的观点，“说好了的，你睡床我睡沙发。我要出去睡沙发！”

商迟微微蹙眉，睁开眼看她。

她的嗓子又甜又软，发起火来也没有丝毫威慑力。此时她躺在他怀里，一双水汪汪的眸子望着他，说出的这些话在商迟听来，跟撒娇别无二致。

他贴近她，不自觉地温柔下来，轻轻地哄道：“乖，闭眼睡觉，听话。”

“我要出去睡沙发。”白珊珊还是那句话。

商迟不再与她多言，闭上了眼睛，只撂下两个字：“不准。”

姑娘愤怒了，小拳头一握：“为什么？”

“如果我没记错的话，你认床，在陌生环境下会失眠。”商迟在她眉心处落下一个吻，“我的味道会让你安心。”

闻言，白珊珊愣住了，眸中浮现出掩饰不住的惊诧。

她认床失眠的这件事，鲜有人知。他居然从高三那年记到了现在？

“公主，”商迟唤了一声，嗓音沙哑，轻轻一口咬在她的小耳垂上，舌尖勾勒那小巧的耳软骨的形状，淡淡地说，“给你两个选择：第一，和我睡觉；第二，和我上床。”

姑娘明显被吓到了，飞快地说了句“晚安”便翻身背朝他，紧紧地闭上了眼睛。

商迟低头亲吻她的头顶。高大的身躯将怀里蜷成一团的小身子完全包裹住，与她四肢交缠，紧紧贴合。他轻嗅着她后颈处温热清甜的果奶香。

白珊珊紧张得心脏都快从嗓子眼里跳出来了，无意识地动了动，腿却碰到了什么。

她先是一愣，后知后觉地反应过来后，顿时羞得全身一僵，一动不敢动。

“感觉到了？”她身后的人淡淡地说。

白珊珊刚要说话，又突然想起自己这会儿正在装睡，顿时又把嘴巴给闭上了。

黑暗中，男人轻抚她柔顺微凉的发，一言不发。

数年前，尚且年幼的商迟被布兰特带进商家后，一直是格罗丽在照料他的起居。那位被誉为“商氏百年家史中最功不可没之人”的管家妇人，在与当年的商迟接触数日后便告诉布兰特，这个孩子是商氏家族最优秀的族人，他的冷静、理智、睿智和自控力，世无其二。

商迟自记事以来，从未失控过。

他是地狱里爬出来的天之骄子，最擅长操纵人心和人欲，也最擅长控制人心和人欲。在十八岁之前，他以为世上不会有任何一件事物能超出他的认知和掌控。

直到一个叫白珊珊的少女出现。

起初，商迟只觉得有趣，他想将这个表里不一的女孩儿据为己有，就像他十四岁那年对待布兰特送给他的一只苏格兰折耳猫一样。

但是后来，事情的发展开始超出他的预期。因为这个叫白珊珊的姑娘，他的情绪开始波动，他的欲念开始失控，他的黑色世界被她抹上了其他色彩。

商迟询问了格罗丽。

那时，他最信任的、对他忠诚不贰的管家夫人很平静地告诉他："少爷，每个人都会有自己的心魔。既然她的出现让你开始失控，让你有了一系列情绪的波动，那就将她当作试炼心魔的工具。沉迷过，就戒除。我相信你能处理得非常完美。"

试炼心魔的工具。沉迷过，就戒除。

沉迷过，就戒除。

怀里的姑娘似乎早已疲惫不堪，呼吸不知何时变得均匀而缓慢，她已沉沉睡去。商迟闭着眼，手指捏住她的下巴，抬起来，在漫无边际的黑暗中寻找她甜美柔软的唇瓣。

冰冷的唇吻上去，辗转碾磨，舌尖缠绵。

格罗丽，我在被心魔吞噬。

十年了，我依然愿意为她沉迷至死，甘之如饴。

白珊珊觉得自己要么是出门忘了翻皇历，要么就是和A城这地方八字不合。

到这儿的第一天晚上，她先是光溜溜地被商迟提溜去开了一个挡住摄像头的视频会议，再被他强吻，接着又被他强行吹干头发。最离奇的是，她最后还被商迟强行摁在怀里睡了一整宿。

白珊珊本以为自己会整夜都睡不着，然而在商迟怀中，她竟一夜无梦，破天荒地睡了个好觉，什么都没发生。

第二天清晨，白珊珊揉着眼睛从睡梦中悠悠转醒，伸懒腰打哈欠。哈欠刚打到一半，昨晚的记忆霎时如潮水一般席卷上来将她吞没。她一顿，嘴巴就保持着打哈欠时张得大大的“O”的形状，僵住了。

她猛地睁开眼睛一瞧。

满眼是单调又冰冷机械的黑白色：黑色窗帘、黑色大床、白色沙发、白色地毯。

这是酒店的套房卧室?

嗯? 空无一人?

白珊珊狐疑地眨了眨眼睛，光着脚丫子跳下床。她踮起脚，小心翼翼地贴近卧室门，握住门把，咔嗒一声轻轻地拧开。

她探出一颗毛茸茸、乱蓬蓬的鸡窝般的脑袋，东看看、西瞅瞅，偌大的客厅和办公区都空荡荡的，商迟似乎没在屋内。

见状，白珊珊拍着胸口长长地吐出一口气。她转转脖子、扭扭腰，边做着早操活动筋骨边看向窗外。

清晨的阳光美好而温柔，透过落地窗洒进来，室内竟然也柔化了几分。

一切看起来都平静美好。

一切平静美好得几乎让白珊珊生出一种错觉，仿佛昨晚她赤身裸体地被商迟强行禁锢在怀中的数分钟和之后的相拥而眠，都只是她的黄粱一梦。

但这种错觉并没持续多久。下一秒，白珊珊便听见一道低沉的嗓音从浴室方向传来：“醒了?”

正做着踢腿运动的白珊珊忽地停下，被这道突如其来的人声吓得差点儿坐地上。

她保持着跷着一只脚丫的姿势，僵硬地回过头。站在浴室外走廊上高大笔挺又冷漠俊美的大帅哥，不是商迟又是谁？

而且，他又是那个赤着上身的出浴造型。

片刻，白珊珊才从惊吓中回过神，清了清嗓子，干巴巴地笑了下，打招呼："商总，早上好。又洗澡呢？"顿了下，她实在没忍住，好奇地道，"您昨晚不是刚洗过吗？"

"嗯。"商迟面色很冷静，随手把擦完水的浴巾扔到一边，拉开衣柜门。

一整排干干净净的定制黑西装整整齐齐地挂在里面，重复、单调、冷硬，没有丝毫人间烟火味。

白珊珊着实费解："那你为什么早上又洗？"

"冲冷水。"商迟的语气非常平静，他边说边从衣柜里取出一件白色衬衣套在身上，扣扣子，自下而上。他漠然地道，"不舒服。"

白珊珊总觉得这句话不对劲，难不成是她想多了？

就在这时，一阵敲门声响起。

白珊珊过去开门，江助理笑容灿烂的狐狸脸进入视野。他道："白小姐，早上好。先生起了吗？"

白珊珊打了个哈欠："嗯，起了。"她随手指了下身后，"正在换衣服。有事吗，江哥？"

"先生今天白天要去A城分公司巡视。"江旭道。

"哦。"白珊珊点头。

话音刚落，商迟已经换好西装从里面走了出来，面容冷峻。江旭当即恭恭敬敬地喊了声："先生。"

"我白天有事，你自己在酒店玩。"商迟的视线落在白珊珊身上，他淡淡地道，"如果要外出，会有人跟着你，保护你的安全。"

白珊珊竖起三根又细又白的手指，比了个"OK"的手势："好的。"

"如果想我，给我打电话，"商迟的语气很平静，"我会立刻结束工作回来陪你。”

砰，门合上了。商迟与狐狸助理离去，徒留白珊珊一脸茫然。

入夜了。

A城的夜景明亮璀璨，各式各样的灯光齐齐绽放，到处透着浓浓的葡萄牙风情。每一处都高调地向世人展示着这座东方城市独特的异域情调。

一袭黑纱鱼尾长礼服的白珊珊妆容精致，跟随商迟一行前往司马家举行游轮晚宴的登船港口。

商务车内，徐玮安静地开着车，江旭、陈肃和熊晋也都静默无声。后座位置，商迟靠着椅背闭目养神。白珊珊百无聊赖，只能趴在车窗上发呆。

夜景变化不息，无数外籍面孔交错闪过。不多时，车停了下来。白珊珊下车一瞧，只见港口处高楼云集，霓虹闪烁。灯光在海面上投落五彩斑斓的光，一艘巨型游轮停泊在港口位置。

海风拂面，豪车云集，名流荟萃，衣香鬓影。

白珊珊抿了抿唇，望着这艘游轮不知想到了什么，微微眯了眯眼睛。

“白小姐。”耳畔传来江助理的声音，唤回她的思绪。

她侧头，商迟站在她身侧，如生长在夜色中的黑色乔木。商迟看着她，朝她伸出右手，漆黑的眸子里带着一丝玩味，别有深意。

白珊珊静默片刻，戴着黑纱淑女手套的右手轻轻地放上他的掌心，扬起眉眼，朝他粲然一笑：“商先生，走吧。”

商迟勾了勾嘴角，手指轻轻地滑过她的脸蛋儿：“玩得开心。”

A城今晚夜色极佳，有一轮圆月挂在夜空，海风夹杂着海水的咸湿气息静静地吹拂。

白珊珊嘴角挂着一丝优雅浅笑，跟在西装笔挺、沉稳冷漠的男人身旁，施施然走向登船口。

走近了，她瞧见登船口立着一幅硕大的露天海报，不知道的还以为是哪个明星开演唱会时立在体育中心门口的宣传照，极其高调张扬。

她经过时被那巨大的海报吸引，微微侧头，掀起眼帘瞧了一眼。

海报架上的照片并不是哪位当红偶像，而是一对年轻新人的婚纱照。照片背景是一望无际的海岸，大海、蓝天，海鸥飞翔。男人一身宝蓝色休闲西装，英俊含笑；穿婚纱的姑娘羞涩含笑，以一种极其亲密的姿态依偎在男人怀中。

白珊珊面无表情地盯着这张婚纱照看了两秒钟，目光下移，看向海报的右下角："恭贺司马邢先生与许妙小姐订婚大喜。"

她想到什么，眸色一沉。

"怎么了？"她耳畔传来一道富有磁性的嗓音，语气平静而温柔。

白珊珊自顾自地想着事情，摇了摇头，没有说话。

这副乖巧可爱的小模样，柔顺得很。

商迟一眼看穿她的心思，把姑娘雪白的小脸静静地审视片刻，收回视线弯了弯唇，不动声色。

几个身着暗红色制服的外籍侍者早已恭候在登船口处。江旭出示了邀请函，一个年轻男子接过来查看，之后面上浮起一丝灿烂的笑容，抬手一比，十分恭谨地说："请跟我来。"说完他便转身，领着一行人上了阶梯。

越往里走，越能见识什么叫纸醉金迷。

游轮的内部空间极大，装修极为奢华：金色是整个大厅的主色调，硕大的水晶吊灯悬在头顶，照耀着一座巨型女神雕像；宴会厅四周则被玫瑰花海围绕，四处都弥漫着金钱的铜臭味和上万束玫瑰花甜得发腻的香味。

订婚晚宴还在前奏阶段，男女主角还未登场。身着纯白色晚礼服的女钢琴师坐在大厅一侧的钢琴前，一旁是穿着燕尾服的弦乐四重奏乐师团队。悦耳的乐曲从艺术家们的十指下流淌而出，飘散在空气中。

司马家在A城为四大家族之首，地位举足轻重，因此，受邀出席游轮晚宴的也都是非富即贵的角色。富商、富太太们三三两两地聚在一起，聊生意、聊家常，谈笑风生，言笑晏晏。人群里甚至还有一些国际上从台前转向幕后发展的巨星，还有司马集团旗下蜂后影业的签约演员、歌手。

可谓是现场星光如海。

尽管晚宴上的大人物已多如过江之鲫，但当白珊珊和商迟进入会场时，整个大厅还是明显地安静下来。人们的目光都像被磁铁吸引一般，朝两人方向会聚过来。

俊男美女的组合永远都吸引人，这是无法改变的事实。

大家齐刷刷地看着从甲板进入船舱的一对男女。

姑娘穿一身黑纱鱼尾长摆裙，两只手上戴着配套的黑纱淑女手套，皮肤雪白，五官柔美。她虽身形娇小又可爱，但与“小萝莉”的甜美外表不同，她的气质十分出众，一看便知是豪门大户出身的大家闺秀。

再瞧瞧姑娘身旁的男人，西装革履，挺拔如画，水晶灯流泻的光芒在他高大身躯的轮廓上镶起一层淡淡的光影。他五官英俊，甚至有一种招摇又慵懒的少年气，但又极其沉稳凌厉。他即使一言不发，面无表情，也能让人察觉到暗藏在皮囊下的杀伐之气。

看着两人及其身后统一穿西服正装的青年们，大家几乎不约而同地联想到了武侠小说里的十分厉害的魔教教主与教主夫人，以及四大护法。

总之，他们一行人出来，瞬间夺去在场所有人的视线。

几个刚跻身上流社会的A城年轻人见两人眼生，不由得压低嗓子窃窃私语。其中一人狐疑地问："这两个是谁？之前没见过。"

另一人猜测："不知。这么靓，也许是司马三公子新捧的女星男星？"

两人这番对话刚巧被站在他们身后的一个中年富商听见。那富商端着酒杯哧了声，瞥一眼这俩人，说："年轻人，想在商界混，见识和眼色可比你们的操盘能力重要得多。"

两人闻言一怔，回过头，看到这富商，面上皆流露出一丝尊敬之色，规规矩矩地喊了声："雷老。"

雷正庭嗯了声。

其中一人笑了笑，恭敬地道："雷老，您也知道我们是新人，见识自然短浅，将来还希望雷老多多提携指点。"顿了下，他实在按捺不住心底的好奇，追问，"不知这两人究竟是何方神圣？"

"在国内，商界半边天都是商家的。"雷正庭看了一眼那对俊男美人，眯了眯眼睛，轻轻地道，"这个说法听过没？"

两个年轻人顿时面露惊讶。他们都是从华尔街镀金归来的金融高手，在世界范围内如雷贯耳的商氏，他们怎会没听过。

"那就是商氏的大老板。"雷正庭淡淡地说。

话音刚落，商家大老板和他身旁娇媚动人的小姑娘已经走了过来。雷正庭眯了眯眼睛，侧身又从侍者手里拿了一杯红酒，迈步走了过去。

"商总，好久不见。"雷正庭满脸笑意，边说边递过去一杯红酒，语气客套温和又夹杂一丝奉承，"最近A城在办文化交流展，拍卖会多，我新收藏了一幅毕加索的名画，还想着什么时候邀商总到寒舍一起鉴赏。"

"雷老邀约，我一定到。"商迟勾了勾唇，接过红酒，姿态高贵又优雅。

大人物们聊天，通常都是以闲话家常做开场白，最后切入生意场上的话题，虚与委蛇，利益至上，没什么意思。因此，在看见雷正庭走过来时，白珊珊就把自个儿白生生的小手从商迟臂弯里抽了出来，躲一边去了。

白珊珊的身旁不时走过衣香鬓影、名流绅士。她穿梭其中，随手从一个侍者手中的餐盘里取过一杯香槟，边喝边观望着游轮晚宴厅的整体布置。

老实说，如果不是事先知道自己参加的是司马三公子的订婚宴，就这满满大款气息的纯金色布景，这闷得人想吐的玫瑰花海散发出的香味，白珊珊没法把这个油腻的宴会厅和“A城顶级豪门的订婚宴”联系在一起。

她有一种见识了“乡村土豪娶儿媳，大摆三天流水宴”的错觉。

这是一场品位堪忧的鸿门宴。

白珊珊撇嘴，摇晃着高脚杯在心里吐槽。她忽觉腰上一紧，一股大力将她带了过去，霸道强硬，不容反抗。她微微一怔，转过眸，笔挺的黑西服一角映入眼帘。她再往上看，商迟盯着她问：“为什么自己走开？”

“觉得闷，随便走走。”白珊珊巧笑嫣然。黑纱礼服轻薄，白珊珊此刻能清楚地感觉到他冰凉有力的五指和指腹上的那层薄茧。她强迫自己无视他的触碰，无视两颊那阵诡异的热度，语气天真随意，“商先生找我有事吗？”

说话时，她侧身准备从他臂弯里躲出去。

然而，商迟长臂收拢，直接把她搂进怀里，环得紧紧的：“跟在我身边。”

那你也不用靠得这么紧吧？

白珊珊被他身上的烟草味和男性气息一熏，大脑有点儿发晕。她嘴角抽了抽，想皱眉发作又想起这会儿的场合，只好暂时忍下来，仍旧保持着自己纯洁无辜的“仙女笑”。她扭头，环顾四周。

围观群众聊天的聊天、喝酒的喝酒，余光却都锁定他们，有探究的、有好奇的。

环顾完，她笑盈盈地收回目光，故意亲昵地贴近商迟，又轻又柔的嗓音甜甜的，只有他听得到：“商总，我同意当你晚宴上的女伴，牵手已经是极限。请您不要得寸进尺。”

她靠过来，香甜可口的体香飘入商迟的鼻尖。他轻轻一挑眉，侧过头，视线扫过她耳垂上精致小巧的复古珍珠耳坠，也弯腰贴过去，在那只雪白可爱的小耳朵旁低声说：“那不如做个交易？”

这个时候还能做交易？

白珊珊感到困惑不解：“什么交易？”

“你亲我一下，”低沉好听的嗓音响起，语气沉静如水，“我就规矩。”

毫不夸张地说，白珊珊震惊了。

她以前从不知道，原来冷漠的似活在九重天上的商迟也会跌入凡尘，有这么厚脸皮的时候。而且，他还能把厚脸皮的话说得这么泰然自若。

换作平时，白珊珊早就高举起她正义的大锤。

然而，此时此刻，此情此景，她还没忘记自己到这儿来是要做什么事的。

顾思涵被司马邢侮辱，身心都受到巨大创伤。如今，那个罪魁祸首不仅逍遥法外，甚至还大摆游轮盛宴准备举行婚礼。

她要代表月亮消灭那个司马邢。

而以司马家的背景和实力，别说她，就算是白继洲或者白岩山也没办法动司马邢——她必须借助商氏。

再者，敌人的敌人就是朋友。早在来A城之前，她就给自己做好了一系列心理工作，说服自己暂时既往不咎，和商迟站在同一阵线，成为队友。

所以，亲一下，那就亲吧。反正她也不会少一块肉。

白珊珊定定神，闭上眼深吸一口气吐出来。几秒后，她犹如下定了天大决心一般，重新睁开眼，郑重其事地道："亲也行，但是亲哪儿，我定。"

商迟盯着她，若有所思，眼中闪过了一丝不一样的光。

下一刻，商迟就瞧见姑娘小金鱼似的鼓了鼓腮帮子，又细又白的一双小手伸出来，抓住他一只大手，举起来。然后，她转动小脑袋，心虚地东瞧瞧西看看，把他的手举高，嘟起红艳艳的小嘴巴，飞快吧唧一声在他手腕上啃了一口。然后，她就把他的手放开了。

她紧张慌乱，却强行做出一副淡定自若的表情。她清清嗓子，捋捋头发，雪白的脸蛋儿红红的，瞄他一眼，说："我亲了。"

"嗯。"

商迟眸中一丝笑意转瞬即逝，松开了环住她细腰的手，直勾勾地瞧她。他左侧眉峰微挑，带着一丝暗示意味。

见状，白珊珊静默几秒，并未迟疑，身子往前，主动伸手挽住了他的胳膊。她正想说些什么，一个男人的声音却先她一步响起了，不大标准的国语，浑厚低沉、中气十足。对方朗声笑道："商先生大驾光临，来参加小儿的订婚宴，真是我无上的荣幸啊。"

白珊珊闻声转过头，只见一个高个儿的中年男人带着好几个黑衣男子走了过来。中年男人两鬓斑白，相貌端正，着中山装，整个人颇有气势。他面上虽在笑，但那笑容教人极其不舒服。

笑里藏刀——看着这个人，白珊珊眯着眼，脑子里莫名其妙地蹦出这么个词儿。

"司马老先生，你好。"商迟嘴角勾起一丝笑意，笑意却不达眼底。

“今天是我小儿子和许家千金订婚的大喜之日，商先生能来当他们的证婚人，可见这是一段好姻缘。”司马瑜脸上的笑容愈绽愈盛，他吸了一口手上的雕花烟斗，转头看身后的人，低声问，“三少爷人呢？”

一名黑衣男子恭敬地回道：“刚才还看见了。”

司马瑜颔首，咬着雕花烟斗沉吟须臾，而后再次望向商迟，笑吟吟地道：“商先生，我那不成器的儿子不知哪儿去了，劳烦您再稍等一阵。”说着，他顿了下，看向高大男人身旁娇小漂亮的姑娘，面露疑色，道，“这位小姐是……？”

“司马老先生您好，”白珊珊一笑，落落大方，“我叫白珊珊。初次见面，幸会。”

司马瑜是何等人物，老奸巨猾，只一眼便看出二人关系匪浅。他瞬间笑得灿烂，道：“白小姐是商总的女朋友？真是郎才女貌，登对得很。”

“不是。”白珊珊义正词严。

“不是。”商迟神色冷静。

出乎司马瑜的意料，这对璧人竟异口同声地否认。

白珊珊又惊又喜，商迟居然也否认了？不过，神经病突然这么正常，天要下红雨了？

司马瑜心想：啥？我纵横江湖这么多年，看人从来没看错过，居然猜错了？

司马瑜背后一众下属，隔着几米远的距离都感觉到了老爷子的尴尬。

江旭、熊晋、陈肃和徐玮四位助理则照旧低垂眉眼，没有丝毫表情。

这一小片区域霎时陷入了一阵诡异的安静。

片刻，商迟开口，打破死寂。他面无表情地说：“白珊珊不是我的女朋友，她是我的未婚妻。”

白珊珊想：果然不能高兴得太早，打脸来得太快，就像龙卷风。

相较于白珊珊，司马瑜一把年纪什么离奇的事没遇上过。因此片刻惊讶后，这个老头儿又笑上了。他拱拱手，道：“那我就先恭喜二位了。”说着一顿，他的眼神忽然落在某处，他把雕花烟斗往那方向一指，笑道，“我儿子和准儿媳来了。”

话音落下，白珊珊顺着他指的方向看过去。

果然，一对年轻男女朝他们走来。男的一身纯白西装，英俊儒雅；女的一袭米白色休闲婚纱，高雅美艳，在场中宾客们的祝福下面露笑容。他们正是司马邢和许家千金许妙。

看着司马邢衣冠楚楚的样子，白珊珊很快移开了目光。她怕再多看几眼，就会忍不住吐一地。

一对新人在商迟身前站定。司马瑜笑成了一朵花儿，向他们介绍道：“这位是商氏集团的商总。为了请来商总当你们的证婚人，我可费了不少功夫，你们一会儿可得好好敬商总几杯。”

司马邢朝商迟一笑，伸手：“商先生，久仰大名，闻名不如见面。”

商迟笑容冷淡，微微垂眸，不动声色地瞥了一眼那只手，并未回握。

司马邢面上明显浮现出一丝惊讶。

白珊珊将这一幕收入眼底，觉得好笑又不好直接笑出来，只能强行憋回去，转眸看别处。

“三公子，抱歉。”江助理温和地开口，道，“先生没有与人肢体接触的习惯，还望您海涵。”

“不，是我失礼了。”司马邢笑着收回手，看了一眼司马瑜。父子二人对视一眼交换眼神，神色皆骤然一冷。

随后，司马瑜像忽然想起什么似的笑了起来，道：“商先生闲来无事，不如让犬子他们陪您和尊夫人玩几局牌？”

商迟冷淡地弯起唇：“好。”

两个牌局结束，商迟和司马公子各胜一局，打了个平手。

这时，司马邢又开口了。他面上带笑，笑意却不达眼底：“商先生，玩那些寻常的小游戏，好像没什么意思。”

白珊珊不知这狡猾狐狸又在打什么主意，微微扬眉：“那三公子有什么好建议？”

“我有个很有意思的玩法，不知道商先生和商夫人有没有兴趣？”司马邢说。

商迟道：“愿闻其详。”

“好。”

司马邢说着便从座椅上站起身，微微抬手，懒洋洋地打了个响指。站在一旁的工作人员接收到信息，当即转身走向距离牌桌数米远的墙边，在一个兽头狮子地灯灯座前站定。

随后，只见一位工作人员双手扶住兽头狮子，轻轻一转。接下来，魔幻而又非常戏剧化的一幕出现了：那墙面就跟一扇卷帘门似的缓缓升了上去，还发出了科幻片里才有的开门时的声响。

墙面打开，里头黑漆漆的。

白珊珊眼眸顿时一闪。这个内室格局非常奇怪，这在她的意料之外。

灯光昏暗，内室中间是一条走廊式的通道，不长也不短。通道左侧是七个一样大小的隔间，右侧亦然。墙内整体看上去就像是服装店里的试衣间。

“三公子，请问这是什么？”白珊珊看了一眼司马邢。

“妙妙，”司马邢笑了下，“你心性好玩，这个有趣的游戏是你一手设计的，来，跟商总和商夫人讲一讲游戏规则。”

许妙笑盈盈地将游戏规则和相关要求说与众人听。

话音落下，商家四位助理对视一眼，眸中不约而同闪过一丝寒光，面上却不动声色。

商迟那张脸依旧没有表情。他轻抚怀中姑娘的发，仿佛刚才听到的只是一个小消息。

白珊珊在商迟怀里沉默了几秒钟，开口，语气天真好奇："也就是说，两个人一起参与游戏，玩家B寻找玩家A，并且只有三次机会，是吗？"

"没错。"许妙掉转视线看向她，轻轻地扬眉，笑道，"看来商夫人的理解能力十分出色。"

白珊珊满脸笑容地和这个蛇蝎美人对视。

难怪许妙会和司马邢这种人订婚。这俩人，一个良知泯灭，一个心如蛇蝎，还真是般配。

"真是不是一家人，不进一家门。"白珊珊感叹。

片刻，司马瑜忽然开口，打破了一片死寂。他清了清嗓子，看向司马邢和许妙，目光里故意带上一丝苛责，沉声道："商总和商夫人是贵客，由不得你们这么胡闹。"

"无妨。"一道嗓音从白珊珊头顶上方传来，低沉又不带丝毫情绪。

"既然商总同意，那第三把决胜局，我们就玩这个游戏。"司马邢嘴角勾起一个意味深长的笑。

"好呀，这个游戏我设计了这么久，自己还一次没玩过。"许妙顿了下，又问，"那是我们先，还是商总商夫人先？"

闻言，司马邢随手从一旁取过一枚骰子，道："公平起见，"他抬眼看向商迟，沉声道，"我们小，商总大。"

话音落下，骰子被掷出，在牌桌上打着旋儿。

最终骰子停下，朝上的点数是"5"，大。

白珊珊抿了抿唇，心头忽地一沉。

“啊，是你们先呢。”许妙眨眨眼，“那么谁来找谁？”

商迟说：“她找我。”

白珊珊沉默了。

“两位十年爱情长跑修成正果，默契必然是不用说的，不必太担心。”司马邢抬手，非常礼貌地比了一个“请”的手势，“期待二位毫发无伤地归来。”

白珊珊抬眸看向商迟，压低嗓子，皱着眉困惑地道：“在司马家的地盘上和他们玩这种局，我们是输是赢还不全是别人说了算。玩这么大？商迟，你到底想干什么？”

商迟盯着她，眸子冷而静，深不见底。突然，他手指捏住白珊珊的下巴，低头贴近，语气平静而温柔，说：“我只是想知道，你舍不舍得我受伤或者死。”

所谓的不在乎，不会为他情绪起伏；心如止水，不会为他担忧心疼。

白珊珊，我们赌一局。

工作人员上前几步，微微垂首，脸上带笑，恭恭敬敬地说：“商先生，请跟我们来。”说完，他便抬手比了一个“请”的手势。

商迟面无表情地放开白珊珊，手指在她雪白粉嫩的小脸蛋上轻轻捏了捏，转身要走。

然而，他还没迈出去，便察觉袖口处传来一股微弱的牵扯力，牵绊住他。

商迟动作顿了下，回头垂眸，一只又细又白的小手不知何时伸了出来，攥住了他黑色的西装袖口，紧紧的，牢牢的，甚至连骨节处都泛起了一丝青白色。

商迟不动声色地挑了下眉，视线抬高。

白珊珊面无表情地盯着他，唇微抿。她的眼神里带着疑问、探究、担忧……诸多情绪，错综复杂。

只要是一个正常人类，无论他城府多深，心思多重，都会透过肢体语言或微表情露出蛛丝马迹，使人得以窥探出他内心世界的冰山一角。

但，这个男人是个异类。

他平静、冷漠，无论是眼神还是表情都不带有一丝一毫的异样。白珊珊实在好奇，商迟究竟是怎样做到如此喜怒不形于色的？

她看不透他，她想，就算是全球最顶尖的心理师也看不透这个人。

为什么？她眉头皱着，动了动唇，无声问了一次。

商迟的嘴角微微勾了勾，他没有说话。他握住她牵住他袖口的纤细五指，送到唇边吻了吻，放开。转身，他便跟在工作人员身后走向了游戏区。

指尖还残留着他嘴唇冰冷湿润的触感。白珊珊心一慌，下意识地就想跟上去。

她被人抬手拦下。对方微笑着道："商夫人，请您跟我们到这边准备。"

白珊珊仍皱着眉，目送那道高大的背影走进娱乐室内室，咬了咬唇。

两人前后离开。

熊晋脸上的表情不太好看，蹙眉，压低了嗓音道："这与我们原本的计划不太一样。司马父子暗藏祸心，而且这个游戏本就是许妙设计的，她和司马邢根本不可能输。先生为什么要答应赌这样的局？"

"是啊，为什么呢？"陈肃也费解，摇摇头，"我也弄不清楚。"

听完两位同僚的话，徐玮琢磨几秒后也无头绪，微微侧目，看向始终静默不语的江旭。他凑近几分，以极低的音量说："老江，咱们几个心腹里，你平时和先生接触最多。你知不知道先生究竟想干什么啊？"

江旭扫了三人一眼，慢慢地道："上兵伐谋，攻心为上。这么简单的道理都想不明白？"

熊晋闻言一怔，想了想，一副恍然大悟的模样，道："先生是为了白小姐？"

江旭斜眼瞧他，没好气地冷哼："看来小熊助理也不算太笨，能开窍也不容易。"

熊晋翻了一个白眼。

江旭随后笑了一下，语气平静："这个游戏，只给了白小姐三次机会。她在游戏场内的任何举动，都关系到先生的安全，稍有不慎，先生就会遭遇不测。"

"你的意思是，先生玩这一局，要的不是输或赢的结局，而是白小姐寻找他的这个过程？"陈肃回过味儿来。

"没错。"熊晋眼睛一亮，点头赞同道："先生是要白小姐心慌，心疼，心乱如麻，让她知道自己是多么担心先生的安危，让她知道自己有多在乎先生。"

徐玮惊讶得笑出一声："听你们这意思，先生拿自个儿的命赌这一局，就为了让白小姐打心眼里承认自己喜欢先生？这是不是也太疯狂了？"

熊晋慢悠悠地道："这个白小姐是咱们先生的心肝小宝贝儿，是先生的掌上明珠，捧在手里怕摔咯，含在嘴里怕化咯。为了白小姐，先生什么事做不出来？"

江旭忽然问："你们知不知道人最难的事是什么？"

三人不知他怎么冒出这么一句，都没说话。

须臾，江旭跟一个在人民公园里散步的老大爷似的，叹气道：

“是坦然直视自己的内心。”

白珊珊被之前的女发牌员带进了女洗手间旁的休息室，同去的还有司马邢的未婚妻许妙。

“商夫人现在是不是很紧张？”

在简单讲述了一下游戏场内的构造后，许妙随口问道。

白珊珊走在最前面，听见身后传来的柔媚嗓音，脸上依然挂着标志性的笑容。没回头，她只是站定了步子轻轻地笑了一声，回道：“正如三公子所言，我和我家先生相识整整十年，心有灵犀，当然会很有默契。有什么好紧张的呢？”

“是吗？”许妙笑着问，柔若无骨的右手抬起来，水蛇似的攀上白珊珊的小肩膀。

被这女人一碰，白珊珊心生厌恶，想躲开又在瞬间忍住了。她面上丝毫没有表露，仍旧从容自若地笑着。

“听说，商夫人是心理师？”许妙不仅人长得美，就连说话的嗓音都动听。此时，之前一同入内的女人已经规规矩矩地低着头站在边上，手里端着托盘，托盘里放着一条纯黑色的丝质绸带。许妙脸上带着一丝笑意，侧目一瞧取过绸带拿在手里，边把玩边跟白珊珊闲聊着。

“混口饭吃而已。”白珊珊没什么语气地答，心却一沉：这个赌王之女果然不可小觑，两个牌局的时间便将她的底给摸了一遍，不知是何企图。

“商夫人已经是二十七岁的人了，但看着就跟一个学生似的。”许妙道。说话时，她展开手中的黑色绸带，对着光检查了一番，然后将其慢条斯理地蒙在了白珊珊的眼睛上，又说，“你真是让我羡慕。”

白珊珊闻言，瞬间听出许妙这话是在讽刺她不妩媚妖娆。她在心里翻了一个白眼，嗓音依旧甜甜的，说：“我有时候也苦恼呢。”顿了一下，她眨眨眼，视野只剩下一片纯黑。

黑色绸带蒙住了她的双眼。

白珊珊适应了一下黑暗，两秒后笑了一下，像忽然想起什么，扭过头天真无邪地问：“对了，看许小姐年纪应该不到四十，跟三公子不是二婚吧？”

话音落下，整个休息室内的空气忽地一滞。

许妙先是愣了下，回过神后脸霎时黑了一半，她眯了眯眼睛。

边上的女侍者想笑又不敢笑，只能生生憋着，低眉垂首，一副恭敬的姿态。

白珊珊的嘴角不露痕迹地挑起一道弧。

片刻，许妙皮笑肉不笑地说：“商夫人真会开玩笑。我比你还小上一岁呢。”

“啊？”白珊珊诧异又夸张地叫了声，认真又愧疚地说，“不好意思许小姐，完全看不出来。”

许妙另一半的脸也黑了。

这时，休息室的门被人敲响，哐哐两声。

许妙正窝火又无处发泄，脸色不善地转过头。只见一个黑衣男子站在门口，道：“准少夫人，游戏场里已经准备好了。”

闻言，许妙弯了弯唇，眼底闪过一丝阴狠之色，轻描淡写地摆手：“知道了，我马上就带商夫人出来。”

黑衣男子离去。

“商夫人，久等了，走吧。”许妙说着，伸出两手扶住了白珊珊的胳膊，带着她往屋子外面走。

白珊珊眼睛被蒙着，在许妙的牵引下摸黑前行。

突然，她耳畔响起一声轻笑，随之而来的还有一道带些媚气的声音。许妙弯腰贴近她耳朵，轻轻地道：“说句实话，白珊珊，商迟这种男人，不适合跟你这种清汤白菜在一起。”

白珊珊微挑眉。

许妙话语中有一丝轻蔑：“男人注重的，白小姐怕是没有。他跟你在一起，时间久了，只怕会毫无趣味。”

白珊珊没有笑意地扯了扯嘴角：“许小姐看上我的男人了？”

“等商迟有命出来再说吧。”许妙笑，“如果你们走运，我再考虑要不要把他从你手里抢过来。”

说话时，许妙朝身旁的一个黑衣男子递了个眼色。黑衣男子递过来一根柔软的纯黑色丝绸绳。许妙接过，将白珊珊两只纤细的手臂置于身后，绑上，系结。

白珊珊皱眉：“许小姐，你这是干什么？”

“别紧张，游戏规则，这是为了防止你擅自摘下蒙眼的绸带。”许妙说，“放心，我这个人很温柔，这种绸带的质地很软，不会弄伤你。”

话音刚落，一道力便在白珊珊背脊处狠狠推了一把。

她脚下不稳，踉跄两步，进了游戏场。

一片黑暗中，她听见身后同时传来关门声和许妙意味深长的五个字：“祝二位好运。”

砰一声，游戏场的大门关上了。

白珊珊孤零零地站在狭长昏暗的走廊上。周围仿佛真空，一丁点儿声响都没有，安静至极。

黑色绸带蒙住了双眼，双手也被束缚，看不见东西也无法使用双手，无形之中，放大了人内心的焦灼不安。

之前，一直被白珊珊强行忽略的某种情绪犹如惊涛骇浪，翻涌而来，将她吞没。

商迟在哪里？商迟在哪里？

她的嘴唇无意识地发颤，脑子里只剩下了这一个念头。

突然，她用力甩了甩脑袋。

不行，她要冷静。越慌越容易出错，越紧张越容易失误，她要尽快冷静下来才行。

白珊珊心里翻江倒海，她站在原地，吸气吐气接连做了好几次深呼吸心绪才稍微平复几分。她定下神，在脑海中回忆之前许妙的话。

“游戏场内共十四个隔间，中间一条通道，通道左右两边各七个隔间。左侧是一至七号隔间，右侧是八至十四号。每个隔间都装有隔音玻璃和三层吸音壁，隔音效果极佳，也就是说，里面的人就算是歇斯底里地咆哮，外面的人也不会听见。

“通道宽四米，每个隔间的内部构造一模一样，面积大小都是九平方米，并且隔间门与隔间门的间距一致，都是三米。隔间门口处都设有门槛，门槛上装有红外线感应装置，你跨过门槛，即为选定该隔间，隔间门会自动开启。如果选择错误，你会听见走廊通道响起警报声，意味着工具斧下降七厘米；如果选择正确，走廊通道会响起世界名曲《斯卡布罗集市》，听见这首歌，就意味着你找到了商迟。”

每个隔间都有门槛。

门槛。

白珊珊在黑暗中挪动着脚步，试着往左侧方向靠近。突然，她的足尖踢到了某个凸起物。

这是一号隔间，白珊珊在心里默念。

两个隔间的间距是三米，正常人每一步的步距大约是零点六米。也就是说，每走五步就是下一个隔间。

白珊珊抿了抿唇，在脑海中飞快模拟出整个游戏场的空间布局，并将想象出的隔间依次编号排列。

司马邢之前说过，玩家A被囚禁的房间号，是由玩家A在进入游戏场后，本人任意决定的。

那么……

白珊珊将自己从现实的无边黑暗中抽离出去，置身于自己脑海中构建出的游戏场中，抬起头，目光依次扫过一至十四号隔间门。

商迟，一到十四，你会选择哪一个号码？

她沉吟片刻，脑子里蹦出来一个猜测，当即做了一个深呼吸，迈步朝前走去。

游戏场内的每个隔间，都是用隔音玻璃隔断的。

整个游戏区都没有开灯，昏沉黑暗，只有安全通道的指示灯投落一束绿色的光。

商迟安安静静地坐在隔间内，眼神深邃，直勾勾地盯着窗外的白珊珊。

纯黑色的绸带蒙住了姑娘的双眼，柔弱娇小的身躯在黑暗中孤独又缓慢地前行。她仿佛最后一个骑士，孤军作战，却毫无退缩之意。黑色绸带挡住了她大半张小脸，只露出了小巧精致的鼻头和粉嫩的唇。

此刻，那小小的唇抿得紧紧的，带着一腔孤勇。

数秒后，商迟看见白珊珊默数着步子，停在了某个隔间门口，站定了。

商迟抬眸，看了一眼隔间上的门牌数字——十二。

商迟眸色忽地一深。

二十八年前的十二月，在整个内达华州都在欢庆耶稣降生之日的那一天，红灯区的一间破屋里一个男婴诞生了。

他与耶稣出生在同一天，但迎接他的不是希望和祝福，而是周围人嘲笑的目光和流言蜚语。

商迟从没庆祝过生日。

在他看来，那样罪恶、不堪的日子，没有丁点儿纪念意义。

直到十年前的十二月二十五号，他的公主，那个笑起来仿佛周围的空气都会被染上一丝草莓甜香的小姑娘，捧着一个小蛋糕，为他点燃了生命中的第一束光。

那时他们高三。

入冬了，十二月初，B市迎来了今年入冬后的第一场雪。风呼呼地吹着，雪花仿佛棉絮，肆意飞舞在空中，四处飘落。不一会儿，整个一中校园都被一层薄薄的雪覆盖，银装素裹。

一中的学子们换上了厚厚的蓝白色冬季校服，厚棉袄厚棉裤，乍一瞧就跟大街上的环卫工似的。每逢周一的升旗仪式，或是每日固定的做操时间，操场上就成了“环卫工的海洋”，就差人手一把扫帚了。

对此，众学子怨声载道。

B市虽位于北方，却并没有冷到一入冬就离不开暖气的程度。由于冬季校服太丑，就有以“一米六大佬”为首的这么一群学生，他们不穿冬季校服，整个冬天就靠在秋季校服里塞棉袄、贴暖宝宝度日。

这种过冬方法，虽然艰辛了点儿，但大家觉得很值得——冬季校服暖是暖和，但是丑；秋季校服里塞厚衣服，虽然麻烦了点儿，但是好看。

在丑与麻烦之间，少男少女们果断选择了后者。

不知那年德育处怎么了，查校服查得特别严。自“即日起，请全校同学着冬季校服上学”这条通知一出，教导主任就带领着他手下的学生会开始搞事了——每天一大早就气势汹汹地守在校门口，谁不穿冬季校服，就不准谁进学校。

强权压迫下，白珊珊不堪重负，终于向德育处低下了高傲的头颅，换上了奇丑无比的冬季大袄子校服。

被强行换装的“一米六大佬”很沮丧。

到学校一瞧，她那位大佬同桌也换上了冬季校服，冷漠沉郁的“盛世美颜”底下也是一套蓝白相间的大袄子，白珊珊心里一下就平衡、舒坦多了。

但这种平衡和舒坦并没有持续多久。

她同桌个儿高人帅，又有强大的气场。因此，白珊珊多看几眼商迟，就觉得他没那么滑稽了。相反，那件丑陋的大袄子校服穿在商迟身上，竟破天荒地变得好看起来。

白珊珊本就沮丧，想到自己被校服连累得这么丑，而她同桌依然耀眼如日月，更沮丧了。

这种心情，让她在数学课上心不在焉、恍恍惚惚。她在给钢笔加墨的时候，一不留神就把墨水洒向了坐在她旁边的商迟。

商迟在看亚里士多德的《尼各马可伦理学》，低着头，眉眼冷淡，面无表情。

突然，几滴墨水从天而降，刚好洒在他面前的书页上。与此同时，他明显察觉到自己左颊传来了一阵异样触感，像有雨滴溅到脸上似的。

商迟眉头微微皱了一下，侧头，看向墨滴飞来的方向。

身着冬季校服的少女，跟一个胖胖的小粽子似的，窝在自个儿座位上，小小一只。她左手捏着一支钢笔，右手还攥着一瓶墨水。大概是对眼前忽然发生的一切太过震惊，她一双亮晶晶的大眼睛瞧着他，瞪得很圆，整个人看着傻乎乎的。

商迟静了几秒，把手里的书往桌上一放，非常冷静地道：“白同学，你在干什么？”

白珊珊一时半会儿说不出话。

不怪白珊珊太震惊，实在是因为眼前这一幕太过惊悚。墨水不仅溅脏了她同桌的书，还溅了她同桌一身。无论是商迟冷白如玉的脸颊还是他那身冬季校服，都没能在这场事故中幸免。

完了。这是白珊珊回过神后，脑子里蹿出来的第一个念头。

商迟继续面无表情地瞧着她。

“喀。”小姑娘抽了抽嘴角，随后朝他露出了一个尴尬而不失礼貌的笑容，小白手挥挥手里的小钢笔，干笑道，“意外意外。我……我刚才加墨呢，不是故意的。不好意思啊，大佬……”

商迟继续盯着她，嘴里却喊了一个名字：“张志奥。”

张志奥是白珊珊班上的一个同学，虽为男性，但性格像女的，大家都管他叫“张娘娘”。他平时只要有空，就会从书包里摸出一个小镜子和一把小梳子，照来照去，梳自个儿额头那几缕刘海儿。他就坐在商迟的前边。

乍一听见自个儿的名字从商迟口中喊出来，“张娘娘”愣了下，随后才猛地回过神把身子转了过来，战战兢兢又谄媚地笑了笑，试探地问：“商同学，您叫我呢？什么事儿啊？”他的心却如十五个吊桶打水——七上八下，他不知道自己什么时候招惹到了这位平日里谁都不搭理的大佬中的大佬。

然而，事情出乎张娘娘和白珊珊的意料，商大佬只是没什么语气地说：“镜子，借我用用。”

“啥？”张志奥先是没反应过来，看一眼商迟左脸上的几滴墨水，再看一眼边上拿着一瓶墨水的白珊珊，瞬间明白了，“哦哦，好的。”说着，他就开始在书包里翻镜子。

见状，白珊珊心头一慌，连忙道：“那什么……商同学，你脸上是弄了一点儿墨，镜子什么的就不用了吧。”接着，她眼风一动，扫向张志奥，“娘娘别找了，镜子，不用。”

张志奥动作停住。

商迟还是非常平静，重复一遍：“镜子，借我。”

张志奥纠结了：一边是“一米六大佬”，他得罪不起；一边是大佬中的大佬，他更得罪不起……两个大佬，他一个小虾米谁都不能惹，怎么办？

就在“张娘娘”欲哭无泪、朝白珊珊投去一道卑微弱小又无助的求救目光时，他们“一米六大佬”总算是说了句话，将他解救出了水火。

“商同学，我都说了你不用照镜子。”白珊珊格外认真地摆摆手，指了指商迟课桌上的书，“这本书我赔你一本新的。”接着，姑娘又指指他被溅了墨水的校服，“这件袄子我给你拿去干洗，到时候再送还给你。”说着顿了下，她视线抬高，落在他的左脸上，“至于你脸上的墨嘛……”

白珊珊从衣服兜里掏出了一包湿纸巾，挥了挥，小脸上冲他绽开一抹阳光灿烂的笑：“我帮你擦干净。”

张志奥见没自己什么事了，便转回去坐正了，清了清嗓子，一副“我什么也看不见，什么也听不见”的表情。

商迟盯着她，漫不经心地挑了下眉，坐在椅子上没有动。

白珊珊这会儿还沉浸在弄人一身墨的愧疚中，没多想，便倾身靠了上去。

两人间距离缩短，少年英俊的面容放大。他身上清冽的、陌生的、强烈的荷尔蒙气息就那么飘进了白珊珊鼻子里。

扑通、扑通扑通。一瞬间，白珊珊听见自己的心在疯狂跳动。

白珊珊一滞，几乎是瞬间便把身子撤了回来。她耳根子有点儿烫，脸颊也有点儿热，她的身体好像无形之中被人放了一把火。

她拿着湿纸巾，错愕地坐在位置上，没有说话，也没有动作。

商迟端坐不动，目光扫过姑娘瞬间绯红的小脸，将她眸子里刻意掩饰的慌乱收入眼底。他食指轻轻一动，语气依然很平静：“怎么了？”

白珊珊悄悄地做了一个深呼吸，定定神，这回直接把湿纸巾贴过去了。她抬起手，湿纸巾轻轻地贴在商迟的脸颊上。

仿佛是电影里的慢镜头，周围一切喧闹的人声瞬间消失。

四周很静，静得好像整个空间只剩下他们两个人。

近距离看，商迟的脸部轮廓更加分明。冷白色的皮肤，乌黑的双眼，还有高挺笔直的鼻梁，皮肤光滑得没有丝毫瑕疵。白珊珊用湿纸巾轻轻地擦拭着那些墨滴，只隔一层薄纸，她的指尖能清晰感觉到商迟的脸颊，柔软的、细腻的。这种触感，轻而易举地侵袭了她手部的感觉神经，传递到大脑，让她有一种难以形容的不安感。

她甚至能听到商迟的呼吸声。

商迟淡漠如水，直勾勾地盯着姑娘近在咫尺的脸蛋儿，她的脸娇艳泛红，像熟透的石榴果。

他闻到了她身上清甜的香味，像是盛夏时节的草莓泡进了牛奶中。

商迟的眸子顿时深不见底。

白珊珊听见自己的心跳声更快了。

分明只是短暂的几分钟，却像是漫长的一个世纪。

过了一会儿，那些墨水才被擦干净了。白珊珊逃也似的与他拉开距离，心跳如擂鼓，又慌又乱，但表面上还是一副淡定的样子。

她随手把湿纸巾扔进垃圾桶，若无其事地说："你的书，我今天放学就去买。放心。"

商迟嘴角弯起一个不甚明显的弧度，没有说话。

"哦，还有你的校服。"姑娘指指他胸口和衣袖处沾上的墨滴，眼睛弯成了一双小月牙，"麻烦你跟你们管家叔叔说一声，今天来接你的时候带一件外套。你上车之后就把这个外套脱给我，我干洗好了再还你。方便给我你家的地址吗？"

白珊珊把商迟的校服送去了干洗店。

周末上午，干洗店的老板给她打来电话，说衣服已经干洗完毕，询问白珊珊是否需要他们直接将衣物送还上门。

白珊珊考虑了一下，觉得自己既然已经说了要亲自送还衣物，那就得自己去还。于是，她婉拒了干洗店的好意，收拾收拾便出了门，去取了衣服。然后，她抱着厚厚的冬季校服在路边打车，上车后报上了商迟之前给她的地址。

云新区锦城大道1号，商府。

约四十分钟后，出租车在锦城大道靠边停下，司机大叔不好意思地笑着说："小妹妹，这儿都是私家园林，连那些林荫道都是私有地，我的车开不进去，劳烦你自己走一截。"

白珊珊表示理解司机大叔，给钱下车，然后就站在路边给商迟打了一个电话。

嘟嘟两声，电话通了。

"喂，商同学吗？"白珊珊问。

"到了？"听筒里传出一道冷冷的嗓音，比现实里听着更加低沉。

"嗯……"白珊珊左右看了眼，说，"我在锦城大道上，左手边是连排别墅区，再旁边还有一个大喷泉池。"

"在那儿等着我。"说完，商迟便挂断了电话。

白珊珊拿着手机百无聊赖，拆开一根棒棒糖放进嘴里，抱着商迟那件袄子校服蹲下来，在路边等。

其实，商府并不难找。

商氏是真正的豪门，富贵至极，那么大一座欧式庄园别墅，占地面积庞大，醒目得很。人走在锦城大道上，隔着几百米远就能看见商府私家花园内那数棵标志性的降香黄檀树。

十七岁的白珊珊只知道她的同桌很有钱，却并不知道她同桌有钱的程度。因此，远远瞧着那数棵价值连城的名贵树木，她咬着棒棒糖，还觉得这家人品位真独特，大家都是养花养草，这家居然在花园里种树。

白珊珊乱七八糟地想着时，一辆黑色轿车徐徐驶近。

她看了一眼，只见后座车窗徐徐落下，坐在车内的冷漠少年一身笔挺的纯黑色西装，气质高贵，丝毫不显稚气。他侧目瞧她一眼，道：“上车。”

白珊珊愣了一下，有点儿尴尬地笑笑，说：“商同学，我是来给你还衣服的，就不用去你家参观了吧。”

商迟：“我说，上车。”

白珊珊就这么莫名其妙地抱着袄子校服上了车，进了商府大门。

下车一瞧，白珊珊被这座豪宅给镇住了。她还没来得及感叹，一个身着深色长旗袍的中年妇人便从别墅大门内走了出来。

那妇人是典型的欧美人面孔，端庄沉静，气度不凡。她径直走到白珊珊身前，站定，抬眸，安静地端详了眼前的少女须臾。

白珊珊不知妇人是何身份，但还是笑着礼貌地道：“阿姨好。”

“我是商府的大管家，请小姐称呼我为格罗丽。”妇人语气平静，微微垂眸，姿态恭谨而又不显卑微。

“格罗丽……你好。”白珊珊说。

格罗丽说完便面向商迟，恭恭敬敬地说：“少爷，布兰特来了，在三楼会议厅。他说有紧急事务要与你商议。”

“知道了。”商迟没什么语气地说。随后，他的视线落在白珊珊还处于迷茫状态的小脸蛋儿上。他声音低沉而柔和地道：“需要什么就吩咐格罗丽。乖乖的，自己玩。”

白珊珊鬼使神差地点了点头：“哦……”

姑娘乖巧娇软的小模样取悦了商迟，他优雅地弯了弯唇，伸手轻轻地捏了捏她的脸蛋儿，随后便上了楼梯。

白珊珊站在原地，好一会儿才后知后觉地回过神——难怪要穿上一身帅气西装将头发梳成大人模样，原来这位皇太子这么小就已经开始接手家族企业了。

他怎么这么好看？穿西装简直太帅了好吗？！

不对，这些不是重点……重点是，太子爷，我作业还没写完呢，我在你这皇宫里玩什么啊？

白珊珊思绪纷乱，沉吟片刻，朝格罗丽道："格罗丽阿姨……既然商同学去忙了，那我就先走了。衣服我给刚才的那个女佣姐姐了。你们不用送我……"说着，她抬手挥挥，准备离去。

两个女佣上前几步，将她拦下。

白珊珊一脸茫然。

格罗丽淡漠沉稳的嗓音从她身后传来，道："抱歉，白小姐，少爷的话我们只能遵从。少爷吩咐过，如果你觉得无聊，我可以带你去他的书房参观。"

白珊珊万万没想到，自己最终还是跟在管家阿姨的身后进了她同桌的书房。

外头阳光明媚，这间偌大的书房却漆黑一片——纯黑色的挡光帘将光明尽数隔绝在外。

书房黑白基调，冷硬、干净、纤尘不染，机械冰冷得不沾丝毫人气。

白珊珊环顾这间屋子，打心底蹿起了一股寒意。她看着周围，忽然听见一阵敲门声。

一个外籍女佣站在距门口一段距离的走廊上，用英语问道："大管家，吉鲁管家让我来询问您，少爷的生日马上到了，今年我们需要做什么准备吗？"

格罗丽说："一切如常，不做任何准备。"

"是。"女佣转身离去。

白珊珊听了感到诧异，下意识地问道："为什么不做准备？商迟同学不过生日的吗？"

"少爷从不过生日。"格罗丽语气很平静。

"他的生日是什么时候？"

"十二月二十五日。"

“圣诞节？”白珊珊眼眸忽地一闪，小眉毛皱了皱，感到费解，“这么幸运的一个生日，为什么不过呢？”

格罗丽没有说话。

屋子里很静。

白珊珊在周围看了一圈，忽然注意到书桌旁的大书柜。她眨眨眼，上前几步，浏览那些陈列在书柜上的书籍。

这些书百分之八十是哲学类的著作，有英文的，也有法文的。

白珊珊随手拿出了一本书，翻看一阵，又拿起另一本随手翻看……一连看了数本后，她发现了什么，眉头皱起。

格罗丽安安静静地站在她身后，没有阻拦。

白珊珊实在忍不住心中的好奇，回头道：“为什么每本书的第十三页都有折叠的痕迹？商迟很喜欢‘十三’这个数字吗？”

格罗丽静默一会儿，道：“‘十三’在我们西方是一个禁忌。在第一个传说中，每月的十三号是女巫的狂欢节，魔鬼撒旦会在夜里出现，为世间带来灾难。第二个传说，耶稣被他第十三个门徒出卖，所以，十三是不吉之数。”

白珊珊问：“那商迟为什么喜欢‘十三’？”

格罗丽垂眸，低声说：“因为少爷认为上帝拯救人于苦难只是人类天真的幻想。虚伪的善，不及真实的恶。少爷信奉的不是耶稣，是撒旦。”

游戏场内，商迟直勾勾地注视着姑娘的一举一动。

被蒙住双眼的姑娘在第十二号隔间门口停下，却没有迈过门槛。她静等几秒，转身，毅然决然地走向了斜对面的第十三号隔间。

白珊珊在十三号隔间门前站定，不再前进。

机会有三次，但是哪怕一次的失败与恐惧她都不想经历。

上帝也好，撒旦也好，如果你们真的存在，请听见我的祈祷。

即使我的商迟是冷血无情的魔鬼，我也要他毫发无损地继续祸国殃民。

一秒钟过去、两秒钟过去……

白珊珊迈步跨过了门槛。

门槛处的红外线装置瞬间便起了反应。咔嗒一声，十三号门的门锁开启，与此同时，一阵悠扬舒缓的乐曲声轻轻响起。

听见音乐声的刹那，白珊珊悬在嗓子眼处的心脏才陡然一松。或许是焦灼不安到极致后突然放松，情绪在短时间内难以平复，或许是别的什么原因，她竟瞬间湿了眼眶。

这不是警报声，是《斯卡布罗集市》的前奏。

依照之前司马邢和许妙讲述的游戏规则，这意味着她选对了。

商迟就在第十三号隔间中。

房门开启，白珊珊的眼睛仍被黑色绸缎覆盖着，她双手被缚，无法取下黑绸。在什么都看不见的情况下，未知的恐惧感依然如蛛网一般将她笼罩其中。她只能试探性地往前走出几步，不大确定地道："商……商迟？"

隔间内，商迟安安静静地坐在正中间的椅子上，神色平静，直勾勾地盯着朝他走来的姑娘。他的唇微抿，眸色浓如墨。

姑娘娇小的身子缓慢地前行，纤细的小腿勉强而倔强地支撑着。周围昏暗，黑色的环境将她的皮肤衬得越发雪白。四周本是满目萧条，黑白世界，一束光从天而降，驱走一切阴霾与罪恶。

他的光走过的地方，世界被染成彩色，草长莺飞，鲜花盛开。一切都那么生机勃勃，一切都充满希望。

他的光叫白珊珊。

尽管并不明显，但商迟还是立即听出了姑娘又细又软的嗓音中夹杂的一丝哭腔。黑色绸带挡住了她大半张脸，商迟看不见她的表情，却能清晰感受到她语气中来不及掩饰的慌张和担忧。

没有得到回应，白珊珊皱眉，又往前走了一步："商迟，你在这里吗？"

话音刚落，一道声音从不远的地方传来，沉沉的，低得发哑，语气不明："我在。"

听见商迟的声音，白珊珊紧绷的神经才终于彻底放松下来。

果然，格罗丽说得一点儿没错，这个男人是魔鬼撒旦的虔诚信徒。他果然选了被世人视为不吉、象征着灾难与毁灭的数字——十三。

她在原地站了须臾，抿抿唇，暗自将内心种种复杂情绪压下去，再开口时语气已基本恢复如常："我眼睛看不见，手也被反绑在后边，你能先帮我把手解开吗？"

商迟说："可以。"

白珊珊问："你在哪里？"她又往前挪出半步，蒙了眼的脑袋无意识地左右转了下，"我要怎么才能找到你？"

"别害怕。"商迟一眼便看穿她竭力掩藏在平静外表下的恐惧和不安，语气低而柔，引导着她，"面朝左侧，再往前走大约三步，就能到我身边。"

白珊珊点点头："好。"

身子转向左侧，走了三步，站定。虽然她的双眼仍无法视物，但她身体的其他感官在这时已成功取代视觉。她掌心不自觉地出汗，敏锐地感知到周围气场的变化，并且闻到了一股熟悉的淡淡烟草味，以及商迟身上那种极其独特的清冽的味道。

"商迟？"白珊珊又轻轻地喊了一声。

一切都是未知，一切都是黑暗与迷茫。置身于这样的环境，仿佛只有这个名字才能让她感到安心，所以她急于确定他的存在。

"我在。"磁性好听的嗓音传入白珊珊耳朵，低而稳，从容不迫，又透出安抚意味。

这次声音离她很近，近在咫尺。

白珊珊刚想让他替她解开双手，转念又忽然想起之前的游戏规则，稍稍顿了一下：“你的双手是不是也被绑住了，不能动？”

商迟道：“嗯。”

白珊珊有点儿急了：“那怎么办？你得先帮我把手上的绸带解开，我才能帮你解开。”

黑暗中，对方语气很平静，淡淡地道：“我在你左边。”

白珊珊闻言，通过听觉仔细分辨了一番商迟所在的方位，试探着挪着步子，转过身子，面朝他。

从始至终，商迟都直勾勾地盯着白珊珊，目光没从她脸蛋儿上离开过。他静默两秒，说：“转过去，背朝我。”

白珊珊眼眸眨了下，感到不解，不知道这人想做什么，但这个节骨眼儿上也没多想多问，依言转回身，背朝他站定。

空气里飘扬着的世界名曲的声音不知何时已经消失。

静。整个游戏场地静极了，静到白珊珊在一片纯黑色的视野中，能清清楚楚地听见自己的心跳声，混乱极了。她的心脏似乎随时都有可能从嗓子眼儿里蹦出来。

她站着，没有任何动作。

在安静地站了须臾后，白珊珊清晰地感觉到，一股微凉的气息由远及近地靠近了她被绸带绑住的一双手腕。那股气息温柔地扫过她手腕上细嫩的皮肤。

手腕像被蚂蚁爬过似的，带出一丝渗进骨头缝儿里的痒意。

那触感太诡异，白珊珊始料未及，整个人轻轻地抖了一下。她有点儿慌，想躲但还是忍住了，又细又软的嗓音带着一点儿沙哑：“你在做什么？”

背后的人没答话。

下一刻，一种湿润微凉而又柔软的触感擦过了她的手腕。白珊珊一僵，旋即便反应过来，那是这个男人的唇。

商迟咬住了缠在她手腕上的绸带。

他不是有严重洁癖吗，怎么会愿意这么做？

身为一名心理师，白珊珊最擅长的就是控制自己的情绪——在任何情形下，采取一系列措施调节自己的情绪，让自己随时保持冷静。但此时此刻，她所学到的一切专业知识都显得苍白无力。

她根本没办法控制住自己慌乱的情绪。此时，她全身血液加速流动，更别提什么心如止水。

她觉得自己快要炸开了。

“你……”白珊珊嗫嚅了下，做了一个深呼吸，强迫自己忽视商迟唇齿与她手腕的亲密接触，没什么语气地道，“你这样方不方便？实在不行的话，我可以折返入口的地方呼救，让他们把我们放出去。”

说话的同时，她两只被反绑于身后的雪白小手无意识地绞在了一起。因为用力，骨节处都泛起青白。

商迟将姑娘的小动作一一收入眼底，不动声色，淡淡地道：“你两只手的掌心全是汗。”

“因为紧张……”白珊珊回答。黑绸以下的两片唇瓣轻轻一抿，无意识地咽了一口唾沫，她强装镇定地回答：“我如果选错隔间，你的手就没了。关乎人命，我不想背负愧疚过一辈子。”

商迟闻言，左侧眉峰微微一挑：“你的意思是，你紧张只是因为不想有负罪感？”

“当然。”

“换成谁被囚禁，谁面临危险，你的反应都会一样？”

“对。”

话音落下，商迟神色不明，冷漠地弯了弯唇。

与此同时，绳结解开，绑住白珊珊双手的绸带落在了地上。双手重新恢复自由，白珊珊一怔，而后手腕动了动，发现行动无阻后心头一喜，准备抬起双手去解蒙住自己双眼的黑绸。

然而，雪白的小手才抬起就被一只手生生拦下。男人五指修长骨节分明，极有力，大掌一收，瞬间将她两只手腕并拢、钳住。

白珊珊错愕，正要说话，一股力道拽着她的手腕往后一扯。她重心不稳，脚下踉跄，瞬间便跌坐在对方的腿上。

“你……你的手不是被绑住了吗？”白珊珊第一时间便察觉出不对劲，用力皱眉挣了下，无法动弹，她咬咬唇，“你没有被绑起来？你要我，是不是？”

商迟将姑娘的双手放在她身后，用力，迫使她整个人贴近他怀里。他垂眸，安静而专注地盯着她，左手食指微屈，指关节轻轻地抚摸她黑色绸带下的雪白脸蛋儿，语气很冷静：“不是。”

不对，商迟和司马家是死敌，所以，他和司马父子联手来布局耍她的可能性不大。

白珊珊脑子里飞快地思索着。

那么……

“你自己把绳结解开了？”白珊珊不可思议地道。

商迟的语气非常冷静：“是。”

“你自己怎么可能解得开绳子？”白珊珊继续质问。

“为什么不可能？”商迟说。他捏住她的小下巴，轻轻一抬，粗糙的指腹亲昵地摩挲着她下巴上的软嫩皮肤。

他自幼的生长环境，处处都危机四伏、暗藏杀机，很多人想他死无葬身之地。他一步一步走到今天，这种脱身之术，只是布兰特对他的诸多冷血教育中最基础的。

听见这个回答，啪一声，白珊珊脑子里绷了一晚上的弦断了。

不知是觉得被愚弄了一番感到气愤，还是有更深层的原因在作祟，她再也忍不住了，情绪近乎失控地大声道：“你明明可以自己解开绳子，你明明没有任何危险，为什么不事先告诉我？为什么要骗我？”

是她笨还是她蠢？

商大佬是什么出身，能在商氏家族的夺权之争中全身而退的人，司马家的这点儿雕虫小技怎么可能伤他分毫？她居然真的以为他在眼巴巴地等着她出现，等着她去拯救，她是疯了吧？

脑子里仿佛绞了一团麻线，混乱、困顿，不堪重负。白珊珊吼完之后，竟哭了起来，她哽咽道：“你知道我刚才多难受吗？我当时还在想，如果你真的被砍了一双手怎么办？我甚至在想，你要是残废了也没关系，大不了以后我照顾你……”她说着一顿，压抑太久的情绪终于找到了一个宣泄口。她被他摁在怀里，越哭越厉害，“你就是想看我能蠢到什么地步，是不是？你就是想看看自己的魅力到底有多大，是不是？我这是有多蠢啊！你是不是很开心，很得意？

“十年前就被你当成什么试炼心魔的工具，还什么沉迷过就戒除，我上过一次当没长记性，居然又掉坑里了。你说我在招惹你，你讲点儿道理行吗？明明是你一直在招惹我！十年前招惹我，十年后还不放过我！我为什么会一而再、再而三着你的道儿？商迟，你就是一个彻头彻尾的混蛋！！！”

姑娘声音又细又软，一通歇斯底里的咆哮也像在撒娇。

她说完，累了，咬着唇死死忍住，生怕自己会丢脸地哭出声。蒙住双眼的黑色绸带全部湿透，泪水顺着脸颊往下淌。

整个游戏场地陷入一片死寂。

片刻，商迟解开了她眼睛上的黑绸。

白珊珊睁开眼，视线被泪水挡住了，不太清晰。她隐约能看见他的面容就在很近的前方——冷峻的轮廓棱角分明，看不清表情。

她咬住嘴唇，倔强地瞪着他，一双晶莹的大眼红红的，不说话。

数秒钟的静默之后，商迟低头，轻轻地吻住了她眼角的一滴泪。

他闭着眼，唇舌间尝到那滴液体的温热与苦涩。

一瞬间，商迟向来冷漠的心狠狠一动。

“十年前的事，我需要你给我时间慢慢解释。”他沙哑地道，“现在，白珊珊，我很高兴，终于等到你松口了。”

白珊珊一愣，这才后知后觉地意识到自己说了什么做了什么，她傻了。

商迟的嘴角弯了弯，他轻轻地啄她红通通的小脸：“公主，为期三个月的赌约，你输了。”

赌约……

为期三个月的赌约？

白珊珊觉得自己好像又掉坑里了。

当时，他们各自的赌注是什么来着？

白珊珊迫使自己濒临“宕机”的大脑回忆着：如果商迟输，他从今往后就彻底从她的人生中消失。

如果她输，她就要，嫁给他？？？

剧情朝着某个奇怪的方向飞速推进中……

黑暗中，白珊珊抽了抽嘴角，看着商迟平静英俊的面容，一时无语。她有点儿想骂人又有点儿想骂自己，实在搞不懂自己怎么会在这种情况下着他的道儿。

祸害遗千年，她早就该想到他不会有事。

以商迟的城府，他怎么可能让自己置身于危险，而且还是在死敌司马家的圈套中？是她大意了。

关心则乱？

白珊珊脑子里一片混乱，她有太多话想问，太多话想说，但都忍了下去。他们眼下还处于被困状态，什么账都先放放，还是得等出去之后再跟商迟算清楚。

毕竟此时此刻，她和商迟还是同一阵线的盟友，有共同的敌人要对付。

“我们之间的赌约以后再说。”白珊珊平复心绪，微微动身，从他怀里挣脱出去，站在原地。她看了眼大门方向，道：“现在游戏已经结束，我们可以出去了。”

说着，白珊珊回头。

商迟坐在椅子上没有动，面色平静，眉眼冰凉。

这一幕落在白珊珊眼中，竟令她生出了一种错觉，仿佛此时的他就是漫画里孤独而又无所不能的国王，在自己的王座上俯视芸芸众生，浑身都是傲慢和肃杀之气。

白珊珊狐疑地问：“你干什么？怎么不走？”

“公主，用点儿脑子。”商迟闻言，竟笑了下，“你真的以为，司马瑜和司马邢费尽心机把我诓进这个游戏场，只是为了和我做一个游戏？”

白珊珊顿时怔住，心一沉，突然意识到什么，皱眉道：“什么意思？你是说他们要在这里对我们不利？”

说话时，白珊珊转身，大步走向了游戏场的入口，贴近那扇大门，找到印有“OPEN”字样的绿色按钮用力摁下去。

毫无反应，大门纹丝不动。

她再用力摁一次，大门依然没有任何反应。

白珊珊眯了眯眼。显而易见，从里面开启这扇门的装置根本形同虚设，也就是说，不管游戏场内两名玩家的游戏结果是成功还是失败，他们都没有办法离开这个场地。他们如同困兽，只能等待外面的人开启大门才能脱身。

空气再次陷入沉寂。

白珊珊扭头，晶莹的眸子里愤怒、惊讶、难以置信等诸多情绪交织。她看着商迟，道：“你明知司马父子想干什么，为什么要答应赌这一局？”

商迟淡淡地说："为了你。"

白珊珊愕然。

"为期三个月的赌约，你输了。"商迟嘴角勾了下，站起身，漫不经心地朝她走过去，语气非常平静，"为了赢下和你的赌局，让你承认对我的情感，任何代价我都在所不惜。"

白珊珊已经有点儿不知道该用什么表情来面对商迟了。她实在难以想象，一个人到底需要经历什么样的童年，才能偏执又疯狂到这个地步。

她沉吟几秒，道："商迟，你知道吗，有时候你就像个疯子！"

商迟直勾勾地盯着她，淡淡地答："彼此。"

两人正说着话，游戏场另一端的通道尽头却传来了一阵异样的响动。白珊珊眼眸一闪，看向商迟正要说什么，却被他一个眼神制止。

他缓慢地摇了摇头，示意她不要出声，反手一拽将姑娘揽进怀里，不动声色地闪身进了编号为"3"的隔间内。他动作干净利落，反应极快。

隔间都是玻璃门玻璃窗，人站在外面，一眼就能将室内看清。

商迟扣紧怀里的姑娘，站在门后靠墙一侧的视线死角处，无声无息，面无表情地看着隔间外的通道。此刻，他的眼神阴狠冷静，寒进骨子里。

白珊珊被他摁在墙上，整个身子与他贴在一起，不敢说话，也不敢发出任何声音，只能瞪大了眸子望着他棱角分明的下颌。

通道尽头的声响依然没有消失。仿佛有一扇暗门开启，紧接着传来的是一阵放轻的脚步声，朝他们所在的方向靠近。

白珊珊已经大概猜出这群人是什么意图，说不慌乱是不可能的。但她仍强装镇定，把呼吸屏住了。

扑通，扑通。

黑暗与死寂中，她听见自己的心跳声越发急促。

商迟依然没有任何反应。他面无表情地盯着玻璃窗外，就像潜伏在黑夜中等待猎物靠近的兽，随时准备给猎物致命一击。

屋外传来一阵刻意压低的人声，说的英语。

一人道："怎么没看见那两个人？难道是发现我们藏在暗室，跑了？"

"这个游戏场只有大门一个出口，他们走不掉。"另一人回答，"别掉以轻心，雇主交代过，等我们杀了商迟，就一把火毁尸灭迹，到时候警方调查就说是火灾事故，游戏场门卡住打不开。他们要查也查不出个所以然来。这单买卖是大生意，只许成功，不许失败。"

"知道了，头儿。"

几人低声交流着。

白珊珊虽不能逐字逐句翻译几人的话，却也听出了大概意思，当即遍体生寒，出奇地愤怒。她事先就知道司马家和商家是对头，在商业上有竞争关系，此行是鸿门宴，难免会出些意外。

但她没有想到的是，这对父子竟会这样胆大包天，居然想直接一不做二不休，杀商迟灭口！

司马家的人先是侵犯无辜少女，后欲杀商迟灭口，种种恶行，着实罄竹难书！

就在白珊珊愤怒得浑身发抖的时候，一道低沉的嗓音紧贴着她耳朵响起，音量极低："别害怕，我不会让任何人伤害你。"

白珊珊咬了咬牙，说话不自觉带着一丝颤音："听声音，那伙人起码有四五个，而且应该都是职业杀手，你能应付得过来？"

话刚说完，脚步声已近在咫尺。

白珊珊当即闭口，瞪大了眼睛瞧着玻璃门的方向，只觉心都快从嗓子里蹦出来了。她的双手无意识地攥紧了商迟的衣角，将他笔挺精细的黑色西装抓得皱巴巴的。

商迟察觉，微微垂眸。姑娘面上一副镇定的样子，一双又细又白的小手却蜷得紧紧的，指关节都泛起了青白色。

他反手扣住她的手，冰凉的指尖刮了下她细滑柔嫩的手背。

手背处传来异样触感，白珊珊微微一怔，抬眸看他。

相信我。商迟湿润的唇轻微开合，无声地道。

不知为什么，看着他黑暗中冷漠俊美的面容，白珊珊混乱焦灼的心在此刻竟奇迹般平静几分。

她静了几秒，也无声对他回了句：好，我信你。

杀手们步子极轻，手中持游戏枪，游戏枪枪口上都装了消音器。他们神色警惕而戒备，从第十四号隔间往前，两人一组，一组搜左侧，一组搜右侧，一间一间地逐个搜寻。十三号隔间、十一号隔间……最后，他们停在了三号隔间门口。

杀手A舔了舔牙，瞧了一眼同伴。那人冲他点点头，然后便去搜三号隔间旁边的一号隔间去了。

杀手A抬腿一脚便踹开了隔间门，冲进去一看，隔间内空无一人，连个影子都没有。

杀手A有点儿纳闷儿地皱了下眉。

就在他不解时，一个黑影从门后闪过。他惊愕，刚举起游戏枪回身，手腕便被一只手生生攥住。那人动作极快，看似没力气，力道却极重。

空气里瞬间响起咔嚓声，类似人骨被生生折断的声音。

游戏枪已经不在杀手A手中。

整个过程不过几秒。

杀手A吃痛，霎时冷汗满头。黑暗中，他隐约看到一张冷峻面容，还没来得及发出声音，那人便已面无表情地对着他的左膝来了一枪。

消音器的作用下，枪声几乎听不到。

紧接着那人对着右膝又是一枪。

杀手A大叫一声，当即跪倒下去。

其余杀手听见三号隔间的响动，脸色皆是大变，纷纷从四处赶来……又是一阵枪声……

从第一个杀手接近三号隔间，到所有杀手的双腿双手被废，整个过程不到半分钟。

黑暗中，数名职业杀手哀号不断，烂泥似的瘫倒在地。他们甚至都没反应过来发生了什么。

白珊珊眼中又惊又恐，视线扫过地上的杀手，再抬高，看向通道正中央的那个男人。

商迟手里握着从第一个杀手那儿夺来的游戏枪，神色冷淡地站在满室血污中，一身黑色西装纤尘不染，和周围炼狱般的情景格格不入。

他垂眸，看向倒在他脚边的一个职业杀手，似乎在打量受伤的猎物，眼神里流露出一丝兴味。

那身高将近两米的壮汉抽搐地看着他，左手捂着不住流血的右臂，蓝色的眼睛里满是震惊和畏惧。

“为什么要和自己过不去。”商迟淡淡地用英语道，言语间甚至带着一丝遗憾。他眉眼平静，优雅又绅士，是浑然天成的贵族。

壮汉张嘴，战战兢兢地求饶：“Please（求你）……”

壮汉话没说完，商迟举起游戏枪，废了他唯一健全的左手，然后随手扔了游戏枪。

白珊珊一脸震惊。

这时，空气里响起一阵动静，游戏场大门缓缓地开启。明亮的光线从门外倾洒进来，整个黑暗空间在瞬间被照得犹如白昼。

白珊珊抬眼。静候在外的江旭等人见到场内情景，露出完全是意料之中的眼神，冲两人微微一笑。

商迟回身，轻轻地揽住白珊珊纤细的腰身，带着她往门口方向走。

白珊珊目光扫过那些杀手：“为什么？”

商迟眼皮都没抬一下，从容平静，没有说话，径直带她离去。

走出游戏场大门，白珊珊环顾四周，这才发现司马父子不知何时已被控制，许妙则不知去向。她皱眉，心有余悸，无意识地回头又看了一眼那些烂泥似的杀手。

熊晋见状上前几步，关切地道：“白小姐，怎么了？”

“为什么？”白珊珊道。

熊晋看穿她的心思，说：“对杀手而言，残废远比失去生命更让他们痛苦绝望。你应该知道，先生从来不是一个仁慈的人。”他顿了下，又微微一笑，“而且，先生做的一切都只是‘正当防卫’，不是吗？”

一股寒意瞬间顺着白珊珊的脊梁骨升上来。

世上怎么会有这样心思缜密的矛盾体？温柔多情又冷血残忍。

第六章

蜜糖似瘾

白珊珊可以确定，司马瑜和司马邢这对反派父子这会儿脑子里是蒙的。别说是他们，就连白珊珊都觉得不可思议。

他们好不容易费尽心机设下一个圈套——游戏场，就等着把商迟送进去，关上门，任意宰割。

剧情的前半部分倒是都按着反派父子的剧本走的——商迟和她如他们所愿进入了游戏场，一帮跑龙套的杀手也全都就位。

谁料螳螂捕蝉黄雀在后，结局来了个大反转。

看着满脸震惊的司马父子，白珊珊忍不住啧了声，在心里摇头叹气：你说你俩算计谁不好，非得这么想不开算计商迟！商大佬是谁？反派界的老祖宗，能这么轻易就让你们给办了？

白珊珊心里琢磨着，忍不住挪着步子向一旁的江旭靠近几步，压低嗓子好奇道：“江助理，你们是什么时候发现这对父子想对你们先生不利的？”

江旭笑了下，垂眸，恭敬而不失温和地回道：“司马家并非善类，在他们向商氏递出邀请函之时，先生便安排熊晋做好了一切应对准备。”

话音刚落，司马邢却忽地低笑出声。

听见那阵笑声，白珊珊和四位助理不约而同地朝司马家的三公子看过去。

司马邢坐在赌桌旁的椅子上，头微垂，像听见了什么笑话似的不住笑着，肩膀抽动。白珊珊微微皱眉，好奇这人为何双手双脚没有被捆绑，却一动不动，一副老老实实的状态。

她心下不解，再一转眸，瞧见司马邢身后还站着两个身着西服的彪形大汉。那两人脸色冷漠，手微微举高，拿着把锋利的尖刀。刀刃距离司马邢颈部的动脉血管不足半厘米。

不远处的司马瑜也是同等待遇。

白珊珊微微眯眼，不动正色地移开视线。

几秒后，司马邢的笑声变小。

白珊珊面无表情地看着他，片刻，弯弯唇，一副天真无辜的模样，眼底却有严霜，轻轻地问道：“三公子心态真好，到了这个份儿上还能笑得这么开心。有什么喜事，不如说出来跟大家分享一下？”

司马邢闻言，抬眼瞥了一眼这笑面虎似的姑娘，侧眸，视线阴沉地望向不远处，对商迟道：“我和我爸原本打算好了，如果那些杀手弄不死你，我们就一把火烧了整个游轮二层，来个毁尸灭迹、死无对证。没想到，商总真是玩得一手好手段。我们带上船的这些人，跟着我和我爸出生入死多年，你居然也有办法收买？”

商迟没有说话，甚至眼都没抬，连个余光都没赏给司马邢。

徐玮伸手递过去一张湿纸巾。

商迟接过，垂着眸，用湿纸巾仔细地擦拭着双手，脸上没有一丝表情。擦完手，他把湿纸巾随手丢进一旁的垃圾桶，然后便朝白珊珊所在的方向走过去。

“刚才，我吓到你没有？”商迟长臂一伸，环过姑娘的细腰将人揽进怀里，动作霸道强硬又亲昵温柔。他漆黑的眸微合，低头，高挺的鼻梁蹭了蹭她的小鼻尖，语气很淡。

这是大佬您现在应该关心的重点吗？

而且，说话就说话吧，你老是这么蹭蹭抱抱的干什么？能不能注意一下场合？……

这旁若无人的亲昵行为令白珊珊有几分招架不住。她脸颊的温度一下就蹿了上去，小脸蛋儿红红的。她尴尬地清了清嗓子，余光左右偷瞄。

几位助理站在原地，目不斜视，眼观鼻、鼻观心，都是一副泰然自若的姿态。

白珊珊只能干巴巴地笑了下，回道："还好……也没有被吓到。"

毕竟在十年前，她就看过商迟大开杀戒，刚才那阵仗虽然有点儿过了，但还是在她可接受范围内的。

商迟的嘴角淡淡地勾了下，食指轻轻地刮过她的脸蛋儿，他没有说话。

这时，从始至终都被无视得非常彻底的司马三公子愤怒了。司马邢恶狠狠地道："商迟，你究竟想干什么？你——"

"成事不足、败事有余的东西，给我闭嘴！"司马瑜皱眉，低声呵斥了一句。眼下这形势，游轮上八成是商氏的人，他们父子二人如果在这种时候激怒商迟，无疑是自寻死路。

司马邢气得咬牙，不吭声了。

司马瑜静默数秒，平复心绪才接着道："商总，事已至此，我们就打开天窗说亮话。你到底想怎么样？"

商迟把白珊珊揽进怀里，嗅了嗅她身上清甜可口的水果糖香味儿，没什么语气地道："钱货交易。从今天开始，司马集团归商氏所有。"

闻言，司马瑜脸色骤然大变，想说什么又给强忍下去，眯了眯眼，沉声道："还有呢？"

商迟捏住怀里姑娘的小下巴，贴近她耳边，温柔地道："说，你要什么？"

白珊珊沉吟须臾，转过头，眼睛直视司马邢，一字一顿地道："我要他去自首。"

听了这话，司马邢面上一丝阴鸷的神色一闪即逝。他抿了抿唇，冷静下来，哧了声，以一种好笑的语气道："商夫人，你总是说让我去自首，我真是不明白。我司马邢一个奉公守法的好公民，去自首什么？你有什么理由让我去自首？"

这人厚颜无耻，装糊涂到底，白珊珊见了只觉反胃，心念一转，又想起顾思涵憔悴得不成人形的模样，更是义愤填膺、怒不可遏。

她瞪着他，沉声道："司马邢，你是蜂后影业的总裁，这些年你利用职务之便做了多少丧尽天良的事，还需要我给你一一点出来吗？"

司马邢眨眨眼睛，一副不知所云的表情，耸肩："既然你说我有罪，那不妨说说，我怎么个有罪法？"

"你……"白珊珊一时语塞。

好友的亲妹妹被这个禽兽侮辱，有了不可磨灭的心理创伤，全是司马邢的错。但顾思涵才二十岁出头，还有大好的年华和前程，如果她在这个时候指名道姓说出真相，顾思涵今后还怎么做人？

她不能当着这么多人的面把这种事公之于众。

这个禽兽分明是看准了这一点，才这么有恃无恐，实在可恶。

白珊珊越想越气，咬紧唇，愤怒得全身都在微微发抖。就在她绞尽脑汁思索应对之道时，一道柔美的女声忽然从电梯门方向传了过来，冷声道："司马邢，自己做了什么事自己不知道，还需要旁人来提醒你？"

白珊珊目光忽地一闪，诧异回头。只见电梯门开着，一个身着旗袍礼服的长发美人款款走了出来。

那姑娘二十几岁的年纪，容貌美艳、身段妖娆，妆容很精致，一双晶莹的美眸里却透着入骨的恨意与冷色。

短短几秒，白珊珊便想起了这号人物——当初在商氏总部，见证商迟“一分钟，一千万”光辉事迹的当事人之一。

那个曾经被她顺手解过围的当红流量女星。

“秦莎？”司马邢的脸色忽地一沉，他皱眉道，“谁让你进来的？你来干什么？”

“十天前，商氏的陈助理找到我，问我有没有兴趣亲手送三公子您下地狱。”秦莎踩着红色高跟鞋施施然走向司马邢，微微俯身，红唇扬起一个弧，语调轻缓又冰凉，“我怎么会放过这种机会呢？”说着，秦莎直起身看向白珊珊，笑了下，道：“白小姐，如果你要把司马邢送去警局，我愿意指证他的种种罪行。”

司马邢闻言暴怒，起身一把抓住了秦莎的胳膊，恶狠狠地道：“死女人，你胡说八道些什么！”

“司马三公子，”半秒功夫，陈肃已将刀刃压上他的脖颈，面无表情地道，“请坐。如果你再有任何过激举动，我不保证我手上的刀打滑。”

司马邢瞥了一眼那淬着寒光的刀刃，心里发怵，喉结滑动，不甘又悻悻地缓慢举起双手坐回了椅子上。

秦莎看着他，漠然道：“这些年，你做了那么多伤天害理的事，报应终于来了。”

白珊珊上前几步：“秦小姐，你说司马邢罪行滔天，手上有没有证据？”

“我就是证据。”秦莎语气很平静。

白珊珊惊愕地瞪大眼睛，一脸震惊。

“我十七岁出道，签约的第一个公司就是蜂后影业。我以为我的梦想就要实现了，然而这是一场噩梦。”秦莎自嘲又讥讽地笑了下，“我刚进公司不久，司马邢就强上了我，甚至让我招待他朋友、合作伙伴、其他影视商，还各种陪。我甚至被这个禽兽折磨得丧失了生育能力——”

“秦莎！”司马邢猛地将她的话打断，目眦尽裂，“敢咬我，你是不是不想在这个圈里混了？”

“这么肮脏的圈子我早就不想待了。”秦莎说，“等把你送进监狱，我就会跟我的父母一起出国。”

“哈哈哈……”司马邢大笑，像听见了天大的笑话一般，笑容狰狞，“秦莎，你真的太蠢了，居然相信商迟。你以为他们是好人？你以为他们是什么来路什么出身？他们只是利用你来捅我一刀，利用完就一脚踹开，根本不会管你的死活。你想想看，我如果出了事，你不会陪葬？我是我爸的亲儿子、我哥的亲弟弟，他们会放过你吗？”

秦莎神色微变，咬咬唇，看向陈肃道：“陈助理，你们说过会确保我的安全……”

“秦小姐，这一点请你放心。”陈肃淡淡地说，“以商氏家族的势力，我可以向你保证，你在全球范围内的任何地方都不会受到骚扰与威胁。”

秦莎听了稍微放松，点了点头退到一旁，不再说话。

娱乐室内安静下来。

商迟面无表情，揽过白珊珊的腰带着她往电梯口的方向走。

白珊珊眨眨眼睛，小声问：“要回去了吗？”

“先生、白小姐，陈肃和徐玮会送你们先回酒店休息。”江旭恭恭敬敬地道，“之后的事交给我们处理就好。”

江旭说完便面朝司马邢礼貌地微笑，淡淡地道：“三公子，游轮已经靠岸了。警察就等在港口，说要带你回警局进一步调查，请吧。”

闻言，强撑多时的司马邢彻底慌了神，扭头看向始终沉着脸、一言不发的司马瑜，压低了嗓子颤声道：“爸，想办法救我，我不想坐牢……我真的不想坐牢。你救我，救我啊！”

司马瑜狠狠瞪他一眼，恨铁不成钢，咬牙切齿地道：“死小子，让你平时收敛点儿，你不听，现在捅出了这么大的娄子！你的两个哥哥都不在国内，公司又出这种事，我哪儿来的工夫救你？”他顿了下，沉声道，“先进去待着，我后面再想法子。”

溺水的人终于抓住了一根救命稻草，司马邢眼中闪过一丝喜色，点头：“好。”

就在这时，一道低沉的嗓音忽地响起，那人像想起什么，语气平静，漫不经心：“对了，还有一件事。”

娱乐室内的众人一滞，纷纷看向电梯口。一道高大挺拔的黑色身影安安静静地立在昏暗灯光中。商迟站姿随意，眉眼冷淡，怀里还搂着一个娇小姑娘。

“熊晋。”商迟喊了声。

“是，先生。”熊晋应道。

“我之前让你去查的东西，”商迟的嘴角挑起一道弧，他随手一指，“别忘了给司马老先生看看。”

熊助理垂头，恭恭敬敬地说：“知道了，先生。”

商迟转身离开了娱乐室，陈肃和徐玮静默不语地跟在后面。经历种种变故的电梯女郎们花容失色，僵硬地替几人摁了电梯键。

叮一声，电梯开了。

几人进了电梯，消失于众人的视野中。

娱乐室这边，熊晋从随身携带的公文手袋里取出了一份文件式样的东西，上前几步递给司马瑜，没有说话。

司马瑜神色警惕而防备，困惑地问：“这是什么？”

熊晋笑："您看了就知道了。"

司马瑜迟疑地伸手接过，定睛一看，文件的标题里赫然有"亲子鉴定报告"的字样。

司马瑜面色微变，不解，目光下移浏览起整份文件内容。

司马邢战战兢兢地等在一边，一头雾水不明所以，只见司马瑜的脸色越发难看，最后竟然青黑一片。

司马邢不安地问："爸爸，怎么了？"

司马瑜气得七窍生烟，二话没说，朝司马邢脸上狠狠就是一巴掌。司马邢始料未及，直接被扇得坐到了地上。

他捂着脸，一副困惑不解的表情，怒道："爸，你疯了？你打我做什么？！"

"别叫我爸！你那个妈啊，枉费我这么多年对她宠爱有加，居然背着我在外面搞出了一个野种！"司马瑜狠狠将手上的亲子鉴定报告丢在地上，差点儿一口气没喘上来，伸手指着地上的男人，怒骂，"我疯了？我当然疯了，我只有疯了才会养了你这个不知道哪儿来的野种三十多年！"

"你说什么？"司马邢瞠目结舌，一时没反应过来。

司马瑜气得浑身发抖，说不出话。

司马邢咽了一口唾沫，爬过去一把将地上的亲子鉴定报告捡起来看，顿时瞪大了眼睛，双目充血。

下一刻，司马邢笑了起来，似疯了一般，怔怔地道："我不是司马家的儿子？哈哈，我是个野种？哈哈……"

电梯里。

白珊珊被商迟搂在怀里，回想一番，觉得奇怪，不由得仰起脖子望着男人冷峻的面容，抬起只小白手圈住嘴，小声地喊："哎。"

商迟垂眸看她，狠戾的眼神不自觉地柔了下来："嗯？"

白珊珊问："你刚才让小熊助理给司马瑜看什么东西？"

商迟轻轻捏了下她滑溜溜的小脸蛋儿，说："一样好玩的东西。"

白珊珊撇嘴，低下头，自言自语道："就知道卖关子。大不了之后我再去问小熊助理。"

话刚说完，姑娘小小的下巴便被修长食指挑起来。

小家伙有点儿诧异地眨了眨亮晶晶的眸子，望着他，样子看着呆呆的。

商迟垂眸，直勾勾地盯着她，片刻后道："白珊珊，我不喜欢你把注意力放在除我以外的任何事物上。"

白珊珊无语，只好在心里吐槽：喂，你这是什么蛮不讲理的占有欲？你们一个个整得那么神秘，还不许我有正常的求知欲吗？

白珊珊顿了半秒钟才道："我只是有点儿好奇。"说着，她扭过头，瞧一眼站在后面的陈肃，问，"陈助理，你知道吗？"

陈肃冷静地抬眼，偷偷摸摸地瞧了一眼自家老板的脸色——面无表情。根据他多年的经验，这种表情意味着他家老板此时心情还不错。他回答夫人应该不会触怒老板吧？

陈助理面容平静，经过内心一系列分析之后，做出了决定。他朝自家小夫人露出了一个自认为很能表达他的善意的笑容，说："白小姐，司马邢并不是司马瑜的亲生儿子。"

白珊珊愣住了。

陈肃继续道："司马邢的生母是司马瑜的三房。我们调查过，那个女人年轻时私生活混乱，司马邢的生父无法确认。"

白珊珊没想到听到了这么一个劲爆消息。

几人径直离去。下游轮时，白珊珊又看了一眼立在登船口的巨大订婚海报，只觉无比讽刺。短短一夜，司马邢这个曾经翻手为云、覆手为雨的富二代算是彻底废了。

她感叹了一番，便勾起唇，开心地跟在商迟身旁走向港口处的露天停车场。

一晚上，她跟着商迟征战八方，消灭人渣，弘扬正义，实在大快人心。

白珊珊沉浸在喜悦心情中，上车之后便掏出自个儿的小手机，喜滋滋地给顾千与发了一条微信过去："天网恢恢，疏而不漏，总算是能给思涵一个交代了。"

白珊珊正等着小老弟回复，耳边冷不丁响起一道声音。声音的主人低沉又没什么语气地吩咐道："通知格罗丽，准备一份礼物。"

副驾驶座的陈肃应了声是，又问："是做什么用？"

商迟非常冷静，道："提亲。"

"噗！"闻言，白珊珊刚喝的一口水全喷了，然后就惊天动地地咳嗽起来。

商迟蹙眉，两手握住她的小细腰往上一提，直接把她抱到了自己腿上，手指捏住她的下巴往上一抬，垂眸，沉静专注的视线落在那张通红的小脸上。

"小心。"他的大掌一下一下轻抚着她的背脊，帮她顺气儿。

"咯……"白珊珊已经分不清自己脸颊的燥热是被咳出来的还是其他什么不明原因。此刻，她有点儿奓毛，下意识地抓住商迟的右手腕，道："商迟，提亲？你跟我开什么国际玩笑？"

闻言，商迟眸色沉了几分，冰凉的指尖勾勒她线条优美的脖颈。他倾身贴近她，嗓音低而柔，沉得有些危险："白珊珊，愿赌服输。"

愿赌服输……

为期三个月的赌约的记忆，如潮水一般涌进白珊珊的大脑，她一时怔住。那个赌约确实存在，并且赌注也是她亲口说出。她找不到反驳的说辞。

自己被坑了！

她总觉得这场赌输得很不值，但好像也并没有预想中的不甘和气愤。

白珊珊就这样迷迷糊糊地跟着大佬和助理二人组一道回了酒店。

陈肃和徐玮回了各自的房间。

白珊珊和商迟进了直达顶层套房的电梯。电梯里沉寂无声，两个人之间的气氛前所未有地和谐平静，像极了暴风雨前的宁静。

不一会儿，他们就到了房门口。

房门是指纹锁，全酒店独一无二。商迟脸色淡淡的，刷指纹，咔嗒一声，锁开了。他站在门口没有动，优雅地侧身，让身边的姑娘先进去。

房间里一片漆黑。白珊珊忍不住咽了咽口水。不知为什么，她觉得这个奢华冷清的套房此时就像是无底的深渊。

她站在原地半天没走。

突然，后背被一股柔和却强硬的力道轻轻推了下，白珊珊踉跄半步进了屋子。紧接着，她的腰身被一只手臂猛捞过去。商迟反手关了门，直接将怀里的小东西整个举着抱了起来，把人摁在门上。

灯还是没开，周围浓重的黑色弥漫。

夜幕下，夜景斑斓，风吹散了乌云。

黑暗中，两个人的呼吸交错在一起。白珊珊听见自己的心跳声像钟声又像雷鸣。她小脸绯红，连小耳朵和小脖子都热得厉害，仿佛马上就要被一把火烧成灰。

双脚悬空的缘故，她不得不抱住他的脖子，紧张得全身都要抽筋了。

“知道吗？”商迟的唇贴在她耳边，浅吻着她的耳垂，与平日的冷漠不同，此时他的嗓音低得发哑，十分性感，“今天晚上，我看着你，就已经想出了一万种方式疯狂地吻你、拥有你。”

白珊珊觉得自己快窒息了，支吾道："商迟，我们……"

话音未落，商迟忽然狠狠地咬住了她的唇。

商迟把她扣在怀里，高大身躯将她牢牢禁锢，像铜墙铁壁，限制得她没有丝毫抗拒挣扎的空间。

他湿润冰凉的唇咬住她的唇瓣，用力吸吮，狂风暴雨一般席卷而来。白珊珊脑子是蒙的，舌根生疼，有种连魂魄都要被他吸出来的错觉。

"嗯……"她濒临窒息，仿佛汪洋里的一叶孤舟，随波逐流，只能被动地仰起脖子迎合这个吻。她用力拧紧眉头，双手竭力却徒劳地在他胸前推搡。

男人在力量上本就有先天优势。

怀里的姑娘小小一个，细胳膊细腿儿，反抗的力气也形同于无，商迟微一用力便将她压制得动弹不得。

整个过程，他都直勾勾地盯着她，看她略微凌乱的黑发，看她绯红的脸颊和那双水雾迷蒙中依稀可见怒火的眸。

白珊珊觉得自己要着火了。

她有时实在费解，为什么一个如此残忍冷血的人，会有那样温柔的眼睛？

她的呼吸是混乱的，头也是眩晕的，但万幸尚存一丝理智。在商迟手指下滑触到她的礼服拉链的那一秒，白珊珊眼眸一闪，喉咙里呜咽闷哼。下一刻，她把心一横，狠狠一口咬在了他的嘴唇上，舌尖尝到了丝丝腥甜味。

商迟眼底闪过一丝异样的光，挑挑眉，终于松开她的唇。他舔了舔唇上的血珠，又意犹未尽地轻轻舔了舔她的嘴角。

白珊珊像刚从水底出来，大口地呼吸着新鲜空气。察觉到这人过分亲昵的举动，她皱眉，挣扎着侧过头想躲闪开，沙哑地道："我……我警告你，不要乱来。我随时都会报警的。"

闻言，商迟轻笑，指尖描摹她羞红的脸蛋儿，眼眸深不见底：“你看起来很害怕。”

白珊珊有点儿想翻白眼，但还是忍住了，动动唇刚想说什么，低头一扫，注意到两人的姿势，沉默了。

她沉默了一会儿，才说：“你先把我放下来。”

黑暗中，商迟面无表情地看着她，拒绝得干干脆脆：“不放。”

“什么？”

他很冷静：“我要抱着你。”

白珊珊以为自己听错了，直接扑哧一声：“不是，大佬你什么毛病啊？”

商迟非常冷静，道：“我还没亲够。”

闻言，白珊珊十分窘迫，脸红得快滴出血似的，咬咬唇，深吸一口气吐出来，在心里对自己说：冷静冷静，你已经被坑过一次了，这次说什么也必须把主导权牢牢地掌握在手中，绝对不能稀里糊涂地又进坑。

她承认，她喜欢他。

商迟长了这么一张脸，富可敌国，又是商界鬼才，她单身十年了，喜欢上他有什么不正常的吗？

这太正常了。

但是，那又怎么样？谁规定喜欢他就要追着他跑、围着他转，世界以他为中心？她脸蛋儿美，身材好，追她的人不说排到法国，排到布达拉宫总是有的。她才是大爷，好不好？

一番心理建设之后，白珊珊小拳头一握，瞬间觉得坦然多了。

于是，她像树袋熊宝宝一般淡定地挂在商迟怀里，淡定地仰起了脖子，淡定地清了清嗓子，淡定地对他说：“商先生，你不觉得有很多事我们都还没有说清楚吗？”

商迟静默片刻，道：“我可以解释。”

“行。”白珊珊应得很爽快，竖起只小白手，一副“好说”的豪迈表情，“把我放下来，我们谈。”

商迟微微合了下眸子，低下头，额头轻轻地贴上怀里姑娘的小脸，然后蹭了蹭。

白珊珊脸上肉肉的，粉嘟嘟的脸颊被他蹭得有点儿变形，她又挣不开，只能气呼呼地鼓起腮帮子。

不知道为什么，她突然联想到某种大型犬类——大狼狗。

黑暗中一切都很安静。两个人呼吸交错在一起，说不出地暧昧亲昵。

白珊珊小脸红红的，掌心出汗，心跳也急。就在她实在受不了想再次开口的时候，她忽然感觉紧紧贴着她的商迟有了动作。

有力的手臂往上托，不费吹灰之力就把她娇小的身子抱了起来。白珊珊条件反射地把他脖子抱得更紧，随后便看见商迟转过身，迈开一双大长腿，大步流星、笔直地走向了套房里侧……的卧室里……的床？？？

白珊珊两只大眼睛瞪得圆圆的，直接傻了——说好的谈事情呢？说好的解释呢？大佬直接抱着她往床走是什么意思啊？

商迟人高腿长，白珊珊思绪乱飞间，他已经把她放在了黑色大床的正中央。

白珊珊慌得不行，心都快从嗓子眼里蹦出来了，后背刚沾上柔软的床铺便浑身一僵，下意识地想跳下床。

然而，没等她把这个念头付之于行动，背后便伸过来一只手臂。与此同时，大床的另一侧受力下陷。

白珊珊的细腰被环住，瞬间被对方捞小鸡崽似的捞过去，她不禁从脸红到脖子根……

她后背贴上强健有力的胸膛，修长的手臂将她紧紧箍住。

白珊珊羞得要冒烟儿了。虽然她不是第一次躺在床上和他搂在一起，但是……

商迟把怀里的小东西紧抱着，微微垂眸，轻柔地吻了吻她头顶的黑发，连四肢都和她的交缠在一起。

室内仍是一片漆黑，好半晌都没有人说话。

白珊珊小小的身子在他怀里无意识地蜷成虾米状，食指屈起，无意识地紧紧抵住嘴唇。她的眼睛瞪得大大的，望着墙上一幅抽象的名家油画，战战兢兢，心跳如擂鼓。

良久，她听见背后传来一道嗓音，低沉而平静，他说："你想知道什么？"

白珊珊抿了抿唇，道："你能告诉我什么？"

商迟说："关于我的一切。"

闻言，白珊珊眼底忽地闪过一丝诧异。

商迟身世成谜，十四岁前的成长历程在外人眼中是一片空白。当初有传言，说商氏的竞争对手为了弄清楚商迟这位年轻国王的来历，曾砸下重金请了美国最杰出的侦探团体进行调查，但仍无法窥探出分毫。

很明显，商迟不想让人知道他那段过去，所以将之刻意抹杀。

白珊珊没有料到他会给出这么一个答案。

白珊珊嗫嚅了下，微微皱眉，道："一切是指什么？"

商迟捏住她的下巴，轻轻地扳过来，低头在她眉心处落下一个吻，道："我的身世、我的家族、我的成长、我和你——我所有的过去。"

商迟的母亲叫作阿丽莎。

阿丽莎，这个美丽的名字在英语中的寓意是"一个快乐的姑娘"。很显然，阿丽莎的父母在她出生的时候，对这个小天使一样的女孩儿寄予了最淳朴也最简单的希望——他们希望她能够健康成长，一辈子平安快乐。

但这个名字没能如他们期望的那样，为这个女孩儿带来好运。

在阿丽莎十三岁那年，阿丽莎的父亲意外身亡。之后，她的母亲便成日以泪洗面，积郁成疾，也在第二年的冬天离开了这个世界。幼小无依的阿丽莎不得不离开她从小生活的费城，跟着姨妈来到了内华达州的拉斯维加斯生活。

姨妈是阿丽莎母亲最小的妹妹，三十岁不到，丰乳翘臀，拥有一头东方美人标志性的黑色长发，非常美丽。

新州和内华达州相距太远，阿丽莎从小和这个姨妈的接触并不多，所以和姨妈并不亲近，即使是同住在一个屋子，她们的交流也非常少。在阿丽莎的印象中，姨妈总是喜欢浓妆艳抹，叼着一支烟懒懒地倚在老街区十字路口的路灯下。

而路过的男人们，总是不怀好意地对姨妈吹口哨。

姨妈从不生气，只风情万种地笑骂那些男人两句。

阿丽莎不知道姨妈是以什么方式谋生，只知道姨妈每天都会带不同的男人回家。那些男人在姨妈这里停留的时间并不长，有的数分钟，有的数小时。随后，姨妈便会衣衫不整地把这些人送到门口。

阿丽莎不知道这些男人和姨妈是什么关系，但这些男人看姨妈甚至是看她的眼神，都令她非常不舒服。

小小的她下意识地躲着那些男人。

每当姨妈家有男人来时，她都会偷偷跑出去。邻街住了一个养着许多小狗的老爷爷，阿丽莎喜欢那些小狗，便经常从姨妈家拿些小肉肠来喂那些狗。

然而，即便如此，阿丽莎还是没有躲开命运的捉弄。

在某个放学后的寻常傍晚，她被人强暴了。强暴她的人是姨妈的一名熟客。那个熟客见阿丽莎白净稚嫩、模样漂亮，已觊觎她很久。

姨妈得知这事后，起初十分愤怒，找到了那个熟客讨要说法，却意外地得到了一笔不菲的补偿金。

之后，熟客还告诉姨妈，如果能让她家中的小女孩儿继续陪他，每次他都会支付固定费用。

姨妈本就是做这一行的，是社会最底层人士，利益诱惑下，她同意了熟客的提议。

阿丽莎的噩梦就此开始。

久而久之，整个红灯区便都知道了，凯丽家里有个白嫩漂亮的女孩儿，收费不低，但是物超所值。

闻名而来的客人越来越多，姨妈收钱收到手软，乐开了花。

阿丽莎也从最初的痛苦反抗，绝望至极，变成了麻木。久而久之，她也学会了抽烟，偶尔也会像当初的姨妈那样，叼着烟风情万种地站在红灯区的十字路口。

只是，与姨妈凯丽不同的是，年轻姑娘阿丽莎眼中有厌世般的颓废和冷淡。

在接客之余，她还是坚持去老爷爷家喂那些小狗。只是，老爷爷看她的目光从最初的和蔼喜爱，变成了鄙夷冷漠。阿丽莎就当没看见。

偶尔，她会抱着一只叫波比的小狗坐在小广场的长椅上，托着腮，发着呆，幻想日子能发生一些改变。

这样的生活枯燥、乏味，而又充满绝望，糟透了，哪怕只有一丁点儿的改变也是好的。阿丽莎想。

不知是不是上天听见了阿丽莎的祈祷，在她十六岁生日的晚上，改变发生了。

那是一个她难得走运的夜晚。姨妈凯丽顾念阿丽莎的生日，并没有让她接客，而是给她准备了一份烤牛肉和蛋糕。随后，姨妈便去幽会老情人了。

阿丽莎胃口不佳，在屋子里发了会儿呆，忽然听见外面传来狗叫声，非常急促。

阿丽莎打开房门一看，是波比。这只已经成年的圣伯纳犬体形巨大，冲着她不停地吠，传达出一种十分焦灼的情绪。

阿丽莎没多想，跟着波比跑了出去。

波比在夜晚的街道上奔跑，几分钟后，它停在了一个阴暗的角落处。

阿丽莎不解，凑近一看，吓得骇然失色、差点儿惊叫出声——那是一个人，一个男人，奄奄一息地倒在血泊中，一动不动。周围光线暗淡，她看不清男人的长相，只能看出这人的身形非常高大。

阿丽莎惊慌失措，手指发颤，凑过去探了下那人的鼻息。

微弱，但不是没有——他还活着。

波比吐着舌头望着她，亮亮的眼睛里满是困惑。

“他还活着，只是受了伤……”阿丽莎也不知是对波比说还是对自己说，颤声道，“送他去医院吗？但是我身上没有钱……”

波比歪了歪脑袋。

几秒后，阿丽莎深吸一口气吐出来，定定神，试着把手伸向那人的肩膀。

突然，一股力道狠狠将她纤细的手腕攥住。

“噢，上帝！”阿丽莎吓得低呼出声。

男人撑身一下坐了起来。阿丽莎是亚裔，骨架子娇小，瞬间跌坐在地，瞪大了眼睛看着他。

“你是谁？”男人的面容从暗处浮现出来，苍白俊美、英俊逼人，竟是与她一样的亚洲面孔。他气息很弱，但充血的黑眸里满是杀意。

阿丽莎听出这人的口音不似内华达州一带的，支吾道：“我不会伤害你……放轻松、放轻松。”她顿了下，看一眼他身上的伤，“你和人打架了吗？”

红灯区时不时就会有人街头斗殴，有的甚至还会持刀，阿丽莎下意识地认为这人也是街头混混儿中的一员。

在确定这女人手无缚鸡之力、不会对自己造成威胁之后，商锦弦眯了下眼，贴近她，冷冷地道：“救我，不然就杀了你。”

阿丽莎就这样收留了商锦弦。

她把商锦弦藏在姨妈家堆放杂物的阁楼里。姨妈嫌那地方又脏又破，几乎不踏足，只是偶尔吩咐阿丽莎去打扫卫生。

阿丽莎善良的天性并没有在日复一日的无望中泯灭。她找出了家里的纱布和药，仔细地为捡回来的陌生男人清理伤口，甚至还把姨妈给自己准备的蛋糕和烤牛肉也带到了阁楼上。

“你饿了吧？”阿丽莎一手端盘子一手拿叉子，坐在阁楼的破床旁边，“这是蛋糕，吃吧。”

商锦弦面容疲惫而冷漠，冷冷地瞧着她，没有说话。

阿丽莎静默了会儿，道：“今天是我的生日，这是我的生日蛋糕……没有毒的。”说着，她用小叉子叉起一块儿放进嘴里。

甜甜的奶油在唇舌间化开，她满足地眯了眯眼睛。此时的她穿着干净的衬衣和格子裤，黑发及腰，素面朝天，看起来和普通人家的十六岁少女没有区别。

商锦弦没说话。

阿丽莎无奈地道：“你还是不吃吗？”

商锦弦面无表情，冷淡地道：“我的手臂有伤动不了，怎么吃？”

“啊，抱歉。”阿丽莎回过神，清清嗓子，只好拿叉子挑起一块蛋糕喂给他。

商锦弦盯着她。

东方少女也看着他，黑色的眼睛里纯粹得没有任何杂质。

片刻后，商锦弦把蛋糕吃了。

“我和我的姨妈住在一起，她不会收留你的……当然，除非你给她一大笔钱。所以你平时不要发出声音，我会偷偷给你送饭。休息吧，再见。”阿丽莎自顾自地絮叨，给他喂完蛋糕和牛肉，她拍拍手，转身就走。

突然，她背后一个声音响起：“你叫什么？”

阿丽莎闻言一怔，回头笑了笑：“阿丽莎。”

商锦弦靠在破木板做成的床头，闭着眼，淡淡地说：“生日快乐，阿丽莎。”

年少无知的少女很快坠入爱河，喜欢上了这个不知来路的陌生的英俊男人。在强烈的爱意驱使下，他们甚至在一周内就发生了关系。

故事的开头，像极了王子和灰姑娘的初遇。然而，现实毕竟不是童话。

在某个清晨，阿丽莎没有见到商锦弦的人影。自那以后，那个男人就彻底从她的生命中消失，之前的一切仿佛都只是她做的一场梦。

她只知道那个男人是中国人，姓商。

阿丽莎是在两个月后发现自己怀孕的。

姨妈听说后，又是愤怒又是好笑，责备她为什么不做好安全措施，说她们这种女人，怀孕是天大的笑话，连孩子的父亲是谁都不知道。

阿丽莎只是沉默，她知道这个孩子的父亲是谁。

姨妈要求她去把孩子打掉。

阿丽莎仍旧沉默，无声而倔强地传达着反抗的态度。

姨妈皱眉，骂道：“我的上帝，你居然想把这个孩子生下来？天哪，阿丽莎你疯了！从我们这种人肚子里生出来的孩子，是被撒旦诅咒过的，会给身边的人带来灾祸，孩子自身也会非常不幸！你希望你的孩子一生下来就活在嘲笑鄙夷和谩骂侮辱中吗？”

阿丽莎回答："没有人有权利剥夺他人的生命。他是我的孩子，我有权也有义务保护他，让他平安地来到这个世界。"

"阿丽莎，你不要忘了，你是个妓女！"姨妈尖叫，"你带着一个孩子还怎么赚钱做生意？"

"总之我一定会把孩子生下来。"

天真的少女对那段露水情缘抱有天真的幻想。最终，阿丽莎固执地生下了孩子。姨妈凯丽认为妓女的孩子会带来灾祸，便把这对母子扫地出门。

阿丽莎带着孩子搬进了一个破旧的屋子。

她到二手书店低价买了一本中英文对照字典，翻着书，给孩子取了一个中文名字：商迟。

日复一日，年复一年，商迟逐渐长大，阿丽莎却依旧没能等来孩子的父亲。

在这种漫长又毫无希望的等待中，曾经天真无邪的少女变成了红灯区里最普通的亚裔妓女之一。每天，她叼着烟和客人讨价还价，领着客人回她的破木屋。

她偶尔喝了酒，在半醉半醒的状态下，会打骂年幼的商迟。她会骂道："当初不该生下你。灾星、魔鬼，与你有关的所有人和事都会不幸……"

这个女人，在命运残酷的折磨下，长成了她最讨厌的姨妈凯丽的样子。

商迟就在这样的环境中慢慢长大。

他冷漠、阴郁、自闭，从小到大几乎没怎么说过话。

一次，住隔壁的几个人喝多了酒，把瘦弱的少年拎到了跟前，肆意辱骂。那些人用手摁住他的头，把他的脸摁向他们撒过尿的墙面。

少年双眼充血，拼尽全力挣脱，然后捡起了路边的一块石砖。

最终，几个黑人头破血流，落荒而逃。

这一幕刚好被地下拳场的老板看见。那个肥头大耳的中年人动了念头，觉得地下拳场里还从来没有出现过这么小的小孩子，若是把这个少年骗过来，一定能吸引不少赌徒下注。

地下拳场，输就是死，不过一个妓女生的小杂种，谁在乎他的死活？

拳场老板打着如意算盘，笑盈盈地领着鼻青脸肿的少年进入了炼狱般的世界。

少年一战成名，他残忍、冷血、嗜杀，就像撒旦在人间的化身。

整个地下拳场都为之震惊、疯狂。

后来，一个穿一身笔挺西装、看起来无比尊贵体面的中年人，找到了流着鼻血蹲在角落里啃着一块干面包的少年。中年人蹲下来，笑着对他说："商迟少爷，我叫布兰特，是来接你回家的。"

一段很长的故事，由商迟说出来却只有简单的几个长句。他垂眸，脸色平静，说得轻描淡写，仿佛这些事根本无关痛痒。

白珊珊听完却整个人都呆住了，久久回不过神。

他的性格这么极端、偏执、可怕……她过去也曾猜测过他拥有一段不太好的童年，但她没有想到会是这样……

过了一会儿，白珊珊在男人怀里翻了个身，面朝他，浓密的眼睫毛颤动着，声音沙哑得厉害："你……你为什么要告诉我这些？"

商迟眸色很深："因为我要你知道，我属于你。"

因为，我的公主，我要向你宣示我的忠贞。

我属于你，我的一切都完完全全地属于你。那些过往，好的、坏的，不堪的、罪恶的，我此生不愿向其他人提及的，我都愿意毫无保留地交付于你。

我有坚不可摧的盔甲，却愿意向你袒露最脆弱的胸膛与后背。我赠你最锋利的匕首，你能用它杀死所有敌人，也能用它轻而易举将我置于死地。

但这又如何?

我是如此迷恋你。

哪怕这是一场阴谋，会让我堕入地狱万劫不复，我也甘之如饴。

成长环境使然，商迟自幼对外界的一切人和事物都抱有强烈的敌意。红灯区那群社会最底层的人不知“温暖”与“爱”为何物。商迟从母亲阿丽莎以及周围人身上看到的，只有八个字：弱肉强食，利益至上。

年幼的他狠戾冷静、残忍嗜杀，硬是凭一双沾满鲜血的手在地下拳场杀出了一片天。

布兰特的出现，是商迟人生的巨大转折点。

那个穿西装、梳油头的体面美国男人，把浑身血污、脏兮兮的少年请上了一辆加长版黑色轿车，带他去了拉斯维加斯最豪华奢侈的酒店。

布兰特交代随行的女佣为少年清洗身体，换上干净的衣物。

然而，女佣的手刚碰到少年的肩膀，她便忽地尖叫出声跌倒在地。

布兰特诧异，定睛一看，只见女佣的左手手臂被利器划出了一道长长的口子。名叫商迟的少年站在原地冷眼旁观，手里拿着刀，刀尖滴着血。他浑身上下都是透骨的冰冷杀意。

之后，商迟便被布兰特带进了位于纽约的商家。

离开拉斯维加斯的那个傍晚，一身白衬衣的少年坐在黑色豪车的后座上，安静无声，面无表情地看着车窗外。

阴雨天，红灯区里的人们像是刚从地狱爬出来的恶鬼。路灯的光是暗的，也是冷的，风肆意玩弄着行人手里的伞，将这些没有灵魂的躯壳吹得东倒西歪。

一个穿大红裙的妓女倚在一间便利店的屋檐下，叼着烟眯着眼，和周围的其他妓女互相调笑，典型的东方面孔在一众白人黑人里十分扎眼。她轻微发福，腰身已不像少女时期那样纤细苗条，一头曾经乌黑如瀑的长发在酒精与尼古丁的浸泡下干枯如杂草，被布条随意绑在脑后。

她浓妆艳抹，风韵犹存，举手投足间满是风尘气。

忽地，旁人似乎说了什么有趣的话，她前仰后合地大笑起来，露出牙龈，夹在指头缝儿里的烟不断抖落着烟灰。

这个女人的生活一切如常，拉客、接客、闲聊，她似乎没有发现自己的儿子已失踪了整整三天。

布兰特也同样打量着那女人。

只几秒，布兰特就注意到身旁的少年收回了视线。少年坐在汽车后座，或许是骨子里流淌的血液本就与众不同，少年虽出生在红灯区，却并没有红灯区其他小孩子那种胆怯和寒碜。

相反，洗去一身血垢污秽，这张脸竟英俊秀气、清秀逼人。

少年神色平静，眼眸冷淡，让人无法从中窥探出任何情绪波动。他有与年龄完全不符的冷静和理智。

布兰特说：“你真的不去和你的母亲告别吗？”

少年侧目看着他：“商家的继承人，可以有这样一个母亲吗？”

布兰特愣了下，静默数秒钟，摇摇头，不语。

少年收回目光平视前方，淡淡地说：“那就对了。”

布兰特先是皱了皱眉，而后，眼睛里闪过了一丝诡异的满意的光。

“然后你就回到商家，认祖归宗了？”

卧室内灯光幽暗，商迟坐在床沿，白珊珊娇小的身子跪坐于大床旁的柔软白色地毯上，整个人乖巧地伏在他膝头，单手托腮，仰着脖子，一双大眼亮晶晶地望着他。

男人英俊冷漠的面容被笼在一片昏暗光影中，五官立体，眼神深邃，像有噪点的老照片，有种朦胧不真实的年代美。

他微微垂眸，视线停在她脸上，指尖在她光滑雪白的脸蛋儿上轻抚，语气很淡地嗯了声。

小家伙瞧着他，一双漂亮的小眉毛微微皱起，眼睛里带着震惊和心疼。迟疑几秒，她又试探着小声问："回到商家之后……你的生活，应该就好过许多了吧？"

商迟面无表情地答："嗯。"

他没有告诉白珊珊，从拉斯维加斯回到纽约的商府，于年幼的他来说，并不是解脱，而是进入了另一个炼狱。

红灯区和地下黑拳场里充斥的是从皮囊到骨肉都完全腐烂的恶。恶人们面目狰狞，受世人唾弃鄙夷，生存靠拳头。

而上流社会中的恶是隐藏在衣冠楚楚和衣香鬓影下的。恶人们斯文儒雅、笑里藏刀，是财经新闻和财经杂志上的名流，杀人于无形，防不胜防。

有利益的地方，就有罪孽。

前者为生存，后者为名利，各有各的欲，没有本质上的区别。

不过，一切都过去了。

那些太过丑恶的人性，没有告诉白珊珊的必要。他的白珊珊，是一个有点儿小心机，有点儿小阴郁，喜欢耍点儿小手段，表面上是小刺猬，骨子里却像小太阳一样浑身是光的姑娘。

他把这颗小太阳放在最干净的心尖上，宠着她、护着她，给她全部的纵容和宠爱。若非必要，他根本连一点儿灰尘都舍不得让她沾。

"唉！"这时，小家伙忽然沉沉地叹了一口气，一只白生生的小手抬起来，郑重地拍了拍他的肩，道，"商先生，你也不要太难过了。你这样想，天将降大任于斯人也，必先苦其心志，劳其筋骨……

钢铁就是你这样炼成的。”

“嗯。”商迟勾了勾嘴角，捏了捏她粉嫩的脸颊，“你说什么都对。”

白珊珊静默了会儿，咬咬唇似乎在琢磨什么。须臾，她小金鱼似的鼓起腮帮子呼出一口气，像下定决心一般抬起头。她脸蛋儿红扑扑的，眼睛亮亮的，看他。

商迟盯着她，轻轻一挑眉：“嗯？”

“商同学，你想不想……要一个安慰的抱抱？”姑娘嗓音甜美柔软，带着一丝羞怯。

闻言，商迟仍盯着她，眼神直勾勾的，瞳色漆黑，瞳孔深不见底，没有回答她的话。

白珊珊的心跳得跟敲锣打鼓似的。她微微动身，爹着胆子朝他张开两只小细胳膊，豪情万丈地说：“来吧。”

商迟没有动作。

姑娘两只手臂举了一会儿，见对方没反应，不由得害羞，脸蛋儿更红了，只好清了清嗓子，故作镇定道：“那个，我可先说啊，机会就这一次。我数三声，你再不抱我可就反悔了。三、二……”

没等最后一声“一”出口，商迟两只大掌握住了她的腰，直接将她那小小的身子给抱到了腿上。

白珊珊愣住了。

商迟环住那小细腰，微微合眸，在昏暗的光线中贴近她，额头抵住她又挺又翘的小鼻头，蹭蹭。然后，他微微张唇，轻轻一口咬在她的小耳朵上。

白珊珊掌心出汗，心跳如擂鼓，瞬间从脸红到了脖子。她跟断电卡住了的机器人似的，瞪大眼睛，木呆呆地看着他的俊脸。

湿润的唇顺着耳垂往侧边滑，蹭过轻颤的睫毛，滚烫柔滑的颊，再是又挺又翘的小鼻尖儿，然后继续往下，在距离那甜美唇瓣半厘米的位置停下来。

“白同学。”商迟淡淡地喊了声，眼也未睁，轻声细语，清冽好闻的味道萦绕在她鼻间。

白珊珊紧张得连手指头都羞成了粉红色，喉咙干得厉害：“嗯……”

嗯，怎么是这么沙哑暧昧、引人浮想联翩的调子？

她连忙用力清了清嗓子，重新一本正经地应：“嗯？”

“我不要抱抱，”商迟弯了弯唇，低声道，“我想你亲我。”

白珊珊觉得自己快要窒息了。亲不亲呢？坦白说，她有点儿想，很有点儿想。

她的脸蛋儿红成番茄，坐在商迟怀里，她脑子迷迷糊糊的。她目光下移，趁着对方闭眼的空当，正大光明地再次端详这张脸。

在过去与商迟毫无交集的十年时光里，她偶尔也想起他，想起十年前一中的教室、操场、食堂，还有在篮球场上迎风起跳的冷漠少年。那时，一旦想起商迟的脸，她可以用所有的华丽词汇描绘他的外貌。

但不知为什么，此时此刻，白珊珊的大脑一片空白。

只剩下一个念头——

斯人斯貌，不管是嵌进谁的青春，都是岁月长河里最耀眼的星辰。

白珊珊活了二十七年，从来没有主动吻过人，无论是异性还是同性。十年前，被商迟夺去初吻后，她一度悲痛欲绝。那时，顾千与曾老气横秋地安慰她道：“爱情嘛，心诚则灵。只要你不是心甘情愿，那就不是真正意义上的初吻。”

当时的白珊珊一听，十分赞同。

而现在，她要心甘情愿地亲他吗？

白珊珊静默片刻。

周围安静极了。商迟闭着眼，感到姑娘两只又细又白的手伸出，轻轻地捧住了他的脸，然后微微抬高。

类似水果糖的清甜香味逐渐靠近。

白珊珊闭上了眼睛，倾身贴过去。

她有时觉得宿命是一场轮回。十年前，他夺走了她现实层面的初吻，伤害了她的少女心；十年后，兜兜转转一大圈，又绕回了原点，她精神层面的初吻，即将赠予同一个人。

不过这没什么，不算亏。

又甜又软的唇瓣触到微凉湿润的唇，明显一僵，但还是鼓起勇气试探性地碰了碰，然后就贴住不动了。

商迟抱着怀里的姑娘，大掌有一搭没一搭地在她背上轻拍着，耐着性子等她下一步举动。

良久，商迟忽地低笑。

白珊珊不解地睁开眼睛，一双水汪汪的眸子瞪着他。她本就羞得快要着火，他一笑，她更羞了，小拳头一握，不满地嘀咕："喂，你这人……你笑什么？"

商迟抬眼瞧她，手臂用劲儿把她往怀里摁，埋头就在她的小鼻尖儿上咬了口："你为什么这么可爱！"

白珊珊蒙了。

此刻，商迟的眼睛黑如墨，唇贴了上去，他沙哑地说："以后吻我，像这样。"说完，他忽然翻身把她摁在床上。

白珊珊一脸茫然。

他人高马大又是一身紧实的肌肉，快一米九的个子将近一百七十斤，白珊珊被他这么一扣一摁，根本动弹不得。一见他这举动，她就慌了，脱口而出："喂喂，我们还有话——"

之后的话，被对方一字不落地全吃进了嘴里。

商迟扣住她的后脑勺，现场教学，吻得深而狠。

没多久，白珊珊整个人就呜咽起来。她脸颊烫烫的，脑子也乱糟糟的，总觉得哪里不对劲，又一时半会儿想不起来。迷蒙中，她感到双手被他举到头顶，单手扣住。

商迟吻着她，一只手扯下领带就往白珊珊纤细的手腕上缠。

领带冰凉丝滑的触感令白珊珊猛地清醒过来。她忽地睁开了眼睛，含混不清地挤出几个字："不对，还有件事没有说清……"

对方充耳不闻，不为所动，继续行动。

"等等……"

"不等。"

"不，真的还有件事，我们先……"

"先做。"

"商同学，你冷静点儿，我觉得那件事我们还是说清楚比较好……

"商总，商先生，商大佬……

"商迟！！！"

白珊珊忽地一声暴吼，气吞山河，气势豪迈，犹如平地一声惊雷炸开。这一嗓子吼完，整个屋子都静了。

大床上，商迟的手还扣着白珊珊的两只手腕。他黑沉沉的眸紧紧盯着她，眼中满是浓浓的情意和侵略欲。

白珊珊眸子里起了一层水汽，毫不躲闪地瞪着他。

两个人的呼吸都有些不稳，屋子里仍然静谧。

两人就这样大眼瞪小眼地互看了大约十秒钟，商迟眯了眯眼睛，俯身贴近她，唇距离她的颈动脉只有半指。他沙哑地道："白珊珊，今天晚上你躲不了，乖乖的，我会温柔。"

白珊珊沉默片刻，满脸通红，试着把两只手腕从他掌心里往外抽。她抽了半天，发现挣不开，只好放弃了。

于是，她就这样保持着这种诡异的姿势，非常淡定地说："十年前，为什么格罗丽说我是你‘试炼心魔的工具’，还‘沉迷过，就戒除’？来，解释给我听听。”

别的暂且不提，就单说这台词本身吧，简直是集“中二”“奇葩”之大成。你们主仆二人是一直活在反派当主角的漫画里啊？

白珊珊说话时，商迟始终直勾勾地盯着她。

就在白珊珊被看得浑身汗毛立起，以为这位大佬要在她脸上瞧出朵花儿来时，他终于有了动作。他松开她的双手，弯腰直接将她打横抱起来，然后便自顾自地进了浴室。

白珊珊有点儿蒙，挣了挣：“我跟你说话呢，你带我进浴室干什么？”

话音刚落，人就被他放在了大理石的洗脸台上。

白珊珊心里一慌，下意识地就想跳下去。

“别动。”商迟语气平静，手指托住她的下巴，抬起来，垂眸，视线专注地在她俏丽的小脸上打量。

然后，他取过一支卸妆棉签，蘸了卸妆液，在她眼尾位置轻轻地擦拭起来，动作细腻，轻柔优雅。

白珊珊身子一僵，眼眸忽地闪了闪——他发现她脸上还有残余的妆容，所以在给她卸妆？

没来由地，白珊珊的脸更红了，她伸手去拿他手上的卸妆棉签，支吾道：“这个，我自己来吧……”

商迟轻轻地拂开她的小手，捏住她的小下巴，眼神深沉而专注，仿佛此时不是在为她卸妆，而是在雕琢世上最精美的工艺品。

须臾，他淡淡地道：“十年前，格罗丽说，你是我的心魔。”

白珊珊问：“心魔？”

“对。”商迟应得随意，“因为除此之外，他们都无法解释我对你深入骨髓的渴求和执迷源于什么。”

商迟从小到大，没有接收过任何关于“爱”的信息。

在拉斯维加斯时，阿丽莎厌恶他、打骂他，他从母亲那里得到的是憎恨和绝望。

在纽约，在他刚刚被布兰特送回商府时，那个永远高高在上的父亲从没有正眼看过他。那些为数不多的给他的余光里，带着意味不明的复杂情绪，似愧疚，又似迷茫。

后来他稍微大了些，个人能力逐渐显露出来，他所谓的生父才会偶尔跟他说几句话，公事公办，毫不掩饰地敷衍。

他从父亲那里得到的是无视和嫌弃。

至于商氏的其他人，布兰特对他是利用，用人们对他是敬畏恐惧，格罗丽对他是忠诚。从没有人教过商迟什么是“爱”。

商迟有万里挑一的外表，铁血强硬的手段，杀伐果决的魄力，冷静睿智的头脑。但人无完人，他独独缺少了常人的七情六欲。

这一点既有弊，也有利。有利的是，没有情感的牵绊，商迟自幼便极其理智，能最准确地对任何事做出判断。有弊的是，随着商迟年龄的增长，他变得越来越冷静，也越来越冷漠。

似乎再没有事物能挑起他情绪，直到那个叫白珊珊的少女出现。

“十年前，第一次见到你，是在班主任办公室的门口。”用卸妆棉签擦拭完，商迟随手把棉签扔进垃圾桶，又取过一张柔软的洁面湿巾，细细地替她擦脸。他的语气非常平静，“我第一眼见到你，就想要你。”

隔着一层薄薄的湿纸巾，白珊珊能清晰感到他指尖有力的触感和冰凉的温度。她咬了咬唇，面红耳赤，有种马上要自燃的错觉。

“我想把你变成我的。”商迟用湿纸巾擦着她的唇瓣，轻柔仔细，眸色黑而沉，调子温柔低沉，没有起伏，“不让任何人看见，不让任何人触碰。

“后来和你在一个班，每见你一面，每看你一眼，我对你的渴望就越强烈。

“我开始排斥你身边的异性，甚至是同性，排斥所有会分走你注意力的存在。我要你只看到我，只感觉我，只想着我。

“我把这件事告诉了格罗丽，得到了‘心魔’的结论。”

商迟捏住姑娘可爱的小下巴，抬高，薄唇轻轻地吻住她的睫毛。他随手开了花洒，淡淡地说：“格罗丽告诉我，越得不到，越渴望，只要我占有了你，这种折磨就会消失。”

一室水声哗啦。

白珊珊眨了眨眼睛，几秒后才反应过来什么，不可思议地怒道：“所以，高三毕业，我去南城给我爸爸扫墓的那一次，你才……”

商迟答：“对。”

白珊珊没想到他回得这么坦荡。

“但是那天晚上，我什么都没有做。”商迟将她娇小的身子温柔地揽入怀中，吻了吻她毛茸茸的脑袋，低声说，“还记不记得我们在南城打的是什么赌？”

白珊珊沉吟数秒，缓慢地点点头：“记得。”

“重复给我听。”

他说这话的同时，刺啦一声，她后背礼服的拉链被轻轻地拉开。

白珊珊一句话都说不出来。她脑子里迷蒙一片，依稀有很杂乱的声音在很遥远的时空里回响。

冷漠少年优雅地弯着唇，道：“不如来做一个游戏。如果在今晚，你有办法能让我改变主意，我就放你走，并且再也不会打扰你的生活。”

白珊珊当时蒙了，什么都没做。十七岁的她只是又慌又乱，害怕得无意识红了眼睛。

那个赌，白珊珊莫名其妙地就赢了。

当年，她以为这只是商迟突发奇想的恶作剧。

白珊珊的礼服裙掉在了地上。

商迟吻住了怀里姑娘的唇。

薄薄的水雾升腾起来，白珊珊抱着他的脖子，按捺不住，好奇地问："十年前那个赌，我到底是怎么赢的？"

商迟微微一笑："都不重要了。"

十年前那个晚上，商迟本想将她占为己有，但在看见少女泪眼的一刹那，他就知道自己输了。

当年的他放她离去，并且花了整整十年的时间，试图利用时间将这个格罗丽口中的"心魔"淡忘戒除。

然而，一切都是徒劳。

他的心魔卷土重来将他吞噬，根本不需要任何技巧、任何手段。

他只要看白珊珊一眼，心就彻底沦陷，哪怕有朝一日她开口索要他的性命，也是他无上的荣幸。

事后回想这一晚，白珊珊整个人又羞又气，根本记不起具体的细节。

弗洛伊德主义者断言，人的性本能是人一切活动的原动力，是一切精神现象产生的根源。

教白珊珊生理健康课的老师说，灵与欲，性与爱，本身便密不可分。性是爱情最美好的升华方式，因此不必对性感到羞耻。

十七岁的白珊珊喜欢商迟，喜欢他冷漠俊美的皮囊，喜欢他冷漠禁欲的"人设"，喜欢他纤尘不染的装扮。即使是在她不为人知的粉色梦境里，他也是优雅的贵族。

如今她二十七岁，即将步入"剩女"行列，才第一次感受男女情事，和她的商同学完成了灵与欲的结合。

白珊珊发现，自个儿当年的幻想和现实的差距不是一般大。

这位大佬脱了衣服，就和"冷漠""禁欲"这类词儿完全不沾边了。他身材高大健美，一身紧实漂亮的肌肉，野性十足。

他棱角分明的下巴淌着汗的样子，让她脸红心跳不敢直视，连心尖都跟着发颤。

总之，整个晚上白珊珊就是一路呜呜呜过来的。

看着姑娘娇媚绯红的颊，商迟眸色越发深沉，吻着她，哄着她，直至理智荡然无存。

他的心分明软成一摊水，但他就是忍不住，把这可爱的小家伙欺负到哭。

天刚亮的时候，白珊珊已经被某大佬折腾得连掀开眼皮的力气都没了。她十分困，闭着眼裹着被子缩在大床一角，将自己蜷成一只小虾米。她的背弓着，浓密的睫毛上还沾着点儿残留的泪花。

她正准备进入梦乡时，背后一只大手又一把将她给捞了过去。

白珊珊没力气反抗。

商迟把姑娘抱在怀里，手掌轻抚她脑后的黑发，贴近她的耳朵。他的声音低沉沙哑，十分性感：“累了吗？”

闻言，白珊珊两颊还未消退的红云更红了。她毛茸茸的小脑袋在他温热的颈项间拱了拱，像只撒娇的小奶猫，含含糊糊地嗯了声，嗓音软得能滴出水。

商迟嗯了声，低声道：“那来最后一次？”

白珊珊眸子瞪得很圆，着实被惊到了，想着自己耳朵是不是出了什么毛病，不禁脱口而出：“请您说人话。”

商迟低头吻她的脸蛋儿，语气低而柔：“乖。最后一次，然后我就让你睡觉。”

“你是不是正常人类？快三十岁的人了也不怕肾亏吗？”

白珊珊气结，羞愤难当，忍不住抄起手边软绵绵的枕头砸了他一下，然后就翻身背朝他侧躺。

她把被子一蒙，双手抱膝，一副捂得严严实实的造型，闷声闷气地说：“我睡啦，晚安！”

商迟瞧着被子里的那团“小粽子”，微微挑眉。他把她圈进怀里，埋头贴近她被子底下脑袋的位置，脸颊蹭了蹭，嗓音又低沉又沙哑，哄道：“宝贝，听话。”

“小粽子”缩缩脖子，挪了挪，往远离他的方向再挪挪，然后不动了，装死。

商迟的眼睛里一丝笑意转瞬即逝。静默片刻，他继续低声道：“我给你两个选择：第一，我们再做一次，然后你睡觉，这个白天你休息，晚上我们再回B市；第二，你现在就可以睡觉——”

“好的！不用考虑了！”他话音未落，“小粽子”一下掀开了被子，十分肯定地说，“我选二。”

商迟点头，淡淡地说：“好。”

嗯，看来他也不是太没人性。

满心以为自己取得了阶段性胜利的白珊珊露出了胜利的微笑。她弯弯唇，终于安心了，小身子往商迟一侧挪了挪，然后腻歪地贴到他身边，脸颊靠着他的肩膀，闭上眼，甜甜地说：“晚安，商同学。”

商迟把姑娘连人带被抱进怀里，鼻梁蹭了蹭她的小鼻头，说：“晚安。”

白珊珊打了个哈欠，在他怀里调整了一下睡姿，两只细胳膊环住他的窄腰，做了一个小熊抱树的造型。忽然，她鬼使神差地随口一问：“选项二你好像还没说完。我现在就可以睡觉，那我们什么时候回B市？”

商迟摸到她的小耳朵，捏着玩：“明天。”

白珊珊迷迷糊糊地纠正：“现在已经快天亮了，应该是今天。”

商迟平静地道：“明天。”

白珊珊嗅出了一丝不对劲的味道，狐疑地问：“那我们今天干什么？”

商迟说：“选项二，你现在睡觉，今天我们从白天做到晚上，第二天再回B市。”

白珊珊愣住了。

屋子里忽地静了。

两秒钟后，白珊珊猛地睁开了眼睛，仰着脖子瞪向商迟。此刻，她家大佬黑眸沉沉，整个人看着既慵懒又颓废，有些撩人。他像漫画里的反派国王，又像电视剧里的魔教教主。

白珊珊目瞪口呆：“你开什么玩笑！”

商迟神色平静，左侧眉峰轻轻一挑，不说话，那表情就像在说“你看本座像在开玩笑吗？”一样。

她一定是脑子被门夹了才会觉得商迟会良心发现放自己一条生路。

此情此景，裹着被子的小姑娘沉默了五秒钟，才朝商迟干巴巴地笑了下，清清嗓子，一副友好和善、打商量的口吻，道：“其实我刚才是乱选的。”顿了下，她好像要哭了，“要不，我们还是继续吧……”

商迟吻她的唇，笑着道：“这可是你说的。”

早上将近七点的时候，疲累不堪的白珊珊才在商迟怀里迷迷糊糊地睡过去。

一晚上大脑接收到的信息太多，身体又太累，这一觉，白珊珊直接睡到了下午两点半。

午后的A城繁华忙碌，车水马龙。透过酒店顶层的落地窗，能俯瞰全城的美景。细碎的阳光透过落地窗洒进室内，将整个黑白世界照亮，染上了暖意。

那束光不偏不倚，刚好照在白珊珊的脸上。

眼睛习惯了黑暗，即使是柔和的阳光也会带来轻微的刺痛感。床上的姑娘皱了皱眉，一只小胳膊从被子底下伸出遮挡阳光，缓慢地试着掀开眼帘。

此刻，白珊珊思绪混乱，脑子发蒙。她睡眼惺忪，打了个哈欠，撑起身子坐起来。这一动，某种感觉顿时袭来，她一时没忍住，低呼出声。

短短几秒，昨夜的回忆犹如潮水一般涌上来。

白珊珊从脸到耳朵再到脖子，瞬间红了个彻底，想到男人漆黑沉迷的眸，如兰似桂的味道，紧贴着她耳朵的呢喃。

太不可思议了……

白珊珊又羞又窘，把整张脸都埋进了手掌心。

她昨天晚上都干了些啥啊……那可是商迟啊，大佬中的大佬，天才企业家，一中一代人的青春“男神”啊！

片刻后，白珊珊深吸一口气吐出来，定定神，决定赶紧离开“案发地”。若在这张大床上继续躺着，她估计会成为有史以来第一个活生生被羞死的人。

于是，她裹着被子跳下床。

腰酸背痛腿抽筋，她全身上下就像被重型卡车碾过一次似的。白珊珊小脸红红的，走路的姿势有点儿别扭，两只白嫩的脚丫子踩在柔软的白色地毯上。她东走几步西走几步，转动脖子寻找可以蔽体的衣物。

从B市带过来的衣服都还在外面的行李箱里，她懒得出去拿，索性打开了这间卧室里的纯黑色实木衣柜。

映入眼帘的是一整排纯手工制作的男士衬衫，同样只有黑白两种颜色，熨烫得一丝不苟，十分新。

白珊珊没多想，捞出一件就套在了身上。

刚套完，她就听见大门方向传来了响动。她一双大眼睛眨巴了两下，握紧领口，踮着脚丫子试探性地往卧室门方向靠近。

她拧开门把，探出一颗脑袋偷瞄。

大门口处站着三个男人，一个气质高傲、威严冷硬，是超级大佬商迟，另两个眉眼低垂、儒雅恭谨，分别是狐狸助理江旭和小熊助理熊晋。

大约是刚忙完，商迟只穿着一件纯黑色衬衣，西装外套随意地搭在手臂上，手里夹着一根烧到一半的烟，脸上没有表情。

江旭还没汇报完工作，正要继续，却被他家先生一个冷淡眼神给制止了。

江旭何等聪明，琢磨半秒就反应过来。他笑了下，压低嗓子恭恭敬敬地道："听酒店经理说，您吩咐他们白小姐还在睡觉，不能打扰她休息，所以中午的时候他们也就没来送午餐。"他顿了下，"需要我吩咐厨房为白小姐另外准备餐点吗？"

商迟淡淡地说："不用，等她醒了我带她出去吃。"

"是。"江旭眼底飞快地闪过一丝笑意，低头应声。

商迟进了屋，反手把门给关上了。怕吵到屋里还在睡觉的姑娘，他刻意放轻了动作。

屋外，江旭眼底的笑意越来越浓，最后直接咧开了嘴，嘴角弯起道喜滋滋的弧度。

熊晋瞥他一眼，狐疑地嘀咕："你笑什么？"

江旭就像没听见小熊的话，叹了一口气，两手合十，一脸幸福的模样："真是太欣慰了。"

熊晋问："欣慰什么？"

江旭睨他一眼："你没发现先生今天心情很好吗？"

熊晋闻言，思索，赞同地微微点头："先生心情是不错，早上开会的时候，还吩咐总部财务部给商氏所有的职工涨工资。"

江旭笑道："你应该知道，世界上能影响咱们不近人情的老板心情的因素，有且只有一个。"

熊晋眼眸忽地一闪："准夫人——白小姐？！"

江旭意味深长地弯起唇角：“对。”

“难道白小姐做了什么让先生心情很好的事？”熊晋摸着下巴认真思考起来，深沉地道，“会是什么呢？”突然，他眼一亮，一拍手，“难道是他们终于要结婚了？”

“啊，实在是太令人兴奋了！”江旭满脸笑意。

“是啊，‘CP（couple）粉’的春天终于来了！”熊晋也满脸笑意。

说着，狐狸助理和小熊助理忽地同时顿住，扭过头，看向彼此。然后，他们突然用力握手。

江旭道：“我去联系定做婚纱的。”

熊晋说：“我去联系做定制婚戒的。”

两位向来你看不惯我、我看不惯你的助理先生，终于化干戈为玉帛。自行想象完所有后，他们不约而同地转过身，兴高采烈地帮自家老板和小夫人筹备婚礼去了。

与此同时，顶层套房内。

商迟进门，把西装外套挂在了一旁的衣架上，随手松了领带，解开衬衣衣领处的三颗纽扣，脸色平静冷淡。他余光一扫，忽然瞧见了那抹站在卧室门口的小身影。

姑娘身上穿着他的白衬衣，脸红红的，眼睛水汪汪、亮晶晶的。骨架子娇小的缘故，他的衬衣在她身上显得异常宽大，她就像个偷穿大人衣服的小孩子。

衬衣下摆很长，几乎盖住她雪白的大腿，往下是两条白花花的小腿，纤细勾人，两只没穿鞋的白嫩小脚丫踩在地板上。

商迟站在落地窗前，抽着烟，视线在那双光脚上停留了几秒，眉心微蹙。

白珊珊趴在门框上看着他，眼睛溜圆，没有说话，也没有靠近。

两人就这么安静地对看了会儿。

商迟直勾勾地盯着那姑娘，吐出烟圈，随手把烟头掐灭在手边办公桌上的烟灰缸里。然后，他抬起两只胳膊，冲她勾了下手：“过来。”

白珊珊没动。

她的心跳没来由地变得很急促，扑通扑通。

商迟就那么张着双臂瞧她，也不催促，黑眸沉沉，安静地等着。

一秒钟过去、两秒钟过去……

几秒钟后，白珊珊定定神，深吸一口气吐出来，然后就迈步朝他小跑了过去。她跑近了之后，商迟双臂一收，她整个人便直接扑进他怀里。

本来，这应该是一个非常浪漫唯美的镜头。

谁知，由于女主角欠缺经验，她扑的力道没有掌握好，着力点也出现了偏差。这一扑，她的脑门直接撞在了商迟紧实柔韧的胸肌上，发出一声闷响。

白珊珊吃痛地哼了一声。

商迟一只大手托住她，直接把她抱小树袋熊似的抱了起来，另一只大手绕到前边揉了揉她刚才撞到的额头，语气很淡：“谁准你不穿鞋乱跑的？”

白珊珊两只胳膊环住他的脖子，脸蛋儿埋在他颈窝里，蹭了蹭，又蹭了蹭，闻到了他身上清冽的味道。她嘀咕：“刚才没找到鞋呀。”

商迟没说话，抱着她重新回到卧室，将她放在床上。然后，他弯下腰，从床底下把那两只小拖鞋给找了出来。

白珊珊看着他，好奇地道：“你今天什么时候起来的？”

商迟眉眼平静，把她抱进怀里圈住，亲亲她的唇：“早晨，七点四十。”

白珊珊听完，不受控制地抽了抽嘴角。

她虽然一直知道这人的作息时间极其规律严谨，但是规律严谨成这样也太夸张了吧！昨天晚上……他几乎没怎么睡觉，现在就又开始工作了？

大佬体力惊人，精力也惊人。白珊珊觉得，商迟没准儿真的是个外星物种。

她抱住他的脖子，眨眨眼道："你这会儿应该很累吧？要不要补个觉？"

"不累。"有她在怀里，他怎么可能累。

商迟亲她左边的脸颊："饿了没有？"

"有点儿。"白珊珊摸了摸自己扁扁的小肚子，大眼睛望着他，说，"想吃饭。商总带我去吃好吃的。"

商迟亲她另一边脸颊："好。"

话音刚落，小家伙眼睛一亮，当即变魔术似的把自个儿的小手机掏了出来，举到他面前，笑眯眯地道："美食攻略我已经查好了。A城的猪扒包超级好吃，我要吃猪扒包。"

"好。"

"还有蟹黄粥。"

"好。"

小家伙继续念叨："还有葡式蛋挞，还有猫王山榴莲冰激凌。"

"好。"商迟素来冷漠的眸子里，带着一丝浅淡的笑意。

大佬应得爽快，白珊珊听完，笑得眉眼弯弯。她忽然顿住，在他脸上细细打量，凑过去，小手轻轻地捧住他的脸，抬高，嗓音软而甜："商同学，我觉得好神奇。"

商迟抓过那只雪白的小手轻轻一吻："什么神奇？"

"我们居然真的在一起了。"

缘分实在奇妙，他们之间蹉跎了十年，错过了十年，隔了万水千山，居然兜兜转转最终走到了一起。

当年，顾千与沉迷一系列言情小说无法自拔，总是一脸憧憬地对她说，缘分来了是挡不住的，即使走散了，命运也会安排有缘人重新相遇。

白珊珊是个自幼对“幻想”二字不抱任何幻想的人。在她眼中，童话故事是成年人的谎言，“心灵鸡汤”是弱者寻求心理安慰的避难所。

所以，在顾千与发表长篇大论的时候，她只是淡淡地翻了个白眼。

而今，她却真的相信这是宿命。

白珊珊说：“商迟，谢谢你。”

“谢我什么？”

白珊珊眼眶忽地一阵湿润，把脸贴在他颈窝处，没有说话。

谢谢你，即使过去了十年光阴，还是没有放开我的手。

谢谢你，永远能在滚滚人潮中找到我。

谢谢你，让我知道我也值得爱和救赎。

商迟垂眸，托住她的脸，强迫她抬起头。她眼睛有些红，看着竟比平时更加明亮。

屋子里有数秒的安静。

静默良久之后，商迟说：“白珊珊。”

白珊珊看着他：“嗯？”

“你是我的。”他专注的视线落在她脸上，手指轻轻地拂过她眼角的泪珠，语气轻缓而低沉，“你的过去、你的未来、你的人生、你的一切情绪，都由我负责。”

白珊珊眼眸忽地一闪。

他低头，轻轻地吻住了她的眼睛，眸色一沉：“从今往后，没有任何人能伤害你。”

他要把他的白珊珊放在心尖上疼着宠着，任何想对她不利、会让她不开心的人、物，都要彻底消失。

与此同时，B市，白宅。

“夫人，现在外面全是记者。”周婶皱眉，语气焦灼不安，“那些记者不知听到了什么风声，说小姐已经和商氏集团CEO秘密订婚，现在把整个停车场和大门口都堵得水泄不通。”

“秘密订婚？”白岩山用力皱眉，把手里的青花瓷茶杯往桌上重重一放，嗓门震得头顶的水晶吊灯都晃了晃，“珊珊这孩子，真是太胡闹了！这么大的事居然都瞒着我们，翻了天了！”

“可不是吗？”一身端庄旗袍的余莉也脸色不善，狠声道，“这个死丫头，一声不吭就勾搭上了商迟，想把我这个当妈的一脚踹开吗？”

“真是太气人了。”白岩山一下从沙发上站了起来，道，“你马上给她打电话，让她回来跟我们交代清楚！我白岩山养大的人，难道就这么平白无故地送给商家了？世上哪儿找这种好事！告诉她，如果她不认我们，我就召开新闻发布会，让所有人看看她是个什么狼心狗肺的东西……”

“吵死了。”

突然，一道男声从二楼方向传过来，满是不耐烦。

两人不约而同地回头看去。

刚从日本提前归来的白继洲懒洋洋地倚在楼道口，冷笑道：“看二老这副样子，就跟养了多少年的宝贝被人抢了似的。想用白珊珊当筹码从商迟手里捞好处，哟，您二位这吃相也太难看了吧？”

“白继洲！”白岩山暴怒，手里的青花瓷茶杯狠狠地砸过去，“你说的什么混账话？你什么意思？”

白继洲冷哼道：“我的意思还不够清楚吗？你们不把白珊珊当闺女，我可把她当妹妹。”白继洲语气森寒，“谁敢背后给她使绊子，我可不客气。”

白岩山闻言气得差点儿吐血。他知道这个儿子自幼就不是什么省油的灯，但在大事上从来没有违背过他的意愿。现在，突然听见白继洲为了一个继妹这样顶撞自己，白岩山怒不可遏。他厉声道：“不客气？白继洲，我是你爸，我倒要听听你要对我怎么不客气！”

白继洲满不在乎地耸肩，两手插兜，站姿随意，语气懒散又阴冷：“你可以试试。”

白岩山怒目：“你！”

余莉见两人吵起来，心思一转，站起身走到白岩山身侧，抬手轻轻地拍了拍白岩山的背，柔婉地道：“好了好了。继洲从小就这脾气，说话冲了点儿，又没有恶意，你跟他计较什么呢？”

白岩山怒视白继洲，半晌才移开目光，重重地叹了口气，坐回沙发上，咳嗽了一声：“气得我胃疼。”

“消消气、消消气。”余莉满脸关切和担忧，又转头看向白继洲，上前几步，嗓音又轻又细，“继洲，你爸胃本来就不好，快，过去跟你爸道个歉，去。”

白继洲侧目，冷眼瞧她，眼里五分兴味五分厌恶。

余莉被他瞧得心里一阵发毛，只半秒就移开目光，不再同他对视，清了清嗓子：“我让你去跟你爸道歉，你看我做什么？”

白继洲哧了声：“收起你这副贤妻良母的嘴脸。姓余的，我爸老糊涂了，不知道你心里在想什么，我可清楚得很。”

余莉听完，眼中流露出一丝难堪之色，皱眉支吾道：“你这话是什么意思？”

白继洲不耐烦地皱眉：“我说的什么意思，你清楚得很。滚远点儿，别在我面前演戏。”

不远处的白岩山听见二人的对话，忍无可忍，吹胡子瞪眼地怒喝：“白继洲，这是和你妈说话的态度吗？你要造反不成？”

“爸，说您老糊涂了，您还真不清醒。”白继洲讥讽道，“我早就没妈了。”

“白继洲！”白岩山冲过去就想打他，“你是不是要气死我？”

白继洲站在原地，还是那副吊儿郎当的姿态，不躲不闪，丝毫不惧。

余莉眼底飞快闪过一丝得逞之色，面上却惊慌失措，紧张得不行，连忙两步冲上去拦住白岩山，着急地道：“岩山，继洲对我有误会，这么多年我早就习惯了。我不会往心里去，谁会跟自己的孩子计较呢……你别冲动，千万别冲动啊！”说着她一双眸子便红了几分，“你要是气坏了身子，让我怎么办？”

白岩山听完这话更怒了，指着白继洲斥道：“这些年，她为这个家付出了多少，牺牲了多少，你知道吗？你妹妹不懂事不听话也就算了，你也要忤逆不孝吗？”

白继洲没有语气地说：“白珊珊现在长大了，能为白家带来利益，你们就想起了自己是她的父母。但是过去的这些年，你们何曾真的把她当成过女儿？”

白岩山和余莉闻言忽地一怔，脸色皆变。

白继洲掏了掏耳朵，面无表情地转身，踏上楼梯，头也不回地扔过来一句话：“我工作还没忙完，没闲工夫在这儿看戏。总之，白珊珊和商迟之间究竟是怎么一回事，我自然会去问清楚。但是在这之前，你们要是敢做出任何对她不利的事，就别怪我翻脸不认人。”

话说完，高大背影已优哉游哉地上楼回屋，砰一声，关上了卧室门。

白岩山气得脸皮都在抽搐，难以相信自己的亲儿子会因为一个没有半点儿血缘关系的“妹妹”如此顶撞自己。他看向余莉，手指发颤：“你看看，你听听！这个逆子！说的都是些什么混账话？”

余莉怅然长叹：“这些年，我们对继洲的关心也许真的不够，否则他也不会这么怨恨我们。”

白岩山毕竟年纪大了，精力比不得年轻时候，大发雷霆之后便颓然地抚住了额，只觉身心俱疲。他摇头说：“我前半生拼命为这个家奔波操劳，到头来，我的亲儿子居然说出这种话……我知道我对他有亏欠，但是我也在尽力弥补，为什么他还是不肯原谅我、不肯理解我？身为一个父亲，我真的太失败了。”

余莉伸手，握紧了白岩山垂在身侧的手，脸上带着一丝意味深长的笑容，温柔地道：“虽然继洲不理解你、不听你的话，但是你还有我和小洋啊。”

白岩山从掌心里抬起头，看她。

“我会永远陪在你身边，无论发生什么事，我都会支持你、鼓励你。”余莉直视着白岩山的眼睛，道，“小洋是我们共同孕育的亲骨肉，是我们一手带大的孩子。他活泼可爱，孝顺懂事，从来不会忤逆你。”

“小洋？”白岩山眼睛里忽地生起一丝希望。

“小洋前不久还跟我说，他觉得自己拥有全世界最好的爸爸。”余莉说着，握住白岩山手的五指收得更紧，一字一顿认真地道，“我和小洋会永远支持你的决定。”

白岩山动容，将余莉揽入怀中，道：“莉莉，这些年真是难为你了。你为了这个家付出了这么多，到头来，不仅继洲对你有误会，连你的亲女儿珊珊都……”

“没关系。”余莉语气柔婉和蔼，把头埋在白岩山怀中，眼睛却冷淡漠然，淡淡地说，“为了你和小洋，这些又算得了什么呢？”

白岩山道：“苦了你了。”

余莉嘴角勾起了一道弧。

这些年，她从一个小县城里的寡妇变成如今体面的白家夫人，吃过的苦，遭过的罪，旁人根本想象不到。

余莉费尽心机、用尽手段，就是为了坐稳白夫人的位置，顺便成为白家巨额财富的真正主人。

自古以来，母凭子贵。余莉深知其中道理，所以才不惜冒着高龄产子的风险为白岩山生下白继洋。

白继洋是她争夺家产的王牌，自然是她的心肝宝贝。

白家的长子白继洲，是她的眼中钉、肉中刺。她希望他能永远消失。

至于和已故前夫的女儿白珊珊，在余莉心中无关紧要，可有可无。自余莉嫁入白家之后，这个对她的计划毫无帮助，甚至还有可能帮倒忙的拖油瓶，她几乎就没拿正眼瞧过。

在余莉看来，泛滥的母爱毫无意义，任何情感都应该投入到能为自己带来利益的事物上。

但是，现在的大局似乎发生了一些变化。

余莉一面柔弱地依偎在白岩山怀中，一面眯着眸子心思百转。那个一向不被她放在眼里，被她视为拖油瓶的女儿，突然摇身一变，成了商氏集团CEO的心肝宝贝，且极有可能嫁入大名鼎鼎的商氏家族。

那么，要怎么让白珊珊重新把自己当作妈妈，让自己成为商迟的丈母娘，这可得好好费一番心思了。余莉不动声色地盘算着。

A城这边，刚被商大佬带出去吃完美食，回到酒店的白珊珊小姐感到非常忧伤沮丧。她忧伤沮丧的原因倒不是她对自家那位“心机妈”有什么母女间的心灵感应，而是她的腰马上就要断了。

“我说，你到底还有完没完！！！”

不知哭哑了多少次嗓子之后，被某大佬狠狠欺负的白珊珊终于忍无可忍，小拳头一握，彻底爆发了。

她的小脸早就红了个彻底。她气呼呼地抬起脚丫踹在了商迟的胳膊上，面红耳赤地怒道：“从现在开始，你，离我一米远！”她边说边裹着小被子往大床的床尾方向挪，和某大佬拉开大约一米的距离。她两只小胳膊一抬，在胸前比画出一个大大的“×”，义正词严，“在回B市之前，你不许亲我、不许抱我，也不许靠近我！！！”

已经入夜，窗外华灯初上。

商迟懒洋洋地躺在床上，侧卧着，一条大长腿随意屈起，一只胳膊撑着额头。月色洒进室内，他整个人沐浴在月光里，大大方方地展示出那身漂亮、紧实的肌肉。

此情此景配上那么一张脸，便有了一种末代贵族的风流劲儿。

他直勾勾地盯着再次把自己裹成一个小粽子的小家伙，面无表情，语气也非常平静：“我怎么了？”

怎么了？！

他居然还好意思问怎么了！脸皮是有多厚？！

昨晚就不说了，她姑且理解成顺理成章。今天下午带她去外面觅食归来之后，这位大佬也不知是哪根筋没搭对，进门之后把她往卧室一抱，又战上了。

这一战，就直接战到了入夜，也就是现在。

“你说你怎么了？”白珊珊两只眼睛水汪汪的，即使盛满了怒火也显得娇媚，跟只奓毛的小花猫似的，“总之，在回B市之前，我是不可能再让你靠近我的！”

说完之后，她一思索，觉得还是不行。以这位大佬的状态，只隔一米是没什么用的，他们共处一室就很危险。

于是，白珊珊很快就下定决心，准备裹着小被子跳下床，往卧室门外跑：“你睡这儿，我去外面睡沙发！”

然而，还没等她白生生的脚丫子沾到地面，她的腰就被一只修长有力的胳膊给揽住了。

商迟任她念叨，面无表情。只在最后一刻，他手臂一收，直接把她连人带被子捞进怀里紧紧抱住。

白珊珊瞪眼，红着小脸斥道：“放开！”

商迟把她搂得紧紧的，低头在她气愤得嘟起的唇瓣上咬了一口，轻轻地道：“不放。”

白珊珊气结，感到极其费解：“你简直太可怕了……正常人哪儿有这样的。难道，”她脑子里莫名蹦出一个猜测，“你背着我偷偷吃了药？”

“没有。”商迟亲亲她的脸颊。

他哪儿用吃什么药，看她一眼，足矣。

白珊珊挣了挣，发现挣不开，彻底无语。沉默片刻，她眼珠子一转，决定武的不行来文的。因此，她软下嗓子，晓之以情动之以理，道：“商同学，大家都是一把年纪的人了，身体要紧。我们应该走出卧室，走出这片小天地，换些更有利于身心健康的恋爱方式，比如看看电影、打打球、踏踏青，拥抱新时代的阳光。而且你不是工作狂吗？你不是有开不完的会吗？你不是——”

没等她说完，商迟低头，鼻尖蹭蹭她的脸蛋儿，低声道：“白珊珊，我们错过太久了。”

他们已经蹉跎了十年光阴。因此，他迫切地想用最原始的方式来确认她的存在。余生的每一天，哪怕只是一分一秒，他都不想和她分开。

白珊珊原本还说得起劲，听了他这句话，声音戛然而止，整个人忽地愣住了。

如果不是亲眼所见、亲耳所闻，她怎么也不会相信，冷漠无情、心狠手辣的商迟，有朝一日，竟会用这样深情到令人心疼的语气说话。

她的眼眸微微闪动，下一刻，她双手轻轻地抱住他的脖子，把脸贴近他胸膛，没有说话。

屋子里突然很安静。

耳畔的心跳声沉稳有力，她感到一种前所未有的安定与宁静。

好半晌，白珊珊才轻轻地抚着商迟的脸颊，道："我们不会分开了。"

商迟静了数秒，手指捏着姑娘的下巴把她的脸抬起来，垂眸。他的视线笔直而沉静地落在她脸上，目光锁住她。

姑娘有点儿困惑地眨了眨眼睛。

他忽然开口，语气很平静："你对我是怎样的情感？"

白珊珊脸一下更红了，干咳了声，有些窘迫地道："怎么忽然问这个？"

商迟道："回答。"

她静默片刻，好半晌才支吾道："我……喜欢你啊。"顿了下，她又觉得自己说这句话有点儿吃亏，便故作镇定地反问，"那你呢？你喜欢我吗？"

商迟淡淡地说："不是喜欢。"

白珊珊问："那你是爱我？"

商迟专注地盯着她，一时没有出声。

在向白珊珊彻底交出底牌之后，他专程去查了"爱"的定义。那些书上的文字写道："爱是指喜欢的最深程度，人为之付出的感情，是人类主动给予或自觉期待的一种满足感和幸福感。"

片刻后，商迟吻住她的唇，最终也没有给出答案。

他对她，有深入骨血里的迷恋，也有偏执的独占欲，仿佛保护她、宠爱她，对她忠贞不二、为她战死沙场，都是早已写进他基因的本能。

这怎么会是区区一个"爱"字能概括的？

次日，白珊珊准备跟商迟和江旭等人一道乘专机返回B市。

商迟下午一点有一个很重要的会议，因此，江助理安排的专线航班是上午十点钟起飞。早上八点半，白珊珊放在床头柜上的手机闹钟准点响了起来。

丁零丁零——

商迟的睡眠极浅——自幼形成的习惯延续至今——几乎是在闹钟响的瞬间，他就睁开了眼睛。

“嗯——”一道模糊的声音从他怀里传出来。

商迟垂眸，只见正在他臂弯里呼呼大睡的姑娘也被她的闹钟吵醒了。她一张小脸皱成了一个包子，小身子拱了拱，下意识地裹紧小被子往他怀里钻。她从头发丝儿到脚指头都在传达着一个信息——珍爱睡眠，拒绝起床。

商迟侧头，那部吵着他宝贝睡觉的手机还在左侧床头柜上欢天喜地地叫嚷着，屏幕朝下，朝上的手机壳上是几个大字儿：“跪下，叫爸爸。”

商迟长臂一伸，抓起那部手机摁了两下屏幕，把闹钟关了，又随手扔回一边。

空气里那阵扰人清梦的声响陡然消失。

关完闹钟，商迟一手抱住怀里姑娘的细腰，另一只手在她背上安抚地拍着，贴近她浅粉色的小耳朵边，轻轻地哄着：“乖，继续睡。”

昨天把她折腾得确实有些厉害了，在她多番警告下，他才勉为其难地让她睡觉。

姑娘累得不行，闭眼沉沉地睡过去。

商迟知道她身子娇，哪儿禁得住他这么折腾。

其实，瞧着她一身的“草莓”印儿和挂在睫毛上的小泪珠，他也十分心疼。但是，他就是忍不住。

过去那十年，他每晚躺在床上，不用看那些照片，只是在脑子里回想起白珊珊的样子，就恨不得把她抓过来关进商府，囚禁在只属于他的黑白世界里，任他为所欲为。

何况，现在他和她躺在一张床上。

此时此刻，小家伙乖乖地任由他哄着，不多时，那双紧皱的小眉毛终于舒展开。她毛茸茸的小脑瓜在他怀里亲昵地蹭了蹭，像只撒娇的小猫。

商迟勾了勾嘴角，奖励式地亲了亲她的小脸蛋儿。

察觉到世界重归一片宁静，白珊珊闭着眼，满意地露出了一个笑容，重新安详地回到梦乡。

一秒钟安静过去、两秒钟安静过去……

宁静祥和的状态就这样持续了近二十分钟。

突然，原本已经重新入睡的小姑娘像是忽然想起了什么似的，猛地睁开眼，一双惺忪的大眼睛刚好对上男人清明的眸。

她茫然地眨巴了两下眼睛。

商迟垂眸，安静地盯着她。

两人大眼瞪小眼，瞪了三秒钟后，白珊珊惺忪的睡眼不再那么迷茫了。她看着商迟，忽然问："现在几点了？"

商迟习惯性地沿着她光滑细腻的脸颊来回抚摸，爱不释手，淡淡地说："八点五十。"

短短四个字，一下把白珊珊给吓清醒了。

八点五十？

专机起飞的时间是十点整，从酒店到机场需要四十分钟的车程，除开安检、办理值机所需的时间，那不是意味着她起床收拾的时间只剩下十分钟了？

白珊珊大脑快速运转。下一刻，她猛地从商迟怀里弹了起来，裹着被子跳下床，捡起睡袍，连鞋也来不及穿，直接光着一双小脚丫就冲进浴室洗脸刷牙去了。

一丝阳光从没拉严实的窗帘外倾泻进来。

浴室里乒乒乓乓一阵响，跟打仗似的。

商迟听着里头传出来的响动，脸色淡淡的，素来冷淡的眸子里却染着一丝笑意。

忽地，浴室方向传来砰的一声，紧随而来的是姑娘惨兮兮的一声“嗷”。

商迟的脸色瞬间一变，他下了床，迈开长腿大步朝浴室走去，边走边沉声道：“怎么了？”

“没……没什么。”浴室里传出的嗓音夹杂着一丝压抑的哭腔，听着可怜又委屈。

商迟人高腿长，没几秒就已经到了浴室门口，只见穿着一件白色睡袍的小姑娘坐在地上低着头，左手捂着膝盖，脸蛋儿苍白，五官都疼得皱到了一起。她似乎想站起来，右手撑着墙面借力几次都没有成功。

商迟蹙眉，上前几步，弯腰把人给抱出了浴室，放在客厅的沙发上。

“哎，我的脸还没洗完……”白珊珊慌忙道。

商迟没说话，在她身前屈起一条腿半跪下来，目光落在她左边的膝盖上。雪白的皮肤不知撞在哪儿了，红肿微青，中间部位有轻微的擦伤。

商迟的眉头皱得更紧了。

他的视线格外专注，白珊珊被瞧得心慌，解释道：“刚才太着急，一不留神撞了一下。这点儿皮肉小伤，你别担心。”

商迟脸色不好看，还是没说什么，拉开壁灯旁矮柜的第三个抽屉，从里面取出了消毒用的医用碘酒和棉签。然后，他捏住白珊珊雪白纤细的脚踝，力道轻柔，把她的脚抬起来放到自己膝盖上。

“消毒什么的等上了车再处理吧。”白珊珊计算着时间，感到苦恼又困惑，自言自语地道，“奇怪，我昨天晚上明明定了八点半的闹钟，为什么闹钟没有响呢……”

商迟替她上药，动作轻柔仔细，眼也没抬，淡淡地说：“响了。”

白珊珊一时愣住，没反应过来：“什么？”

商迟说：“我给你关了。”

白珊珊蒙了：“你明知道十点钟的飞机，你关我闹钟干什么？”

消毒完，商迟把蘸了碘酒的棉签随手扔进一旁的垃圾桶，俯身贴近她擦破皮的膝盖，声音温柔：“现在还疼不疼？”

“好多了……”白珊珊说。现在这个姿势——她坐在沙发上，商迟半跪在地上，她一只沾着水的脏脚丫还踩着商迟的膝盖——好尴尬啊。

她感觉脸上更热了，无意识地把脚往回缩，却被商迟给制住了。他捏住她的脚踝不让她躲，像要为她减轻疼痛，往她破皮的伤口轻轻地吹了吹气。

这个举动，商迟做得很自然，仿佛只是一件理所当然的事。白珊珊却被他撩得整个人要着火了，连忙清清嗓子看向别处，继续之前的话题。

她问：“你为什么要关我的闹钟？”

商迟神色如常，答道：“你昨晚太累，应该好好休息。”

闻言，白珊珊脸红得要滴血了。平复好情绪后，她还是继续说：“但是你下午一点钟不是还要开会吗？江助理说那个会非常重要，你不能缺……”

她话还没说完，便瞧见商迟拿起手机面无表情地拨出去一个电话。

电话瞬间接通。

商迟道：“通知合作方，下午一点的会议取消。”说完，他便挂断了电话。

见此情况，白珊珊不由得抽了抽嘴角。

他把手机丢到一边，说：“在我这里，永远不可能有比‘白珊珊’更重要的事。”

听听，这是什么语气，什么莫名其妙的歪理？

大佬，您心里还有您的锦绣江山和子民吗？

白珊珊微微嘟嘴，两只小胳膊抱住他的脖子，眨眨眼睛，嗓音又轻又软，故意嗲着嗓子跟他开玩笑：“商总，我是不是你的妲己，会毁了你的江山，也毁了你？”

商迟抬起她的下巴，在她的唇瓣上吻了下，又吻了下。他道：“你喜欢，我就都给你。”

十分钟后，商氏集团中国总部财务部。

江旭江总助正在视频会议里和财务部经理核对着本月的中高层管理人员工资表。突然，江旭看见视频画面里出现了一个穿职业套裙的小职员。

那小职员手里拿着一份文件，递到财务部经理面前，说：“经理，商总最新发到您信箱里的紧急邮件。”

一听“紧急邮件”四个字，别说财务部经理，就连江旭都是神色微微一变。

财务部经理低头快速浏览了一下这封来自老板的紧急邮件。

江旭微微皱眉，神色凝重，道：“先生说什么？”

财务部经理将目光从邮件上收回来，干咳了几声，抬头，冲视频里的江总助露出了一个尴尬而不失礼貌的微笑，说：“没什么、没什么，就是这张工资表要调整一下。”

闻言，江旭狐疑地问：“难不成老板要扣谁的工资？”

财务部经理看江总助的眼神有点儿复杂，点头：“是啊。”

“唉。”江旭摇头感叹，“老板心，海底针，你永远都不知道自己什么时候就把他老人家给得罪了。所以啊，人要会察言观色。”

财务部经理看江总助的眼神更复杂了，点头：“是啊。”

江旭感叹完，又抱着一颗探听八卦信息的好奇心凑近屏幕几分，压低嗓子说：“哎，张经理，是哪个倒了八辈子霉的人又被商总扣工资了啊？”

财务部经理沉默了好半天，说：“江总助……实不相瞒，那个倒了八辈子霉的人就是你。”

江旭着实震惊了，一脸难以置信：“我？”

财务部经理见他不相信，叹了一口气，索性把手里的文件举到电脑摄像头前。江旭定睛一看，只见他家老板发给财务部的紧急邮件只有几个字：“江旭本月工资减半。”

江旭愣住了。

被自家亲爱的老板扣了整整半个月的工资，整个上午，江总助心情都很沮丧。他感到费解，绞尽脑汁冥思苦想，不知道自己到底是哪里惹了自家老板不高兴。即使他心里不解，但还是重新协调好了航线，准备和老板与准夫人一道出发前往机场。

路上，准夫人对老板叹了口气，无意地道：“唉，都怪我，如果不是我上午起床的时候因为太赶时间膝盖撞破了皮，你也不会取消一点钟的会议了。”

直到此时，江旭才知道他为什么会被扣工资。他欲哭无泪，连准夫人擦破了膝盖都要怪他……

回到B市，刚下飞机，白珊珊手机一开机就弹出了多达七条的未接来电提示。她点进去一看，这些电话都是同一个人打的——白继洲。

白珊珊微微皱眉，沉吟几秒后滑动回拨键，给白继洲打了过去。

嘟嘟嘟几声，电话通了。

白珊珊把手机拿远十厘米，紧接着就听见一道暴躁的男声从听筒里传了出来，河东狮吼般："你这死丫头终于知道回电话了？还活着啊？还健在啊？我可太感动啦，还以为您老人家嫁入豪门之后就不记得自己还有个哥了呢！"

听着手机发出的声音，白珊珊不由得在心里为自己的机智点了个赞。几秒后，她把手机拿近了点儿，清了清嗓子，说："你不是去日本考察了吗？"

"提前回来了。"那头的白继洲说起这个就是一肚子火，没好气地道，"得亏我那边的工作结束得早，否则，只怕回来就有个小屁孩儿管我叫舅舅了！"

白珊珊干巴巴地笑了两声，道："事情比较复杂，我也没故意想隐瞒你什么。"

"行了行了，你二十七岁的人了，爱跟谁谈恋爱、跟谁结婚都是你的自由，我才没那么无聊专程给你打电话打探你和商家大佬的恋情。"白继洲顿了下，忽然又沉沉地叹了口气，这才切入主题，道，"不过，你和商迟在A城的事已经在整个B市传开了，闹得满城风雨。我爸和你妈都不是什么省油的灯，听哥一句劝，最好还是回白家一趟。和解也好，断绝关系也罢，一直拖着不是办法，事情总得有个了结。"

白珊珊闻言，眼神瞬间黯淡，静默几秒，忽然冷笑一声，淡淡地说："从不把我当回事，现在有利可图了就要我记住自己是他们的女儿。他们配吗？"

白继洲叹气："这些年，他们对不起你，白家上下都看在眼里。我让你回白家说清楚，不是让你低头。事情总要解决。"

"我知道了。"白珊珊不太耐烦地皱了下眉，道，"还有别的事吗？"

"没了。"白继洲说，"之后他们有什么动静我会跟你联系。你在外面照顾好自个儿，知道不？”

“嗯，你也是。挂了。”说完，白珊珊挂了电话。

脑子里乱糟糟的，她捏了捏眉心，只觉烦躁。

商迟一眼看穿她的心思，伸手轻轻地捏了捏她粉嫩的脸蛋儿，轻轻一挑眉：“有人惹我家公主不高兴了？”

小姑娘皱着小脸神色懊恼，沉默片刻，乖巧地爬到他腿上，整个人小宠物似的窝进他怀里趴好，两只细胳膊环住他的腰。

西装笔挺的男人把她抱在怀里，低头吻了吻她的脑袋顶，不出声。

片刻，白珊珊自言自语似的吐槽：“糟心的事和人好多。”

商迟挑起她的下巴吻她的唇，柔声道：“那就让它们消失。”

白珊珊有点儿诧异地看着他。

这时，司机恭恭敬敬地问：“先生，回公司还是商府？”

“去白宅。”商迟说，语调如常，眼神却冷进骨子里。

第七章

宠溺入骨

白珊珊有些诧异地睁大了眼睛，看着商迟道："白宅？好端端的，你去白宅做什么？"

商迟嘴角挂着一丝笑，那笑意却不达眼底。他捏住她柔软可爱的小耳垂，揉着玩，漫不经心地说："要娶白家的掌上明珠，我这个做女婿的，当然得有所表示才是。"

白珊珊心思何等剔透，略一琢磨便大概猜出这人想干什么。耳朵被他揉得发痒，她忍不住缩着脖子往旁边躲了躲，小脸红通通的，一把抓住那只欺负她耳朵的大手。静默几秒，她轻轻地道："我知道你想给我出气。但是，这是我的家务事，我自己可以处理的，不用麻烦——"

话音未落，商迟忽然捏住她的下巴，抬了起来。

白珊珊眼眸忽地闪了下，对上那双漆黑的眸。

商迟直勾勾地盯着她看了片刻，没什么语气地道："我不喜欢你对我说'麻烦'或是'谢谢'。"

白珊珊微微一怔："但是……"

商迟低头在她下巴上落下一个吻，微微闭眼，语气温柔而平静："珊珊，学会习惯我的存在，学会依赖我，学会把所有的困难交给我处理。你要知道，我是你的男人，也是你背后的千军万马。

"在这个尔虞我诈、黑白模糊的世界上，你需要时刻警醒，防备其他人，但是不用防备我。你不能完全地信任其他人，但是可以信任我。我绝不会背叛你。"

他说这些话时，眉眼冷静平和，调子低而稳，令白珊珊联想到了电影里骑士对公主宣誓的情景。

不知为什么，白珊珊忽然感觉鼻子一阵发酸。她抱住他，软软地贴近他温热的颈窝，轻轻地说："我也不会背叛你。"顿了下，她补充道，"至死不渝。"

幼时的白珊珊，为了余莉的一个微笑、一句赞美，甚至一个肯定的眼神，就能不顾一切地付出所有，勤奋再勤奋，努力再努力。

她天真地以为，只要自己足够优秀、足够听话，妈妈就会给自己更多关心和爱护。

随着时间推移，白珊珊长大一点儿，就会清醒一点儿。少年时代正是三观形成的关键时期。其间，白珊珊逐渐明白了一件事："爱"是世上最奢侈也最缥缈的一样东西，就连自己的亲生母亲也不愿施舍一丁点儿的"爱"给她，遑论其余世人。

在太小的年纪看透了太多不该看透的事，白珊珊骨子里的淡定和漠然根深蒂固。逐渐地，她习惯了白岩山"慈爱继父"面具下对自己的厌恶，习惯了余莉对自己的冷漠，也习惯了那些所谓的名流看她时那种鄙夷的眼神。

她麻木了，因而觉得事事都无所谓。

"爱"这玩意儿，虚无缥缈，有时稀少得连它是否真正存在都是个问题。

高中时代，白珊珊时常和顾千与感叹：要上辈子拯救了地球，这辈子才有可能遇到一个自己爱的人；要上辈子拯救了银河系，这辈子你爱的人才能够刚好也爱你。

此时此刻，白珊珊第一次感觉自己也是被上天眷顾的。

她甚至觉得，自己前二十多年所有的坏运气，也许都是在为遇见这个人埋下伏笔。

商迟察觉到什么，垂眸，在她俏丽泛红的脸蛋儿上审视。须臾，他微微皱眉，手指轻轻地刮了下她眼角处的皮肤，沉声道："眼睛怎么红了？"

"没。"白珊珊有点儿窘迫，下意识地别过头躲开他的目光。她抬起手，若无其事地在脸上胡乱地抹了两下，然后整个人伏进他怀里。

商迟抱她的姿势就像在抱一只小宠物，又像在抱一个小孩儿。他的大掌在她背上轻轻地拍着，跟在哄幼儿园里不肯睡觉的小朋友似的。他没有再说话。

白珊珊坐在他腿上，小脸紧贴他的胸膛，也没说话。

半晌，她忽然仰起脖子看他，脸红红的，一双乌黑的眼亮晶晶的。

商迟吻她羞红的脸颊："怎么？"

她没答话，只倾身吻住他的下巴，甜甜地说："商同学，辛苦你了。"

商迟轻轻一挑眉："辛苦什么？"

姑娘笑容甜美，大眼睛弯成两道月牙，看着就像一只小狐狸。她抱紧他脖子，贴上去，吧唧一口又亲在他脸颊上，眼眶湿湿的，甜声道："一路马不停蹄、风尘仆仆地赶来和我相遇，辛苦你了。"

在茫茫人海中，千辛万苦找到并不起眼的我，辛苦你了。

在我敏感多疑惧怕伤害，一次次把你推开之后，仍然这么坚定地抓着我的手，辛苦你了。

如果一切都是为了拥有这么好的你，那么曾经那些来自全世界的敌意和孤寂，我都愿意虔诚拥抱，甚至心怀感激。

数分钟后，黑色豪车在B市东郊的宽阔大道上转了个弯，进了一条林荫道。道路两旁树木葱郁，满目的翠绿色尽头矗立着一座独栋别墅，大铁门锁着。

豪车停下。

白珊珊静默几秒，掏出手机给白继洲打了一个电话，说："哥，你在家吗？"

白继洲有点儿狐疑："在啊。怎么了？"

"我到门口了……"说着，她顿住，侧目飞快地看了一眼那位正在把玩自己头发丝儿的大佬，沉默了片刻，补充道，"商迟也到门口了。麻烦你让周婶过来开下门。"

一听这话，白继洲眼底迅速掠过一丝惊讶，动了动唇想问什么又咽回来，沉吟几秒，最后只说了一个"好"字便挂断了电话。

不多时，一个中年妇人从别墅里走了出来。

周婶神色不太好看，走到大铁门前一瞧，只见一辆黑色豪车稳稳地停在门外。那辆车的车身没有丁点儿灰尘，干净得可以说是纤尘不染，就连四个车轮子都透出一股难以言说的尊贵感。

它安安静静地停在那儿，像一头处于潜伏状态的猛兽。

周婶在白宅当了几十年的用人，自身虽不富贵，但也见过不少豪门子弟，没有一个像这样，连车轮子都拾掇得这么精细的。她心里有点儿发怵，下意识地想往车里瞧，几扇车窗都关得严严实实，黑漆漆一片，什么都看不见。

周婶定定神，把门打开了。

黑色豪车开了进去。

白岩山和余莉原本还在白宅客厅里商量着怎么把白珊珊拎回来兴

师问罪，白继洲却忽然从楼上下来了，没什么语气地说：“得了，您二位省省心吧。”

白岩山和余莉都是一愣。

白继洲看两人一眼，冷笑道：“你们真的太不了解白珊珊了。她性格天不怕地不怕，从小到大躲过什么事儿？”

余莉微微皱眉，道：“继洲，你这话是什么意思？”

白继洲懒洋洋地打了个哈欠，冲大门口的方向抬了抬下巴，说：“她带着你们的未来女婿，已经到大门口了。”

话音落下，白岩山和余莉的表情不约而同地变了。两人相视一眼，神色复杂心思各异，没再说什么，只快步走出别墅大门迎客去了。

若只是白珊珊一人回来倒没什么，可再加上一个商迟，那意义就全变了。商迟是何许人物，商氏集团的大老板，白岩山做梦都想着利用白珊珊这个继女顺利攀上商家这棵大树。如今，这准女婿自己上门，他又疑惑又欣喜，自然不敢怠慢。

相较于白岩山，余莉一个妇道人家想得可就简单多了。对于商场上的门道和利害关系，她了解得不多，只知道商家富可敌国，白珊珊傍上了这么一个钻石王老五，以后在上流社会的身份地位就大不一样了。这必然也会为她这个当妈的带来十分可观的利益。

两人心里打着各自的如意算盘。因此，当白珊珊最先从车上下来时，破天荒地瞧见白岩山和余莉笑容满面地迎了上来。

“你这孩子，要回来也不提前跟妈妈说一声。”一身旗袍的余莉身姿婀娜，脸上精致的妆容几乎掩盖了岁月的痕迹。她嘴角弯着，伸手就牵住了白珊珊的手，语调温柔，“你提前说了，妈妈才好交代厨房做你喜欢吃的菜等着你啊。”

面对余莉突如其来的热情，白珊珊静默几秒，也笑起来了。她清亮的眸子看着这个身份是自己母亲的妇人，语气天真不带丝毫敌意：

“妈妈知道我喜欢吃什么吗？”

闻言，余莉像被问住了，脸上的笑容忽地僵住。

在她视线中，白珊珊笑容甜美，看她的眼神却冷淡漠然，像隔了一层严霜一般。余莉微微蹙眉，目光一寒。

白珊珊仍然笑着，不动声色地把手抽了回来。

“你妈当然知道你喜欢吃什么，这孩子，问的什么话。”白岩山故意打趣似的笑了两声，及时为妻子解围。他说完，顿了下，正要开口时，便看见一个男人从黑色豪车的后座下来了。

青年二十八九岁，西装笔挺，英俊逼人，气质高傲，带着一种极强的攻击性和压迫感。他走上前，在白珊珊身旁站定，目光沉沉，锐利如鹰，即使不说一句话，也能让人感觉到那股从骨子里透出的威严和冷酷。

这青年没有丝毫人情味儿。

须臾，青年伸出手臂，极其自然而又亲昵地将白珊珊揽入怀中。与此同时，他嘴角挑起一道弧，淡淡地说：“伯父、伯母，幸会。我是商迟，是珊珊的未婚夫。”

商迟说这话时，从容淡定，不徐不疾，嗓音低而稳，音量不大，话却掷地有声。尤其“未婚夫”三个字，更是清清楚楚地传入了在场每个人的耳朵。

白珊珊脸上微微一热。

白岩山和余莉的面色却不约而同地一沉。两人不动声色地对视一眼，眼神来往间，表情都流露出一丝不悦。

白珊珊十四岁便跟着余莉住进白家，在白岩山眼中，这个继女一直是拖油瓶般的存在。当初若不是看在余莉的面子上，他是怎么也不会平白无故养一个和自己没有半点儿血缘关系的孩子的。

白岩山从来没有重视过白珊珊。但是，他不重视不疼爱，并不意味着这个继女就能无法无天、自作主张地与人订婚，把自己送出去。

这么多年，他好吃好喝地供着她，给她最好的物质生活，让她读最好的学校，把她养大成人，如今就这么白白把她送给商家，怎么可能？

白珊珊喊他一声“爸”，她的婚姻大事就得由他说了算。等价交换，商迟想娶他的女儿进门，就必须给出相应的好处。

白岩山纵横商场多年，是一只彻头彻尾的老狐狸。他心里琢磨着，看向商迟的眼神却更加温和，比了个手势，道：“商总，请。”

几人进了别墅。

一层客厅内，金碧辉煌，灯火通明。

商迟和白珊珊在沙发上落座，白岩山和余莉则坐在两人对面。周婶送上茶果点心，随后便悄无声息地退了下去。

一室安静。

须臾，白岩山开口打破沉静，笑道：“商总，这是西湖龙井，今年刚采下的新叶，是最鲜的。好茶迎贵客，尝尝？”

“伯父客气了。”商迟淡淡地笑了下，端起桌上的青花瓷茶杯抿了一口。

喝了一口茶，白岩山把茶杯往桌上一放，忽然像想起什么似的道：“商总刚才说‘未婚夫’……”顿了下，他笑起来，“商总真会开玩笑。”他说着又一顿，视线落在白珊珊身上，眼中带着一丝深意，“我这女儿啊，打小脸皮就薄，这不，谈了恋爱也不知道跟家里说一声。你们交往的事，我还是从一些媒体朋友那儿知道的。”

闻言，白珊珊心下冷笑，瞬间便听出了白岩山的言下之意：我这当爹的连你们两个是什么时候恋爱的都不知道。那么，你给自己封的“未婚夫”，我当然也不会承认。

白珊珊微微抿唇。

商迟一如既往地冷漠，没任何反应。

这时，始终坐在一旁静默不语的余莉瞅准了时机，开口道：“久仰商先生大名，百闻不如一见。”

白珊珊挑眉，只见身段曼妙的旗袍美妇人端坐在沙发上，美眸打量商迟，弯着唇。她那修炼多年得来的名门气质烙进了眉眼，一举手一投足，就跟古装宅斗剧里的诰命夫人似的。

余莉嗓音柔美温婉，说罢又转头看向白岩山，笑道：“现在的年轻人都是自由恋爱，难不成还要像以前那样遵从‘父母之命，媒妁之言’吗？日子是人家两个小年轻在过，告不告诉家里又有什么关系？”

白岩山想了想：“嗯，你说得也对。”

“我们珊珊的年纪也老大不小了，”余莉说，“今天商先生登门，想来是要向我们提亲，跟我们商量他和珊珊的婚事。大好的日子，你啊，就别跟闺女计较她瞒而不报的事了。”

白岩山点头：“嗯。”

中年夫妻你一言我一语，一唱一和，跟唱双簧似的，摇身一变就成了白珊珊的慈父与慈母。

白珊珊觉得这情景还挺有意思，眨眨眼，权当看戏了。

就在她深深折服于白岩山夫妇的精湛演技时，身旁冷不丁响起一个冷淡的声音：“你们误会了。”

白珊珊微微一愣，抬头转眸，只见商迟坐在沙发上，两条大长腿随意又优雅地交叠着。他恢复了他一贯的冷漠脸，面无表情，连那丝敷衍式的淡笑也不见了踪影。

显然，与她“乐呵呵看戏”的心态不同，这位大佬本就不多的一点儿耐心已经被这对“戏精”中年夫妇消磨殆尽。他眼底的目光冷而沉，深邃又平静。

不知为什么，看着商迟冷漠的黑眸，白珊珊忽然联想到了暴风雨来临前，深色的平静海面。

白岩山和余莉也是一怔。

“误会？”白岩山语气里带着一丝疑惑，笑容不减，“什么误会？”

商迟说：“我并没有要跟你们商量我和白珊珊的婚事。”

白岩山笑容开始僵硬，眼底浮出一丝诧异。

饶是心机深沉的余莉也着实吃了一惊，面露困惑之色。

几秒后，商迟淡淡地说：“从今以后，白珊珊的人生由我负责，和你们不再有任何关系。”

话音落下，整个白宅瞬间安静了，连屋外的风声似乎都消失了。

白珊珊完全没料到商迟会这么直白地对自己宣誓主权，要求白家跟自己划清界限。

白岩山太过惊讶，甚至以为自己听错了。余莉诧异得面容都有点儿扭曲。

白岩山怎么也是在商界摸爬滚打几十年的人物，短暂的几秒钟震惊之后，他回过了神。他又惊又怒，皱紧眉，竭力克制着心中熊熊燃烧的怒火，看着商迟道：“商总，白珊珊是我的女儿，是白家的小姐，请问‘没有任何关系’是什么意思？”

商迟勾了勾嘴角，黑眸深处却布满严霜。他冷声道：“意思是，白珊珊是我的女人，是商氏集团的女主人，是商家的主母。任何伤害过她、或者试图伤害她的人和事物，都必须从她的生命中消失。”

这番话直白露骨，根本不留情面，白岩山听完再也忍不住了，怒极反笑地质问：“商总是要我们和女儿断绝关系？”

话音刚落，安静地站在商迟身后的江旭迈步走了过来。他微微一笑，温文尔雅、从容不迫，态度有礼有节又丝毫不显卑微。他打开手里的公文包，从里面取出了两份文件放在桌上，推到白岩山面前，道：“白老先生，少安毋躁。这是我们拟定的一份协议书，一式两份，是给你和尊夫人的。二位先过目，如果没有什么异议的话，就在结尾处签字。协议即时生效。”

白岩山和余莉的脸色都不好看。两人看了一眼那份协议书，都没有任何动作。

白岩山皱眉，满眼警惕，道："什么协议？"

商迟嘴角挑着一道弧，没说话，抬手比了个"请"的手势。他懒洋洋地往沙发靠背上一靠，长臂环住白珊珊，修长的手指习惯性地在她光滑雪白的脸颊上摩挲。

片刻后，白岩山拿起那份文件，翻开，浏览起来。余莉也拿起协议书开始看。

协议书的内容并不多，语言精练简洁，条款只有几项。只是看完后，两人面色均黑成了锅底色。

白岩山把手上的协议书往桌上狠狠一砸，直接从沙发上站了起来，对商迟怒目而视，道："商迟，我们白氏和你们商氏向来井水不犯河水，也没有任何利益冲突，你休想用对付司马家那套来对付我！白珊珊是我白岩山养大的，我决不会同意和她断绝关系！"

与情绪激动的白岩山不同，商迟泰然自若，淡淡地说："协议上写得很清楚。你同意断绝关系，她不需要对你们尽任何义务，那么我保证，在未来至少二十年时间内，白氏在全球的发展会一帆风顺。反之，白氏就消失。"

"商总的如意算盘打得还真好。早就听闻你作风霸道、心狠手辣，今天倒真让我长了见识。"白岩山冷笑，说着忽然顿了下，侧目看向白珊珊，沉声道："珊珊，你也想跟爸爸妈妈断绝关系吗？"

白珊珊沉默数秒，抬眸，望向脸色铁青的中年男人，神色沉静，语气淡而冷："'爸爸'？在你心里，真的把自己当成过我的爸爸吗？"

白岩山被问住，脸色忽地一变。

"至于'妈妈'，"白珊珊视线冷淡地扫向对面沙发上的余莉，微微挑眉，语气轻柔而讥讽，"白夫人，白太太，从你决定改嫁进白家的那一刻开始，在你心里，就没有我这个女儿了吧？”

余莉没有出声。她嘴唇紧紧抿着，脸色苍白，睫毛微颤，但坐姿仪态依旧端庄优雅。

对面的中年夫妻俱是沉默。

白珊珊微微吸了一口气吐出来，道：“这‘爸爸’‘妈妈’，我早就不想喊了。”

姑娘面容平静，嗓音也四平八稳，十指却在轻轻地颤抖。她背脊挺得笔直，那根纤细的脊梁骨柔弱却坚强地支撑着上半身的重量，使得她看上去淡漠如常，仍旧是那副对什么事都不在乎的模样。

商迟一眼就看穿了她内心的波澜，眸色微微一沉，伸手握住那只雪白的小手。

白珊珊顿了下，侧头对他露出一个宽慰式的浅笑。她纤细的五根手指张开，反握住他的手，握得紧紧的、牢牢的。

十指交扣。

就在这时，沉吟的白岩山忽然开口，终于说出了真实目的：“白珊珊，你从小到大吃我的、穿我的、用我的，要我和你断绝关系，可以，这笔账怎么算？”

话音刚落，一道男声忽然从二楼楼梯方向传来，说：“爸，你知道自己在说什么吗？”

客厅里的几人闻声纷纷转头看过去。

一身休闲装的白继洲从二楼走了下来。他径直走向白岩山，站定了，冷冷一笑：“白珊珊是我的妹妹，是你的继女，你要把她卖给商迟？”

不等白岩山开口，白继洲又侧过头，看向余莉。他挑挑眉毛，说：“这是你的亲生女儿，你也同意这么干？”

余莉低着头咬了咬唇，两只手无意识地绞着披肩下摆，没有说话。

屋子里有片刻死寂。

半晌，白继洲缓慢地点了下头，扭头看向白珊珊，嘴角微勾，弯起一抹带着几分吊儿郎当意味的苦笑，说："看来你的决定没有错。这个家，这样的父母，确实不要也罢。"

白珊珊也笑了一下，笑容里不掺杂任何苦涩和遗憾，只有释然和解脱。

白岩山问商迟："我养了白珊珊将近二十年，吃穿用度这笔账怎么算？"

"白老先生放心，"江助理微微一笑，"这些年你花费在白小姐身上的所有费用，我们会以三倍形式归还。如果没有其他问题，请两位在协议书的右下角签字。钱会在明天下午五点之前汇至白老先生的账户。"

白岩山听完没有再说什么，拿起笔，把协议书签了。

余莉也拿起笔，在签名字的前一秒却又忽地顿住。

江助理问："白夫人，还有什么疑问吗？"

余莉好几秒没有说话，随后转过头，看向在双方摊牌之后连一眼都没再看过她的白珊珊。

余莉忽然开口："珊珊，我们母女能单独聊聊吗？"

白珊珊看她一眼，须臾，笑了下，声音平静地说："好啊。"

白宅书房内。

阳光透过窗户洒进屋子里，整个房间都被笼罩在一片浅金色的光线中，宁静祥和。

白珊珊迎着光走到窗前站定，面无表情地看向窗外，淡淡地说："你要聊什么？"

余莉站在距离她半米远的位置，沉默了会儿，道："珊珊，你真的这么恨妈妈吗？"

闻言，白珊珊不由得轻声重复了一遍："恨？"她转头，有些奇怪又有些好笑地看着余莉，道，“你怎么会觉得我恨你？”

余莉眼中浮起一丝疑惑。

“你错了，我不恨你。”白珊珊说这话时，冷静平淡，嘴角甚至轻微上扬，“很多年前，我的确恨过，恨你眼里只看得见弟弟和白岩山，看不见我；恨你对我不闻不问、不管不顾；恨你总是忽略我。”

余莉微微皱眉。

“但是后来，这些感觉就都消失了。”白珊珊说着话，指尖轻轻抚过书柜上的雕花，“当你完全不在乎一个人，不再对那个人抱有任何期待和幻想的时候，你对他是不会有任何情绪起伏的。所以我早就不恨你了。”

听她说完，余莉眼底忽然涌现出浓烈的悲伤，道：“珊珊，妈妈不是故意的……”说着，余莉哽咽了下，又继续道，“你也知道我们是什么处境。从小县城嫁进大城市，嫁进白家，多少人指着我的脊梁骨看我笑话。我如果不强大起来，不融入这个圈子，不帮白岩山再生下一个儿子，我们母女俩在白家、在B市的名流圈，根本就不会有任何地位。我嫁进白家以来，白岩山表面上对我好，但实际上呢，他心里根本就看不起我。”余莉越说越伤心，流出眼泪，又连忙拿纸巾擦掉，“他觉得我是乡下来的女人，英语说得不好，肚子里没多少墨水，连那些奢侈品都不认识，在事业上帮不了他，带出去也没面子……嫁进白家不久，我就感受到自己和这个环境格格不入。没有办法，我只能努力学习各种知识，再冒着高龄生产的风险生下小洋……我做的一切，都是为了巩固地位，让我们母女俩不会被人看不起。”

白珊珊安静地看着她，没有打断。

余莉继续道：“我是个做母亲的。天底下哪儿会有母亲不爱自己的孩子？”余莉说着，忽然抓住了白珊珊的手，泪眼婆娑地抱紧她，道，“妈妈知道自己以前做得不对、做得不好，冷落了你，让你受了很多委屈，妈妈知道错了。珊珊，你原谅妈妈，不要跟妈妈断绝母女关系好不好？妈妈是爱你的，妈妈真的很爱你，很舍不得你。”

妇人容貌本就柔媚，虽已年过五旬，但因长期健身又保养得当，梨花带雨地这么一哭，着实我见犹怜。

换作寻常人，看见自己的母亲在自个儿怀里边诉苦边哭，只怕早就心软原谅，和她一起抱头痛哭。

然而，白珊珊打小就不是什么正常人。

在余莉声泪俱下地向她哭诉的这数分钟里，她全程都非常冷静且理智。就连余莉最后直接过来抱着她哭时，她的反应也很平淡。

她双手垂在两侧，面无表情地听余莉哭，被迫闻着余莉身上最新款的女士香水味。

良久，余莉似乎哭累了，抱着白珊珊抽泣道：“珊珊，你是我和杰凯唯一的回忆……妈妈不能失去你。你肯原谅妈妈了吗？”

一听“杰凯”二字，白珊珊眼神忽地冷成冰霜。

白杰凯，她父亲的名字，她亲生父亲的名字。

白珊珊说：“住口，你怎么配提爸爸！”

白珊珊伸手把她推开了。

余莉被推得踉跄半步，诧异地看着眼前的女儿。

白珊珊冷冷地笑了下，道：“知道吗，我以前觉得你爱的是小洋和白岩山，现在我才知道不是的。你谁也不爱。你唯一爱的，只有你自己。”

余莉错愕地瞪大了眼睛，有点儿心虚，更多的是愤怒：“你胡说什么？”

白珊珊笑容尽敛，一双眼冷冰冰地看着她，道：“你从来不会放过任何一个为自己带来利益的机会。当年你在南城的制衣厂上班，贪慕虚荣，想坐一个小领导的位置。爸爸为了帮你，四处找关系，请客吃饭送礼，讨好制衣厂的厂长。十四年前的那个凌晨，那个厂长喝多了，你让他去接。他那天发烧身体不舒服，不想去，你死缠烂打，说不能得罪厂长。于是那天晚上，爸爸的车被一辆大货车碾碎了……”

余莉面上的悲伤之色此时已消失得无影无踪，她沉声道：“闭嘴！”

“爸爸是为你死的。爸爸真的很爱你。”白珊珊一字一顿地说。

“闭嘴！”

“而妈妈，你做了什么呢？”白珊珊脸上绽开一抹天真纯洁的笑容，眨眨眼睛，眼神却如寒冰，“爸爸去世不到三个月，你就认识了到南城出差考察的白岩山。大城市来的有钱人，风度翩翩一表人才，是你改变命运的关键。所以，你勾引了他。”

“闭嘴！白珊珊，你给我闭嘴！”余莉像被戳中痛处，忽然尖声叫了出来，扬手就要打白珊珊。

她的手掌还未落下，手腕便被人生生拦截在半空。

拽住余莉手腕的五指修长有力、骨节分明，看似没用力气，实际力道极大。余莉痛得花容失色，低呼一声，还没来得及回头，便被那股力道狠狠地甩开。

余莉高跟鞋一崴，直接跌坐在了书房的地毯上。

余莉惊慌地抬头。商迟不知何时进的屋，西装笔挺，俊美如画，一手将白珊珊护进怀里，一手替她捋了捋耳边的碎发。

沐浴在金色暖阳中的一对璧人。

白珊珊面无表情地看着余莉，冷声道：“刚才也是在演戏吧？你为什么希望得到我的原谅？因为你突然发现，这个累赘女儿，马上就要变成商家的女主人，自己马上就要成为商氏CEO的岳母。这么大一个利益，你怎么会放手呢？”白珊珊说，“对吗？”

余莉脸色一片惨白，呆坐在地上，说不出话。

“对白岩山好，是因为白岩山让你成为白家的太太；对小洋好，是因为他能帮你分到白岩山的家产。我、爸爸、白岩山，甚至是你的亲生儿子白继洋，都只是你用来达到自己目的的工具。必要时刻，你什么都可以牺牲。”白珊珊用一种极其陌生的眼神看着这个女人，淡淡地道，“你是一个只爱自己的人，自私至极。我不会原谅你，爸爸也不会，永远。”

余莉低着头，忽地，一滴眼泪落下来，砸在她精致的旗袍上，缓慢晕开。

白珊珊和商迟一道离去了。

余莉独自一人静静地坐在书房的地上发着呆，忽然不知想到了什么，她笑了起来。对面书柜的玻璃门上映出一个妇人，满脸的泪，妆花了，深深浅浅的细皱纹暴露无遗，仿佛眨眼之间老去了十岁。

余莉最终签了那份协议书。

黑色豪车从白宅驶离。

白珊珊坐在后座，趴在车窗上歪着脑袋闭目养神，脑子里乱糟糟的。无数画面在她脑海里闪过，童年的、少年的、刚才的……爸爸儒雅英俊的面容、余莉震惊的眼神、商迟紧紧握住她手的五指……

从此之后，她和白家再没有任何关系。

这个她生活了将近二十年的冷冰冰的大宅，如果说还有什么值得留恋的话……

白珊珊忽地睁开了眼睛，摇下车窗，伸出脑袋往白宅望去。雕梁画栋的别墅在目光中逐渐远去，远远地，依稀能瞧见一道模糊的身影站在林荫道上目送他们。

白珊珊抿了抿唇，摸出手机打开微信，找到一个头像，发送消息：“哥，你永远是我哥。”

白继洲立马回复：“废话。”

看着屏幕上的两个大字，白珊珊阴郁的心情忽然转晴，忽地嘴角一弯，笑起来。

商迟察觉到身旁姑娘的小表情，微微挑眉，伸手轻轻捏了捏她的小脸蛋儿："笑什么？"

白珊珊收起手机没说话，静默片刻，手脚并用地爬到他腿上坐好。她自动调整到一个更加舒服的姿势，抱着他的脖子，软软的脸颊贴近他温热的颈窝。

商迟抱住她，大手轻轻地抚摸着她脑后柔顺微凉的乌黑长发，然后低头，在她眉心处吻了吻。

良久，小姑娘闷闷的嗓音在安静的车内响起："迟迟。"

前面的江旭和司机闻言，同时抽了抽嘴角。

商迟应："嗯？"

"我好像，没有亲人了。"白珊珊轻轻地道。十四年前，她失去了爸爸；十年前，她失去了爷爷；而她的妈妈，似乎从来就没把她当回事。

商迟将薄唇贴在她脸颊上，说："你有我。"

白珊珊抬起小脸看他，忽然扑哧一声笑出来，凑过去，一口亲在他下巴上："对，有我家迟迟就够了。"顿了下，她脱口而出，"而且以后我们还会有宝宝。"

商迟黑眸中闪过一丝诧异，挑起她的下巴，盯着她："孩子？"

白珊珊闻言，意识到自己说了什么，脸蛋儿瞬间蹿起两朵小红云，有点儿尴尬又有点儿羞涩地点点头："应该……会有吧。"

就他这身体素质，白珊珊忍不住在心里啧了声——怎么可能没有？

商迟却神色一沉，半天没有说话。在他心中，白珊珊独属于他，从头发丝儿到脚指头都是他的个人所有物。商迟从没有想过，未来的某一天会出现一个人来和他一起分享他的白珊珊。

白珊珊有所察觉，一双大眼诧异地眨巴两下："你在想什么？"

商迟不语。

白珊珊眯了眯眼睛，一琢磨就明白过来，凑近他，在他冷峻的面容上细细打量。忽然，她噗地笑出声："不是吧，商同学，你连自己未来宝宝的醋都吃吗？"

商迟语气淡淡的："我不喜欢孩子。"

她暗自努了努嘴，别过头不再跟他继续这个话题了。

突然，商迟的薄唇贴近她微红的耳垂，呼出的气息拂过她耳朵上的绒毛，他用只有她才能听见的音量低语道："但是你生的，我喜欢。"

因为是白珊珊，所以，和她有关的一切，他都会爱之入骨。

两个钟头之后，江助理带着格罗丽和吉娜再次踏入白宅，走进白珊珊的卧室，把她的所有物品全部收拾打包，然后离开。

白继洲把几人送到别墅的大门口。

临走前，江旭笑着对白继洲道："白先生请留步。多谢。"说着他便转身准备上车。

白继洲叫住了他："江助理。"

江旭回头。

白继洲那张向来吊儿郎当的俊脸一改平日的纨绔相。他表情很平静，眼中神色却有几分复杂，沉吟几秒，道："我妹妹和你们商总，真的打算结婚？"

早前，江助理在得知自家老板看上了白珊珊之后，为替老板排忧解难出谋划策，曾专门查过白家。

各方面资料都显示，白珊珊名义上虽是白家的小姐，却并不得宠。继父白岩山不重视她，就连生母余莉也不把她放在心上，唯独这个刀子嘴豆腐心的继兄白继洲是个例外。

白继洲对白珊珊很好，是真的打心眼里把她当亲妹妹。

听到白继洲问这话，江旭瞬间便反应过来白继洲在担心什么，当即笑了笑，道："白先生放心，商总很喜欢白小姐，白小姐现在过得很幸福。他们相识十年，兜兜转转一大圈儿又重新走到一起，修成正果，大家都替他们感到开心。”

白继洲静默几秒，点头道：“只要商迟对我妹妹好，我妹妹过得幸福快乐就行。”

两人又聊了两句，随后商府的人便上车走了。

出了这么一桩大事，偌大的白宅乌烟瘴气。白岩山坐在客厅的沙发上打电话，发泄似的痛骂电话那头的部门经理；余莉只身一人待在书房里不知道在干什么；周婶舍不得自己看着长大的小姐，躲在厨房里偷偷地抹眼泪。

白继洲两手插在裤兜里，在自家花园里漫无目的地闲逛了一圈儿后，发了会儿呆，返回别墅，上到二楼。

在路过白珊珊卧室的时候，他步子停了下来。

整个白宅，花园、书房、楼梯口、走廊过道，似乎处处依稀可见那道纤细的身影。

白继洲站在房间门口往里瞧，里头空荡荡又干净，就像从来没有人住过似的。没来由地，白继洲忽然想起了许多年前的那个夏天，身着浅色连衣裙的少女第一次踏进白家大门的模样。

少女柔软娇嫩、天真无邪。

那丫头，分明长了一张柔柔弱弱的脸，性子却又刚又硬，半点儿亏也吃不得。

小时候，其他小姑娘受了欺负是哭着回家找哥哥。她倒好，在外面欺负别人不说，回到家还拎着一个槌子准备揍他这个人高马大的哥哥。

所以，他没什么好担心的。以天不怕地不怕的“一米六大佬”的性格，她在外面吃不了亏。白继洲一边安静地想着，一边走进了这间空卧室。

白珊珊是只刺猬，灰色的成长经历让她浑身长满了尖刺。白继洲以前以为，浑身是刺、动辄扎得人头破血流、伤人伤己的白珊珊，这辈子不会让任何一个人走进她的世界。

她就像一个身披铠甲、行走在满山荆棘中的战士，孤独、勇敢、随性、无畏。

她不需要光，因为她自己就是太阳。

这样的姑娘，如果等不到一个能为她斩除荆棘、拥抱她一身利刺的人，那就注定会孤独终老。

令白继洲欣慰的是，他的妹妹等到了。

白继洲忽然轻轻地笑了下，眼底泛着一丝柔光。他扬手拉开窗帘，阳光从窗外洒入，瞬间将整个空荡荡的屋子染成了一片暖洋洋的金色海洋。

丫头，哥打心眼儿里为你高兴。你一定要给我狠狠去幸福啊。

白珊珊就这样又一次搬进了商府。

第一次，她搬进商府是以“大佬的私人心理师”的身份；这一次，是以“大佬未过门的媳妇儿”的身份。

“小姐的东西都带回来了。”商府一层的客厅内，一身黑色刺绣旗袍的大管家脸色平静，恭恭敬敬地请示，“这些行李放在哪间卧室？”

“谢谢格罗丽阿姨。”白珊珊笑着说，“麻烦你放回我的房间。”

话刚说完，一道低沉的嗓音便响起来。

“放到主卧。”商迟没什么语气地吩咐，“从今晚开始，她跟我住一起。”

格罗丽颔首：“是。”然后她就带着提行李的用人们转身上楼去了。

被忽略得非常彻底的白珊珊：管家阿姨，那些好像都是我的东西吧？要放哪里不应该问我由我决定吗？你们俩聊着聊着，就这么愉快地决定了是什么意思？我不要面子的啊？

白珊珊有点儿无语，把吃了一半的草莓慕斯往桌上一撂，扭头看别处，腮帮子小金鱼似的鼓起来，脸上仿佛写着“不爽”两字。

客厅里安安静静，只有偶尔翻动纸页的沙沙声。

白珊珊脸上的“金鱼式不爽”表情维持了差不多十秒钟，然后她的腮帮子就有点儿酸了。她一双小眉毛皱了皱，侧目用余光一瞧，只见江助理站在一旁，商迟坐在沙发上看江旭给他的文件，眉眼低垂，面无表情，手指间的烟安静地燃烧着，似乎完全没注意到角落里暗自不爽的她。

见此情形，本来就有点儿不开心的白珊珊更不开心了。

她郁闷地吹了一口气，收回视线，静了两秒，故作镇定地清清嗓子：“喀喀。”清完嗓子，她连忙又故作镇定地拿起草莓慕斯咬了一口，再故作镇定地嚼了嚼。

江助理一愣，悄悄地瞄她一眼。

商迟目光仍然落在手里的文件上，还是没看她。

白珊珊愤怒了。她眯了眯眼，转过脑袋看向商迟，一双大眼睛瞪得圆圆的，气冲冲地再次“喀喀喀”。

狐狸助理察觉到什么，也非常配合地干咳了两声：“喀、喀喀。”

这一回，专注浏览手里文件的大佬终于有了反应。

商迟抬眸淡淡地看了她一眼，弹烟灰：“甜品吃完了？”

白珊珊皱眉嘟嘴，不说话。

商迟道：“吃完就过来。”

大哥，没看见我在不高兴吗？你让我过去我就过去？

白珊珊腹诽，小脸一垮，握拳，语速飞快，没好气地说：“过去干什么？”

商迟随手把手里的文件夹一合，倾身，把烟头掐灭在烟灰缸里，淡淡地说：“婚纱设计图出来了。你来看看，喜欢哪件。”

白珊珊原本还气鼓鼓的，一听这话，蒙了。

婚纱设计图？啥玩意儿？

她诧异地眨了眨眼睛，瞬间把刚才自己被无视的事忘到了九霄云外，起身跑到了商迟身边。

她凑近一瞧，大佬手上拿着一本厚厚的黑色文件夹。

白珊珊拿过来，随便翻了几页，只见文件夹里都是婚纱设计图，繁复的、简约的，鱼尾的、蓬蓬摆的……款式各异。每张设计图正面右下角附有设计师的名字和设计出图的年月日，背面则附有设计理念和灵感来源等文字说明。

白珊珊不怎么关注时尚界，但好友顾千与是个标准的时尚迷，时不时就会跟她聊聊时尚界里的奇闻逸事。

因此，托顾千与的福，对于国际上一些知名的服装设计师，白珊珊也略有耳闻。

碰巧，文件夹第一页的婚纱设计图落款就是白珊珊听过的一个名字。

斯特凡娜，法国顶级服装设计师，擅长婚纱与晚礼服设计。

白珊珊又往后翻了几页，只觉眼花缭乱，诧异地看向商迟，道：“这些婚纱设计图是……？”

江旭微微一笑，回答道：“小姐，这些图都是国内外顶级婚纱设计师的作品，是设计师们根据你的照片为你设计的，全都独一无二。”

白珊珊眼眸忽地一闪。

这时，商迟捏住她纤细的手腕，轻轻一拉，半抱着她让她坐进自己怀里。然后，他一手搂住她，一手从一旁取过几张单独拿出来的设计图，淡淡地说：“这几件我觉得不错。从里面选。”

两人之间距离近，白珊珊闻到了他手指间清淡的烟草味。脸微微一红，她清了清嗓子伸手接过，翻了翻，然后默默地把大佬选出来的图撂在一边，自顾自地拿起文件夹，翻到一页，指给他看："我喜欢这件。"

商迟看一眼："不行。"

白珊珊不解："为什么？"

"领口太低。"

"哦。好像是有点儿。"白珊珊仔细看了几眼，撇撇嘴，放弃，继续往后翻。眼前一亮，她又说，"这件也好看。"

"不行。"

"为什么？"

"背露得太多。"

"好吧。"白珊珊再次沉默，再接再厉继续翻，又发现一张图，赶紧献宝似的举到商迟眼皮底下，"这件总行了吧？又不露胸又不露背，简洁大方、大气稳重。"她又细又白的大拇指跷起来，"不错！"

谁知，商迟这回连余光都没扫一眼设计图便直接拒绝了，语气很平静："不行。"

白珊珊这下是真不明白了，瞪眼："为什么？这件够保守了呀！"

商迟面无表情，没说话。

白珊珊没等到答案，扭过脑袋看站在边上的狐狸助理，眯了眯眼，那眼神就像是在质问。

江旭纠结了，一边是老板一边是老板娘，两个大佬他谁也不能得罪。

怎么办呢？

狐狸助理积极开动脑筋思索着，两秒后，一个小灯泡叮一声在江助理头顶亮起来。他笑了笑，道：“是这样的，小姐，这位叫菲克的设计师之前有一些负面新闻，我们还是避开为好。”

“这样啊。那确实不行。”白珊珊听完，表示理解，把那张图跳过了。

她又接连问了几件，全都被商迟以各种理由给筛下去了。

“这不行那不行，就只能在你喜欢的这几件里面选吗？”白珊珊终于忍不住了。她一把抓起那几张“独得圣宠”的设计图，举到商迟眼前挥挥，说，“你这什么审美？婚纱啊，裹得跟粽子似的，你怎么不干脆让我穿宇航员的衣服？”

一听“宇航员”三个字，边上的江旭再也忍不住，扑哧一声笑出声来。

商迟一记冷冷的眼刀扔过去。

江助理干咳一声，迅速在半秒钟的时间内调整好面部表情，憋笑憋到受了内伤。

“别不高兴。”商迟捏住白珊珊的下巴抬起来，低头在她脸蛋儿上吻了吻，轻轻地哄道，“你不喜欢，就让设计师重新设计。”

白珊珊不满地噘嘴，忽然抬起两只手捏住商迟的两边脸颊，用力一掐，道：“我不要裹成粽子！”

江助理看着自家铁血无情、杀伐果断的老板的一张冷漠英俊的脸被准夫人捏到变形，整个人惊呆了。

江旭暗暗比了个大拇指。不愧是大佬的女人，这胆识、这操作，厉害！

几秒后，非常有眼色的江助理拿着被两位大佬筛掉的婚纱设计图悄无声息地退出去了。

白珊珊捏着商迟的脸不放手，继续软着嗓子跟他撒娇，道：“我要露胳膊，我要露锁骨，我要当整个B市最好看的新娘子。你不许成为我选婚纱道路上的绊脚石！”

商迟抓住她又软又白的小手送到嘴边亲了亲，目光直勾勾地落在她的脸蛋儿上，淡淡地说："你怎么都是最好看的。"

白珊珊被他夸得脸上一热，嘴角不自觉往上翘了翘，但又很快放下去。她清了清嗓子，忽然道："在你心里我最美，对吗？"

商迟说："嗯。"

"在你心里我最重要，对吗？"

"嗯。"

白珊珊笑，抬手拍了拍眼前大佬的宽肩，试探着继续问道："既然这样，那你是不是应该什么都听我的？"

闻言，商迟静默半秒钟，点头："对。"

"很好。"白珊珊脸上绽开一抹灿烂的笑容，说，"那我们说好了，今后外面的事我不管，家里的事都我说了算。所以，婚纱的事我要自己决定。"

姑娘喜滋滋地说着，商迟却一直盯着她。某一刻，他眼神忽地一沉，半晌无言。

她察觉到什么，忽然顿住，眨眨眼，一头雾水地望着他："怎么了，我说错什么了吗？"

整个客厅有片刻安静。

商迟轻轻地道："你刚才说，'家'？"

闻言，白珊珊愣了一下，自己都没意识到自己说出了这么一个字。

良久，白珊珊伸手用力地抱住了眼前的男人。

商迟微微一怔，下一刻，双臂环住她，用力地收拢。他低头，唇印在她毛茸茸的头顶上。

白珊珊也不知道自己怎么就忽然湿了眼眶。她嘴角带着笑，声音却微微哽咽，道："是啊，我们的家。"

何以为家？

对两人来说，有商迟的地方，就是白珊珊的家；有白珊珊的地方，就是商迟的家。

数小时前。

江旭收到了各位国际知名设计师加班加点赶出来的设计图，立即送到了自家老板跟前，道："先生，婚纱设计图的初稿已经出来了。因为我们要得急，质量可能不是很高，之后他们还会精修调整。请您先过目。"

商迟随手翻了几页，选出其中一张设计图，道："这个还不错。"

不露胸、不露背、不露腰，可以把他的白珊珊遮得严严实实。嗯，满意。

江旭看了一眼，随口道："菲克先生是意大利国宝级的设计师。菲克十分喜爱白小姐的五官，据他说，他看到白小姐照片的第一眼便灵感涌现。他认为白小姐面容既符合东方人审美，也符合他们西方人的审美，是难得的大美人。难怪他会设计出令先生满意的作品。"

闻言，商迟抬眸看他，微微挑眉："是吗？"

江旭微微一怔，这才后知后觉地反应过来自己说错了话，顿时连肠子都悔青了，只能朝自家老板露出一个尴尬而不失礼貌的微笑。

谁不知道老板稀罕自家小宝贝稀罕到恨不得把她藏起来不见人？他怎么可能容忍其他男人对白小姐有仰慕之情？

自己一定是脑袋被门夹了，才会跟老板闲聊这个。

商迟安静几秒，没什么语气地说："我没记错的话，这个菲克租用了莱斯蒂博物馆的第三层，准备用来举办他为期一周的服装设计展，时间就在下个月。"

江旭一脸茫然地点头："是的，先生。"

"莱斯蒂博物馆是我的。"

江旭还是一脸茫然地点头："是的，先生。"

“通知意大利那边，”商迟面无表情，随手把那张菲克大师的设计图丢到一边，轻描淡写地道，“我的博物馆，不租给他。”

江旭没想到老板竟然会这么说。看来爱情不仅使人盲目，还会使人幼稚。

江旭郁闷地沉默了一会儿，点头：“好的，我马上通知意大利分部。”

婚礼筹备上了。

商氏能人异士、精英大佬众多，白珊珊这个准新娘倒是落了个清闲，每天白天除了吃和睡，就是选选婚纱、打打游戏，偶尔抽空再跟小老弟们视频语音聊聊天，联络联络感情。

晚上的生活就更单调了，就是和商迟在床上度过。

对此，她曾无数次向商迟抗议，动之以情晓之以理。其中一次，她一双小手握住大佬的大手，苦口婆心地道：“商同学，你有没有听过一句话，叫‘年少不知肾可贵，老来望床空流泪’？你这么不知节制，我觉得你很快就要靠吃肾宝度日了。”

商迟对她的质疑充耳不闻，甚至变本加厉。

从那以后白珊珊就老实了。她觉得以商迟这如狼似虎的架势，会肾亏的不是他，是她才对。为了自己的身体健康着想，她在网上悄悄地买了很多盒肾宝囤着。

一次和顾千与视频聊天时，白珊珊无意间提起了这个事。

她靠在卧室的小躺椅上，忧心忡忡地说：“怎么办啊……我现在才二十几岁，就这么禁不住大佬折腾了。”

顾千与听出了好友语气里对未来的浓烈担忧。她看了一眼白珊珊的熊猫眼，又看了一眼白珊珊那娇小、弱不禁风的小身板儿，啧了声，悠悠长叹：“多吃点儿补品先补着吧。你家大佬看起来就很猛，但是万万没想到，会猛得这么令人发指……常言道，‘三十如狼四十如虎'，商大佬还没到三十岁就这样了，你自己好好保重吧。"

白珊珊想：三十如狼四十如虎是认真的吗？这个剧本都能拿到？

白珊珊沉默了五秒钟，才耷拉着脑袋怅然叹道："唉，商迟真的太不是人了。我们的生活现在就开始不和谐了，好难过。"

其实，虽然没有比较，但是白珊珊完全可以肯定，商迟在这方面绝对是个中翘楚。她的感官体验确实不错。

不过……这事真的太累了，累得白珊珊一度怀疑人生。

她觉得商迟适合生活在可有三妻四妾的古代。就他这精力和需求量，她一个人怕是吃不消。

这时，视频那头的顾千与忽地脸色微变，清了清嗓子，提醒道："那个，珊珊……"

然而，这头的白珊珊还沉浸在自己的思绪中，头也不抬地问道："你说，我们会不会因为这个感情破裂啊？"

话音刚落，一只大手从天而降，把她的手机抽走了。

白珊珊愣住了，嘴角抽了抽。她跟机器人似的缓缓把头扭向后边，一抬眼就看到商迟在她身后。

白珊珊傻了，心里却还在吐槽：大哥，你走路没声儿啊？什么时候回的房？？

商迟把她的手机锁屏，随手丢到一旁的桌上，看她："我不是人？"

白珊珊默然。

商迟问："生活不和谐？"

白珊珊默然。

商迟又问："感情破裂？"

白珊珊继续默然。

商迟眯了眯眼，弯下腰，修长双臂撑在她身体两侧，将她完全圈进自己的怀里，一字一顿地低声道："白珊珊，你明天不想下床了？”

事实证明，大佬中的大佬不愧是大佬中的战斗机。第二天，商府的准夫人果然如商大佬所言没能下床。

从头天夜里被商迟折腾到天亮，白珊珊十分绝望。其间，她红着小脸，泪眼迷蒙，又哭又闹还撒娇耍浑，所有招数齐上阵，硬是没换来大佬一丁点儿怜悯之心。

商迟抱着她吻着她，嗓音温柔，沙哑地哄着她。

次日傍晚，被商迟狠狠疼爱了一整宿的白珊珊终于从睡梦中醒来。她躺在床上，睡眼惺忪地揉了揉眼睛，盯着天花板发了会儿呆，忽然想起了自己昨晚在商迟怀里晕过去的事。

霎时间，白珊珊羞愤欲绝，死的心都有了。

就在她准备给商迟打电话怒斥他令人发指的行径时，咔嗒一声，主卧的门被人从外头拧开了。

白珊珊转过脑袋一瞧，来的人不是别人，正是酿成昨晚发生在她身上惨剧的罪魁祸首。

白珊珊下意识地身子一僵，用被子把自己飞快地裹成了一个粽子，全身上下包得严严实实，只露出一颗毛茸茸的脑袋。她一双亮晶晶的眸子瞪着门口那位大佬。

商迟应该是才结束工作从公司回来。他眉宇间带着一丝疲惫之色，身上穿着一件纯黑色的衬衣，领口处的扣子松开几颗，西装外套搭在手臂上。整个人看着高贵淡漠又威严强硬。

这副不染尘埃、高高在上的模样，令白珊珊生出一种错觉：眼前的男人和昨晚对她放肆掠夺的那个，似乎不是同一个。

“醒了？”商迟进屋，随手把西装外套丢在一旁的沙发上，在床沿上坐下来，习惯性地将床上的姑娘连人带被抱进怀里。

白珊珊这会儿裹得跟个木乃伊似的，手脚全在被子里，想挣脱也没办法，只能窝在他怀里。她的脸蛋儿皱成一个包子，满脸不高兴。

商迟垂眸，盯着怀里的小家伙，手指在她羞红了的光滑脸颊上轻轻摩挲。察觉到她不满的表情，他轻轻地挑了一下眉，挑起她的下巴，语气很淡：“怎么了？”

怎么了？

你居然好意思问我怎么了？！

白珊珊的嘴角不受控制地抽了抽。闭眼，深吸一口气吐出来，在默念了几遍“南无观世音菩萨”平复心绪之后，她才重新睁开眼，把内心那股杀人的冲动给压了回去。她微笑道：“没什么。商先生，我今天不想和你说话，麻烦你哪儿凉快哪儿待着去，再见。”

话音刚落，蚕宝宝小姐就挪了挪，准备从她家大佬怀里滚出去。

然而，白珊珊刚挪回床上，一只修长有力的大手就从她腰上环了过去。

商迟面无表情，使劲儿一拽，把那个裹着被子的小东西重新捞回怀里抱住。他让她怒气冲冲的脸蛋儿朝向自己，端详几秒后，问：“你在生我气？”

白珊珊沉默片刻，说：“没。”

商迟直勾勾地盯着她：“为什么？”

白珊珊挣了挣，别过脑袋看向其他地方：“谁跟你生气，我闲得慌吗？”

商迟把她的小脸扳回来，静默片刻，左侧眉峰轻轻一挑，眼底浮起一丝让人不易察觉的兴味。他又说：“因为昨晚你晕了过去？”

兄弟，你能不能委婉一点儿？

白珊珊两边脸颊瞬间红了个彻底。她眼睛瞪得圆圆的，又羞又气，两只小手忍不住从被子里钻出来去捂他的嘴：“不许说。闭嘴、闭嘴！”

姑娘又软又白的小手贴上商迟的唇。他漆黑的眸子里浮起一丝笑意，捏住她的手轻轻吻了吻，道："不用害羞。"

白珊珊愣了下："什么？"

商迟低头亲了亲她的脸蛋儿，道："我很高兴自己能让我的公主有这种体验。"

白珊珊愣住了。

"不过你的体力不好，应该加强体育锻炼。"商迟淡淡地说，"你要尽快习惯我。为了让你不那么容易晕，我之后会让格罗丽给你安排一个私人健身教练，增强你的体质。"

白珊珊这时的心情已经不能用"诧异"或者是"震惊"来形容了。她一直都知道商迟的想法异于常人，不能用正常人的思维去理解——无论是高中时代还是现在，这位大佬都是个"奇葩"。

然而，白珊珊万万没想到，这位大佬会"奇葩"到这个地步。

昨晚的事，这位大佬非但不检讨自己的非人行为，反而觉得是她体力不好？还为此准备给她安排一个私人教练来增强体质？

大佬脸皮之厚，简直堪比城墙。

他是怎么做到一本正经地说出这么厚脸皮的话的？

看着眼前这张冷静英俊的脸，白珊珊沉默，不知道该用什么表情来面对这位大佬了。

屋子里安静了三分钟。

然后，白珊珊选择无视这个话题，话锋一转，道："你才从公司回来吗？"

"嗯。"商迟的指尖摸了下她的脸颊。

这时，一阵敲门声从屋外传了进来，嘭嘭嘭。紧接着格罗丽的声音响起，恭恭敬敬地道："先生，晚餐准备好了。"

商迟应了声，手指捏住白珊珊的下巴，晃了晃，温柔宠溺地道："睡了一天，饿了没有？"

白珊珊撇嘴，可怜巴巴地点点头："饿。"

“乖，穿衣服，起床吃饭。”商迟低头吻她的唇，一下，再一下，然后道，“你睡衣呢？”

白珊珊脸蛋儿发热，有些不好意思，支吾道：“不是昨天被你撕坏了吗？……”

商迟面无表情地回忆了一会儿，想起来了。

他一碰白珊珊就会失控。昨晚失控之下，他撕了她的睡衣。

他的冷静理智和自控力在这个叫白珊珊的姑娘面前崩得彻底。商迟也曾尝试控制，通过一系列方法来转移注意力，降低自己对她的热烈渴望，但是，根本不行。他只会越陷越深。

商迟起身进了衣帽间。纯男性化的一个冷硬空间，黑西装、白衬衣，单调、简洁，却因为多出来的浅色裙装和那些卡通图案小T恤而有了几分生气。

两种风格格格不入，又极其和谐。

商迟随手拿了一件宽松的T恤裙走出去，坐回床边，把姑娘从被子里捞出来，给她穿。

“我自己来吧……”白珊珊不好意思，捏着棉被，红着脸小声道。

“左手。”商迟眉眼平静，淡淡地说。

白珊珊没辙，只好硬着头皮抬起自个儿的左边胳膊，乖乖地让他给自己穿衣服。

看着商迟冷静专注的目光，看着他给自己套T恤裙的轻柔动作，白珊珊一双大眼眨巴了两下，觉得自己好像多了一个爸爸。

她不知在哪里看过一句话：“如果一个男人爱你爱进骨子里，会不自觉地把你当成女儿来宠。”

白珊珊心里一甜，感觉暖暖的。

她以前看不起网上的那些“心灵鸡汤”，也不相信世间会有童话般的爱情。她以为那只是编剧和小说家们胡编乱造的。

直到她遇到她的爱情，遇到商迟。

白珊珊思绪乱飞，不由得怔怔出神。

这时，男人忽然淡淡地来了句："看什么？"

白珊珊回过神来，两颊更烫了，清清嗓子移开目光，以一种没事人似的语气道："没……没看什么啊。"

商迟扳过她的下巴，直勾勾地盯着她。然后，他忽然没什么语气地问："我好看吗？"

白珊珊被这个问题问蒙了，没想到他还有自恋的时候，一时半会儿没回过神，愣了下才点点头："好看啊。为什么这么问？"

商迟勾了勾嘴角，向来冷漠冰凉的眸似被窗外的夕阳染上了暖意。他说："十年了。"

白珊珊不解："什么十年？"

商迟说："我等你的这个目光，等了十年。"

十年前，少女时代的白珊珊喜欢他，为他练舞，为他庆生，把他当作全世界最珍贵的存在，眼中只看得见他。那时，她看他的眼神带着光。

而今十年过去，他终于再次看见了她深爱迷恋自己的目光。

白珊珊起初没反应过来，愣了几秒后，明白了他话中的深意。她唇角轻轻往上弯起，伸手抱住他，仰起小脖子，把唇轻轻地印在了他的眉心。

她笑道："以后，我还会用这样的目光看你一百年。"

她爱的男人，不善良、不正义，不是传统意义上的正派人物，却有他自己的坚持和法则。他心狠手辣、冷酷无情，却将心底唯一有光的净土留给了她，护着她宠着她，为她遮风挡雨，为她披荆斩棘。

商迟，你总说我是你的公主。但你不知道，在我心中，你从来不是我的骑士，你是我誓死拥护的国王。

晚上，商迟公司有紧急会议，他加班未归。白珊珊正蜷在商府的花园里晒月亮打游戏，一通电话打了进来。

她看一眼来电显示：顾千与。

白珊珊正在打团，想直接挂掉电话，又怕好友有急事，纠结半秒后还是接了电话，眯着眼睛道："对面马上就要上高地了，这是我们一决生死的团战。我可是冒着被四个队友集体举报的风险接的电话，所以，你最好有点儿正事！"

下一秒，听筒里传出顾千与的声音："哦，这样啊，那你继续打团吧。刚才我、刘子和昊子打赌来着，他们都说你的夜晚是属于商大佬的，大佬一定不会允许你接我的电话。但是我相信，咱们俩情比金坚，所以我们赌了十包辣条。我赢了，再见。"

啪嗒一声，白珊珊掰断了不知从哪儿捡起来的一支笔，恶狠狠地说："顾千与——"

电话另一端，一阵冷风嗖嗖钻进顾千与领子里。她干巴巴地笑了下，道："开玩、开玩笑。大哥息怒、大哥息怒。"

白珊珊问："到底什么事儿？"

顾千与道："下周五市一中要举办建校一百周年的校庆，听说邀请了好多名人校友回学校看校庆晚会。你接到通知了吗？"

白珊珊皱眉，认真回忆了一会儿，道："没有呀。"顿了下，她默默地补充，"咱们一中出了那么多名人，商界、政界、文娱界，我这水平的只能算是混得一般，不邀请我也正常。"

"这样啊，"顾千与道，"那好吧。我有个记者朋友在做一中百年校庆的报道，她在找我打听情况，我本来想你要是受邀参加了，就让她跟你联系……哎，对了。"

顾千与像是忽然又想起什么。

白珊珊狐疑地问："怎么？"

顾千与道："你没被邀请，你家商大佬肯定在邀请名单里啊……

这样，你晚上帮我问问你家大佬，看他有没有拿到一中校庆流程之类的东西。”

“OK。”白珊珊答应得很爽快，“等他回来我帮你问问。”

“谢啦。”

两人又闲聊几句。

白珊珊挂断了电话，重新连入游戏一瞧，他们这边的小水晶果然已经被砍爆了。

白珊珊小肩膀一垮，有些沮丧，正准备重新开一局时，一阵脚步声从不远处传来，沉稳有力，由远及近。

白珊珊察觉有人靠近，还没来得及转过头便觉身子一轻，已被人从摇椅上抱了起来。

“大晚上不在卧室等我，在花园里做什么？”商迟低头，惩罚性地咬了一口她粉嫩的唇瓣。

“你回来啦？”白珊珊打了一个哈欠，两只小胳膊自然而然地搂住他的脖子，道，“今天晚上月色不错，我出来赏月。”

商迟说：“天色不早，该睡了。”

闻言，白珊珊想到了什么，脸蛋儿泛红。突然，她想起顾千与的话，眨眨眼，清清嗓子正要说什么，商迟却先一步开口了。

他淡淡地说：“下周五，一中校庆，你和我一起去。”

白珊珊眼眸微微一闪，惊喜地道：“啊，原来我也受邀了吗？”想不到在校长心目中，她也算个很有出息的名人。

“没有。”

白珊珊无语了：“只邀请了你，那我跟着你去干什么？”我去给你们这群大人物当小绿叶吗？

商迟低头吻了吻她的唇，轻轻地道：“秘密。”

当晚，白珊珊收到了设计师索菲娅发来的婚纱设计图终稿。这位来自法国的知名女设计师，设计风格以复古文艺闻名于全球时尚界。在她手上诞生的婚纱，被业内人士称为“爱神遗失在人间的艺术品”。

在给出设计终稿之前，索菲娅曾专程致电江旭，了解商迟和白珊珊两位新人的恋爱史，以寻求设计灵感。

在听江助理简单讲述完商氏大佬和他家准夫人的十年爱情之路后，索菲娅大师灵光乍现，给白珊珊设计的这件婚纱取名为Fairy Tale——人间童话。

此件婚纱延续了索菲娅一贯的复古宫廷风，端庄大气，宛如中世纪欧洲公主的嫁衣。裙摆和一字肩领口处通透的白纱中加入了一丝粉色，平添一丝学生气和俏皮，暗示这对璧人从学生时代延续至今的浪漫恋情。

看着电脑屏幕上的设计图，白珊珊喜欢得不行，一双大眼睛弯成月牙，嘴角也翘得高高的。她托着腮，望着这件华丽又不失清新的婚纱发呆。

忽然，她眼前的笔记本电脑屏幕被合上了。

白珊珊微微皱眉，扭过脑袋瞪向商迟，不满地嘀咕道：“你做什么？我还没欣赏够呢。”

商迟脸色淡淡的，关掉电脑，把怀里噘嘴撒娇的姑娘一把抱起来往浴室走，没什么语气地说：“你已经盯着那张图看了十分钟了。”

不就一件婚纱的设计图，哪里值得她聚精会神看这么久，十分钟没和他说一句话？

白珊珊还沉浸在对婚纱的满意和期待中，丝毫没有察觉到男人眉宇间的不悦，一双胳膊抱住他的脖子，由衷赞叹：“不愧是知名婚纱设计师设计出来的婚纱，太好看了。而且这名字也取得美。一想到那么漂亮的婚纱将来会穿在我身上，我就好开心。”

商迟走进浴室，把她放在洗脸台上让她坐好，反手关上浴室门，拧开花洒。哗啦啦的水流声瞬间充斥整个空间。

商迟解开衬衣的扣子，微微俯身，一手撑在她身体左侧，将姑娘娇小的身子完全禁锢在自己的怀抱里，另一只手轻轻刮了下她的脸蛋儿。

这个姿势……

白珊珊脸忽地一红，下意识地往后缩了缩，想躲开。

商迟已环住她的腰，低下头，湿润的唇轻轻地落在她的眼角。他的语气温柔又宠溺："我的公主这么美，什么样的婚纱穿在你身上，都会很漂亮。"

白珊珊心里甜得能流出蜜来，嘴角不自觉往上弯，表面上却把视线移到了天花板上，轻描淡写地啧了声，抬起手，学他平时的动作用指头掐了掐商迟棱角分明的下巴，轻轻地道："商总这张嘴比灌了蜜还甜呢。你这么会说话，以前怕是没少说过？"

商迟漆黑的眸子里满是浅浅的笑意："只对你说过。"

"哦，这样啊。那商总可真是纯洁无瑕。"白珊珊挑挑眉，故意一脸不相信地说。

其实，白珊珊纯粹是抱着开玩笑的心态问这话的。她今年二十七岁，按照老一辈的眼光来看，已经快是个"剩女"了，当然不可能还像少女时代那样对爱情有洁癖心理。

商迟人帅多金，无论是家世背景还是自身能力都是一等一的，就他这条件，追他的女人只怕能从B市排到夏威夷。将近三十岁的大老爷们儿，精力和体力又非常旺盛，若是在她之前从来没有过女朋友，她都不相信。

至于江旭很久之前对她说过的，他家老板守身如玉、不近女色这番话，白珊珊根本没往心里去。狐狸助理对商迟忠心耿耿，为了帮商迟追她，别说是"守身如玉"，恐怕就连"商迟曾经代表全人类登过月"这样的话都说得出来。

然而，商迟听见这话，眸色忽地变深。

他捏住白珊珊的下巴，盯着她，一侧眉峰很淡地扬了下，说：“你不信？”

白珊珊好笑，眨巴着一双大眼瞧着他，扑哧一声笑了：“喂，我说商同学，你觉得我会介意这种事吗？你一个奔三的人，之前有过女朋友很正常啊。这又没什么。”

商迟的语气却很沉。他说：“你介不介意是一回事，我有没有做过，是另一回事。”

白珊珊被这人突然的认真态度给弄蒙了。她眨了眨眼，眼眸闪烁，愣了五秒钟才低呼出声，难以置信地说：“不是吧……高三毕业到和我在一起的这十年里，你真的没有交往过其他女朋友？”

怎么可能？白珊珊无法相信。

商迟很冷静：“没有。”

白珊珊不解：“为什么？”

商迟专注的目光落在姑娘的面容上，视线依次扫过她的额头、眉眼、小巧的鼻梁，再是浅粉色唇瓣。他在用视线描摹她的轮廓，眼底的光是柔和的。

他只回答了一句话：“其他人，都不是白珊珊。”

商迟要的，从始至终就只有白珊珊一个，全世界独一无二的白珊珊。除她之外的其余女人，在商迟看来没有任何分别，他甚至她们的连长相都记不住，更不会多看一眼。

白珊珊已经彻底被惊住了。

浴室陷入片刻安静，只能听到哗啦啦的水声。

半晌，她才回过神，支吾道：“好吧……”一顿，她认真思考几秒，补充一句，“那这些年，真是辛苦你了。”

这么可怕的一个男人，居然真的能为她守身如玉，实在是让人难以置信。

坦白地说，白珊珊心里还挺感动的，就是……

“不过，照你这说法……”白珊珊嗫嚅，脸蛋儿已经完全红透，似乎不好意思，半天都挤不出下文来。

商迟亲昵地捻了下她的小耳垂：“嗯？”

算了。反正不该做的、该做的都做完了，我只是问一下，也没必要太害羞吧？

白珊珊给自己做了会儿心理建设，深吸一口气吐出来，然后才鼓起勇气一般，用一副非常淡定的语气问道：“照商同学你这说法，你在和我……那什么之前，还是个……雏？”

商迟低头啄她的脸蛋儿，应得平静：“嗯。”

白珊珊着实震惊了，下意识地脱口而出：“不可能吧？那你的技术怎么这么好？”

这一嗓子吼完，整个浴室再次静了。

商迟直勾勾地盯着她，似笑非笑，眼底带着一丝兴味。

白珊珊后知后觉地意识到自己说出了怎样的一句话，嘴角抽了抽，悔得肠子都青了，恨不得把说话不经过大脑思考的自己给掐死。

她羞得整个人都快冒烟儿了，耷拉着脑袋，绞尽脑汁地思索着补救措施，根本不敢抬头看对面。

头顶上传来一声很淡的笑。

白珊珊听了，更羞了。

商迟低头吻住她的唇，嗓音低低的，十分沙哑，温柔地说：“公主殿下，你缺乏常识。在这种事上，男人都会无师自通。”

一中百年校庆这天，是一个艳阳高照的好天气。晴空万里，整个B市的天空呈现出极为难得的澄净的蓝色，连一片云也看不见。

在去一中的路上，白珊珊趴在车窗上朝外看，不由得笑盈盈地感叹：“今天的天空好蓝啊。”

印象中，这种蓝到几乎透明的天空颜色，她上一次看见还是在高三。

商迟抬眸，顺着姑娘手指的方向望了一眼天，目光很快回到她脸上。他伸手轻轻地抚了抚她的脸颊，勾勾嘴角："你心情不错。"

"嗯。"白珊珊笑，"不知道今天会不会见到章老头儿。"

数分钟后，纯黑色的豪车停在了B市一中的校门口。

一中是B市数一数二的好学校，从一中走出去的名人校友数量之多，堪称B市中学之首。B市一中桃李满天下，人才精英遍布各行各业，受校长邀请，校友精英们纷纷应邀，回母校观看校庆演出。

白珊珊老远就瞧见了悬挂在校门口的大横幅："热烈庆祝B市第一中学建校一百周年，欢迎各位校友回到母校。"

好些个身着校服的少男少女站在校门口，笑盈盈地在老师们的带领下做着迎宾工作。

气氛喜庆而热烈。

看着少年们沐浴在阳光下朝气蓬勃的面容，白珊珊弯起唇，不由得生出一种感叹，认真地道："商同学，跟这些孩子一比，我好像真的老了。"

一转眼，她的高三竟已是十年前的事了。

商迟勾了勾嘴角，眼神宠溺，并未言语。

他手臂微抬，白珊珊扬起唇角，自然而然地挽住他的胳膊，两人一道走向校门。

一个十七八岁的穿校服的少年迎上来。少年明显有些紧张，脸上的笑容有些僵，但依旧有礼貌地询问道："您好，请问两位是受邀来参加校庆的校友吗？"

白珊珊忍不住朝少年微笑。她觉得青春真的是世上最美妙的事，连少年额头上那颗小小的青春痘，看上去都无比可爱。

她把邀请函递了过去。

少年接过，然后笑着道："学长学姐请进。离校庆演出开始还有二十分钟，体育中心在、在……”

小伙子紧张得说话都有些结巴，白珊珊笑起来，温柔地道：“我们知道体育中心怎么走。”

“哦。”少年脸一下红了，窘迫地挠挠头，又说，“体育中心门口还会有人接待你们的。”

挥别可爱的少年，几分钟后，两人进了体育中心，在负责引导的同学的带领下到贵宾席落座。

偌大的体育中心灯光璀璨，座无虚席。空气里飘扬着一中的校歌，一切都朝气蓬勃，一切都充满希望和生机。

白珊珊和商迟十指交握，安静地坐在人群中，谁都没有说话。

忽地，灯光暗下，演出即将开始。

就在这个时候，白珊珊注意到了坐在她斜前方的一个背影。那道背影很宽厚，也许是人上了年纪，他的背脊已呈现出轻微的弯曲，两鬓也已花白。

白珊珊眼眸忽地一闪，动了动唇，出声：“章老师？”

这时整个会场已安静下来，因此，她的声音非常清晰地传到了前排。年过五旬的章平安皱了下眉，回转身体，一下就看见了坐在后排的一双璧人。

俊男美女，耀眼无双。

他觉得他们眼熟。

章平安眯了眯自个儿那双老花眼，视线在商迟和白珊珊脸上来回扫过，回忆着：“你们是……？”

不知为什么，白珊珊眼眶忽地一湿，一下就哽咽了，道：“章老师，我是白珊珊，是您２０××届班上的学生。”她顿了下，又哭又笑地说，“那个升旗仪式上站着打瞌睡的‘火烈鸟’。”

一听“火烈鸟”三字儿，章老头儿一下想起来了。

他一拍脑门，咧开嘴笑道：“白珊珊？那个经常迟到、成天写检讨的白珊珊？我想起你了。”说着，他眼神一转看向一旁淡笑着的商迟，道：“你是……？”

商迟说：“章老师，我是白珊珊的同桌。”

“商……商迟？”章平安惊喜地道。

这两个学生，都是当年班上成绩优异的优等生，而且性格都非常突出。因此，即使已经过去了十年，章平安对两人的印象也非常深刻。

章平安乐呵呵地关心起了两位学生的发展状况。

闲聊几句后，章老头儿注意到了两位学生紧扣着的双手，一愣。几秒后，他又反应过来，意味深长地道：“当年学校明令禁止早恋，你们俩没违反校规校纪吧？”

白珊珊的脸忽地红了，她下意识地就想把手抽回来。

商迟脸色平静，修长的五指极有力，握得紧紧的，不许她躲。

她只好继续硬着头皮由他握着手，支吾道：“没有，章老师，我们是最近才在一起的。”

章平安闻言很惊讶：“最近才在一起？我还以为你们毕业就在一起了。”当年班上的这对金童玉女，也算是一中的一段佳话，就连两耳不闻窗外事，一心只教圣贤书的章平安都略有耳闻。

商迟余光看了白珊珊一眼，语气不咸不淡：“她太难追。”

白珊珊小金鱼似的鼓起腮帮子，瞪他。

章平安被两个当年的学生逗笑了，然后冲商迟促狭地眨眨眼睛，低声道：“追到了就好。”

商迟弯了弯唇：“对。”

校庆演出开始了。

十几岁的少男少女们有的跳街舞，有的唱合唱，整台晚会，节目类型众多，办得非常成功。

校庆晚会最后，校长上台致辞，郑重感谢了应邀回母校的优秀校友们。

白珊珊在台下鼓掌。从这场晚会开始到现在，她的眼眶一直有些湿润。不知为什么，听着校长抑扬顿挫、不太标准的普通话，听着龅牙教导主任熟悉的带头鼓掌声，她有一种错觉，她和商迟仿佛都还是十几岁，都正值青春年华。

校庆演出结束了。

深秋时节，校园的银杏树落下了满地树叶。

白珊珊和商迟并没有立刻离去。两人手牵着手，在路灯照耀下的校园里漫无目的地散步，气氛静谧，谁都没有说话。

忽地，商迟停了下来。

白珊珊一怔，抬起头，这才发现他们不知何时已经走到了后校门的小巷入口处。

小巷还是那条小巷，又似乎不是记忆中的那条小巷了。一样斑驳的老墙，一样的路灯，一样的街道，只是路边那间小杂货铺早已换成了时下最火的网红奶茶店。

白珊珊有瞬间的失神。

时光洪流从眼前滚滚而过，她仿佛看见了躲在课桌下偷偷听歌的顾千与，上课打瞌睡的刘子，总是抄她作业的昊子，还有对她说“我的同桌，也是我的东西”的冷漠大佬同桌。

忽地，她的耳畔传来一句话：“白同学。”

白珊珊眼眶是湿的，侧目：“嗯？”

商迟俊美无俦，慢慢与她记忆中清冷的少年重合在一起。

他手上不知何时多了一个小礼盒。

白珊珊诧异地眨了眨眼睛。

片刻后，商迟打开礼盒，从里面取出一枚戒指递到她面前，说：“我们来做一个交换。”

白珊珊怔怔地问：“什么？”

商迟的目光落在小巷尽头的某处，淡淡地说：“你让我为你戴上戒指，我陪你翻墙。”

白珊珊愣住了。

“兄弟，看你这样子是第一次迟到吧？”记忆深处，她看见十七岁的少女一脸不羁，两手抱肩吊儿郎当地看着从豪车上下来的阴郁少年，然后跷起拇指往身后一指，挑起眉，“带你翻墙。”

白珊珊忍不住了，泪水模糊了视线。她抬手揉了揉眼睛，故意道：“拜托，这位大佬，请问你这是逼婚还是求婚？求婚这么严肃又浪漫的事，你想就这样打发我吗？连句‘我爱你’都不说？”

哪儿有这么蛮不讲理的？？？

商迟垂眸，不由分说地捏住姑娘的手，抬起来，把戒指套在了她又细又白的无名指上。

商迟轻轻抬起她的脸，低头吻上她眼角的泪珠。他微微闭上眼睛，沙哑地道：“我爱你，太久了。”

白珊珊泪崩。

这条小巷是所有故事开始的地方。

兜兜转转十年，一切终于回到了正轨。

白珊珊伸手用力抱紧了他，说：“我也是。如果一切可以重来，我在十七岁那年就一定抓紧你的手，不会跟你错过十年。”

商迟吻住她的唇：“我们还有很多个十年。”

白珊珊破涕为笑。

余生还那么长，错过的虽令人遗憾，却无伤大雅。

她反手抓住男人骨节分明的大手，轻轻一扬眉，道：“走，带你翻墙。”说完她不等他回话，牵着他朝小巷的尽头跑去。

（正文完）

番外一

爱是信仰

自从大佬在一中校门附近的小巷向自家的心肝宝贝正式求婚之后，商家的准夫人——白小姐，就过上了待嫁的优哉游哉的小日子。每日衣来伸手，饭来张口，除了要应付大佬异于常人的夜间需求外，她几乎没有其他的运动。

商府法国大厨的手艺是一流的，商府的伙食也是很好的，就这样不到一个月，白珊珊漂亮的小尖脸就长成了肉嘟嘟的小胖脸，连下巴都圆了。

某日清晨，看着镜中自己圆圆的脸蛋儿，白珊珊有点儿郁闷又有点儿狐疑地鼓了鼓腮帮，抬手捏捏自己脸颊上的肉，嘀咕："迟迟，我最近是不是长胖了呀？"

商迟闻言，躺在床上都没睁眼，长臂一伸便将镜子前的小家伙捞回胸膛上紧紧抱住，指尖在她脸蛋儿上摩挲一阵，找到她的唇瓣，捏捏，然后便轻咬了一口。他开口，嗓音低沉慵懒，透出一丝沙哑，漫不经心地嗯了声，说："是比以前胖些。"

白珊珊一听这话，深受打击，沮丧地道："我真的长胖了吗？

天……”看来，“幸福使人肥胖”还真不是瞎扯的。

肥胖果然是全人类的公敌！她必须得行动起来！

白珊珊瞬间感受到了一种前所未有的危机感。她心里不安，忽然伸手用力握住了商迟捏她脸蛋儿的大掌，正色道：“你之前说的健身教练呢？快请来吧。请他为我制订出‘男人看了会沉默，女人看了会疯狂，十五天打造魔鬼身材’的减肥计划，谢谢！”

商迟捏住她的下巴轻轻一晃，微微挑眉道：“不许减。”

她身子本就娇小，以前细胳膊细腿儿的，根本禁不起他折腾。如今好不容易让她胖了几斤，抱着软乎乎的，商迟喜欢得要命。

他千辛万苦让自家小宝贝养出来肉，哪儿许她说减就减？

“为什么不许减？我都胖得肉眼可见了，还不减肥？”白珊珊用力蹙眉，一张雪白的小脸皱成一个小包子，可怜巴巴的。紧接着，她又说，“不行不行，减肥计划必须安排上，肥胖使我丑陋。不减肥，你马上就要变心，移情别恋了。”

商迟眼底闪过一丝笑意，贴近她，高挺的鼻梁蹭了蹭她的小鼻头：“你怎么样都能迷死我。”

白珊珊愣住了。

情人眼里出西施，这位大佬的评价和意见是毫无参考价值的。现在，在他眼中她可是宇宙第一大美女，就算最后胖成一头猪，他也能面不改色心不跳地夸她是西施在世。

这是审美的扭曲，视力的消亡。

实在可怕。

白珊珊沉默片刻，决定无视大佬的这句话。她小拳头一握，眯眯眼睛，向商迟下定决心，给自己立下了一个减肥誓言：“婚礼就在一个月之后，最后这一个月里，我一定要疯狂增加运动量，让自己累并快乐，甩掉多长出来的肉，瘦成一道闪电，成为B市最漂亮的新娘！”

听完这话，商迟垂眸，面无表情地思考了会儿，点点头，不咸不淡地道：“知道了。”

疯狂增加运动量，让她累并快乐，很简单。

白珊珊茫然地眨了眨眼睛，狐疑地问：“你知道什么了？”她给自己定运动目标，他在这儿接什么话啊？

下一秒，大佬吻住她的唇，笑了一下，嗓音沙哑，似笑非笑地说：“夫人的心愿，我一定竭尽所能帮你完成。”

白珊珊一脸茫然。

大佬说到做到，当天就开始帮助她完成“疯狂增加运动量，让自己累并快乐”的心愿。

于是，在减肥誓言立下后的每个晚上，白珊珊都被自家大佬欺负得泪眼迷离、小脸通红。在经历了整整两个星期的压榨后，她终于忍不住，在他怀里哽咽道：“我错了……我不减肥了，我再也不减肥了……”

在婚礼的前一个星期，白珊珊生病了，一时间，急坏了商府的上上下下。

女佣吉娜守在床边，把冰镇毛巾敷在她额头上给她物理降温。吉娜有些疑惑，B市最近的天气非常好，正是人体感到最舒适的温度，自家夫人又没出门，怎么会感冒呢？

对此，白珊珊无言以对。

半个月前，设计师索菲娅专程带着团队来了一趟B市，亲自登门给她量婚纱的尺寸。

昨天晚上，对方就把制作完成的婚纱送到了B市。

她被这嫁衣的美丽外表深深折服，喜欢得不行，迫不及待地抱着婚纱就去试穿了。

她试完从衣帽间里出来，正好遇上刚刚开完会回到主卧的商迟。

看见她的刹那，商迟眼中明显闪过了一丝不一样的光，甚至有须臾的呆愣。然后，他的眼神忽地就深了。

沉浸在穿上漂亮婚纱的喜悦里的白珊珊丝毫没有察觉到她家大佬的异常。她提起婚纱裙摆，小兔子似的蹦蹦跳跳到他跟前，喜滋滋地转了一圈，一双大眼亮亮的，十分自恋地摸着自己的下巴："说，你的女王殿下美吗？"

商迟没有答话，只是一把揽过她的腰，低下头，狠狠吻住了她。

她差点儿就在床上"英勇就义"……

想到昨晚的情景，白珊珊抽了抽嘴角，动了动唇正要反驳些什么，商迟又柔又凉的唇突然就压了下来，夺去了她肺中的空气。

女佣吉娜促狭地笑着，吐吐舌头，非常识趣地退出了卧室。

白珊珊脑子本来就昏沉，现在被亲得更晕了。她的脸皱成了一个小包子，想起什么，她抬起双手胡乱地推了商迟几下，含混地道："病毒会传染。"

此时，商迟漆黑的眸柔而亮，他在她耳垂上轻轻咬了口："我不怕传染。"

白珊珊病得不大清醒，话脱口而出，语气非常认真："但是我怕啊，我才不想让你生病。"

商迟静默了一会儿，眼底瞬间亮起了一丝异样的光。大手撑在她脑袋两侧，他准备继续吻她。突然，一阵略带尴尬的咳嗽声从房门的方向传过来。

紧接着，嘭嘭两声敲门声，一道悦耳的女性嗓音响起："商先生。"

白珊珊闻声转头，门口不知何时多了一个女青年。她大约三十岁，一身干干净净的白大褂，容貌冷艳，拎着一个医药箱，看上去非常干练精明。

白珊珊脸上的温度霎时升得更高了，干咳一声，下意识地抬起双手把商迟推开。她拉高被子，把滚烫的脸蛋儿埋进被子里。

被上门的医生撞见这么一幕，好尴尬。

好在女医生并没有表现出过多的惊讶。她朝商迟露出了微笑，公事公办地说：“商先生你好，我叫许檬。贵府的家庭医生罗伯斯先生近期在英国进修，为期半个月。我是他的学生，这段时间将由我代替他上门问诊。”

商迟直起身，视线落在女医生身上，没什么语气地道：“罗伯斯跟我说过。进来吧。”

女医生进了屋，放下医药箱打开，从里头取出了一支电子温度计。

白珊珊听他们说起罗伯斯先生，脑海里不由得浮现出那位白胡子英籍老爷爷的样子，再看一眼这位漂亮的女医生，不由得眨眨眼，好奇地道：“是罗伯斯先生指派许医生来的吗？”

女医生笑着回答：“是商先生要我来的。”

白珊珊闻言，诧异地眨了眨眼睛，狐疑地扫一眼边上冷漠英俊的男人，问女医生：“你们之前认识？”

“不认识。”女医生道，“只是因为商先生指明要一个女性医生，而老师又只有我一个女学生，所以只能我来。”

只要女医生？

商迟连一个男医生的醋都要吃了吗？

就在白珊珊胡思乱想的时候，女医生用电子温度计贴了下白珊珊的耳朵，嘀一声响，温度计显示：38.5℃。

“在发烧，并且温度不低，”女医生看了一眼电子温度计上的数字，皱起眉，“需要尽快把体温降下去。之前吃过退烧药吗？”

白珊珊沉默片刻，有点儿心虚地小声道：“之前觉得不舒服，好像找了一些药来吃……我也不知道有没有退烧药。”

闻言，商迟脸色骤然沉下去。他接过温度计看了一眼。他的眉头皱着，手指惩罚性地捏她的小鼻尖儿，他低声道：“谁许你乱吃药的？”

白珊珊缩脖子，嘀咕：“大家都是这样的嘛……感冒了第一反应就是喝白开水，睡一觉再不好就自己找药吃啊。”

商迟微微眯眼：“你还有理了？”

“药不能乱吃，以后不舒服就尽快联系我们。”许医生边说边从医药箱里取出一瓶液体和输液用品，“夫人想输哪只手？”

白珊珊举起自己的两只手纠结了一下，最终伸出了左手，英勇地说：“扎左手吧，右手留给我玩游戏。”

话刚说完，她纤细雪白的手腕就被商迟握住了。

他坐在床边，垂眸，面无表情。他的一只手将姑娘的左手固定住，另一只手安慰似的握紧她的右手。

许医生做好了准备工作，举着针头看白珊珊，道：“请握拳。”

白珊珊看了一眼那银光闪闪的针头，抽了抽嘴角。是从小到大身体太好很少生病的缘故吗？她感觉自己有点儿晕针……

白珊珊心尖颤了颤，五指收拢用力，捏成一个白生生的小拳头。她别过头紧闭眼睛，一副英勇就义的悲壮表情。

商迟心疼，忍不住把小家伙搂进怀里，低头亲亲她紧皱的眉心，温柔地哄道：“乖，忍一忍。一下就好。”

看见这一幕，许檬眼底瞬间涌现出惊讶之色。

在来商府之前，罗伯斯先生叮嘱她，商氏CEO心狠手辣、冷酷无情，并且喜怒无常，是一个绝对不能得罪招惹的角色。罗伯斯让她谨言慎行，尽量少说话，做好自己的本职工作就行。

然而，此时的商迟抱着怀里的姑娘，就像在哄一个小孩子，眼底的柔情毫不掩饰，和传闻里的商氏CEO判若两人。

许医生心生狐疑，但面上依然镇定，自顾自地给白珊珊扎好输液的针头。

针扎进血管的刹那，白珊珊没忍住，疼得轻轻抖了一下。

商迟双臂收拢，把她抱得更紧，大掌一下一下抚着她的背，轻轻地吻着她的头顶。

过了一会儿，白珊珊缓过来点儿了。她长长地吐出一口气，扭过脑袋东张西望，寻找着什么：“我手机呢？”

商迟问：“找手机做什么？”

白珊珊以一种理所应当的语气说：“玩游戏呀。”输着液不能动，多无聊。

商迟也以一种理所应当的语气说：“不行。”

白珊珊不满：“为什么？”

“躺着看手机伤眼睛。”商迟抬起她的下巴亲亲她的唇，“闭上眼睛睡一会儿。”

白珊珊把一双小眉毛皱起来，撒娇：“不要，我现在睡不着。”然后，她眼珠一转思索着什么，忽然眸子一亮，道，“不然你给我讲故事？听故事最催眠啦。”

商迟静默片刻，指尖刮过她粉红色的脸颊，眼神深邃得似乎深不见底。他满是深情和宠溺地道：“你想听什么？”

白珊珊的脑袋贴在他颈窝里，她思索着：“我想一想哦。”

许医生悄无声息地退了出去。她反手正要关门，转过头，看见房门外站着一个身着深色旗袍的妇人。许医生之前见过这名妇人，知道她叫格罗丽，是商氏家族的大管家。

许医生嘴角勾起一个笑，正要礼貌地打声招呼，却忽地一愣。

管家安静地注视着主卧大床上的年轻男女，素来冷静的眼睛里竟闪着一丝泪光，似欣慰又似感慨。

许医生狐疑地关上门，试探着轻轻地问：“管家，有什么事吗？”

格罗丽摇头，自言自语：“爱是人类共同的信仰。”

许医生没听清楚：“您说什么？”

格罗丽笑：“没什么。”说完她便转过身走了，高挑的背影端庄而优雅。

爱是全人类共同的信仰，驱逐黑暗并带来光明，救赎一切，也赐予新生。

与此同时，巴黎郊外的一所国际顶级疗养院内。

夕阳的余晖将整座疗养院笼罩在一片柔和的金光中。晚饭后，不少老人都在护理人员的陪同下在花园内散步。

疗养院收费高昂，能入住这里的老人通常出身高贵，他们年轻的时候，要么是富商，要么是政要，还有的是老牌巨星。大家国籍各异，但都说说笑笑，以闲聊打发傍晚的时光。

今天负责巡房的值班医生叫柯丽娜，毕业于法国某知名医科大学，年少有为，性格和善。自她进入疗养院以来，无论是居住在这里的老人还是其他的护理人员，都非常喜欢她。

柯丽娜走进一间病房，一抬头发现病床上空空如也，被褥却铺得整整齐齐。

她皱了下眉，转头看向正好经过走廊的一名护士，狐疑地问："这间病房的老人呢？"

"您是说阿丽莎夫人吗？"小护士笑起来，道，"她去外面和其他老人聊天了。"

闻言，柯丽娜有些吃惊，目露诧异，道："阿丽莎夫人性格孤僻，自入住以来几乎从不与任何人交流，今天怎么会……？"

"我也觉得惊讶呢。"小护士说，"听说，她的儿子快要结婚了。今天早上的时候，有人给她送了一张照片过来，听说是她儿子和儿媳的婚纱照，阿丽莎夫人看见之后，高兴了好久……老实说，认识这位夫人也有好几年了，我从来没有见到她这么开心地笑过。"

柯丽娜点点头，和小护士闲聊两句便去了花园。

沿着小路前行数米，在断臂雕像喷水池的左侧，柯丽娜看见了坐在长椅上的中年妇人。妇人的实际年龄其实还不到五十岁，但整个人看上去比她的实际年龄大许多。

满头青丝几乎全白，随意地盘在脑后，她眼角和嘴角遍布着细细的皱纹，乍一瞧，就跟六七十岁的老人差不多。她穿着一身深色的连衣裙，安静地坐在长椅上，夕阳把她的影子拉得长长的。她看着天空，目光空洞又深远，落在未知的远方。

柯丽娜站了会儿，笑着上前打招呼，道："阿丽莎夫人，今天怎么想出来走走？"

不知是上了年纪还是其他什么原因，阿丽莎的反应早已不如年轻时那样敏捷。她顿了一下，转过头，这才朝漂亮的女医生说："今天是个好日子。"

柯丽娜在她旁边的位置坐下来，垂眸，这才注意到妇人手上拿着一张照片。这是一对年轻小夫妻的婚纱照，男人英俊高贵，女人笑靥如花，整幅画面都洋溢着幸福的感觉。

柯丽娜不由得道："听说您的儿子要结婚了，恭喜夫人。"

阿丽莎闻言，愣了片刻，点头："我也替他开心。"

柯丽娜问："您要去参加婚礼吗？"

阿丽莎沉默了几秒，缓缓摇头。

柯丽娜早就听闻这位夫人和自己的儿子关系不好，也不便再多问，只是转眸看了眼四周，随口道："今天天气确实不错，您出来走走也好，对您的身体有益。"

"是啊，今天是个好日子。"阿丽莎又重复了一遍这句话。

她遥望着东方的天空，眼眶湿润，遍布岁月痕迹的面容忽然绽开了一抹释然的笑。

我是个糟透了的、连上帝都不会原谅的母亲。

但，商迟，我的孩子——

妈妈由衷地祝福你和你的姑娘相亲相爱、永结同心。

番外二

婚礼

某天，白珊珊一大清早就被顾千与和涂岚从床上拎了起来。她睡得迷迷糊糊的，还处于眼睛都睁不开的状态，完全忘记了今天是什么日子，嘀咕了几句就皱着眉一头倒回床上，准备继续睡回笼觉。

见状，顾千与和涂岚对视一眼，不约而同地抽了抽嘴角。

B市某五星级酒店的套房霎时陷入了几秒钟的死寂。

须臾，顾千与和涂岚再次对视一眼，交换眼神，神色凝重，对着彼此点了点头。紧接着，顾千与扑到床上一把揪着白珊珊的睡衣领子把她拎了起来。

涂岚则面无表情地站在床畔，一手捏手机，一手捏手机扩音器，摁下音乐播放键。

响亮的《好运来》的声音霎时响彻整个房间。

“叠个千纸鹤，再系个红飘带，愿善良的人们天天好运来……”

白珊珊迷迷糊糊地扯过被子试图蒙住自己的脑袋。

“好运来，祝你好运来……”

白珊珊扯被子失败，索性直接用两只手捂住自己的耳朵。

顾千与彻底怒了，捏住白珊珊的肩膀猛摇，大吼："起来了、起来了、起来了！快醒醒！白珊珊，你是不是疯了！你是不是忘了你今天要结婚啊？？？"

正在睡梦中和周公下棋的白珊珊忽地一僵。

结婚？？？

短短0.3秒后，赖在梦云不肯走的姑娘终于后知后觉地反应过来，当即睁开眼睛环顾四周——布置得非常浪漫的五星级酒店套房。她再看一眼身旁的两位好友：顾千与和涂岚瞪着她，两人全是一身浅色礼服，妆容精致，标准的伴娘打扮。

白珊珊一拍脑门暗叫一声糟，如离弦之箭一般从床上弹了起来，冲进洗手间洗漱。

顾千与倚在门口打趣她："其他人当新娘子，要么是失眠一整晚，要么是天没亮就醒。你倒好，非但不定闹钟，手机还直接关机。要不是化妆师联系不上你给我打电话，你是不是打算在这个大喜之日放你家商大佬的鸽子？"

涂岚接话："就是。化妆师团队已经在酒店大厅等了你十五分钟了，白珊珊，你是不是缺心眼，当真一点儿都不紧张啊？"

浴室里水声哗啦啦。

白珊珊刷完牙，拧上水龙头，然后手忙脚乱地挤出洗面奶往自己脸上抹，含含混混地说："没有啊，我就是太紧张了才睡过头的。"

顾千与挑眉："哦？"

白珊珊头也不抬地说："昨天晚上我太紧张了，一直没睡着，所以就在玩游戏，想着打两局就睡。结果前面两局都遇到了坑队友的，我气不过，一打就打到凌晨三点多……然后不知道怎么就睡着了。手机关机应该是没电了。唉，手机电池真不禁用。"

两位好友都愣住了。

结婚前一天打游戏打到凌晨，第二天起晚了还怪人家手机电池，你咋这么厉害呢?

数分钟后，化妆师团队进了房间，开始给白珊珊梳妆打扮。

突然，白珊珊想起什么，一边仰着脖子任由化妆师给自己画眉毛，一边问顾千与：“前几天听说我哥去澳大利亚出差了，他今天能赶回来吗？”

顾千与笑了下，说：“放心吧。你结婚，他连夜都得赶回来。”她说着看了一眼表，“航班准点的话，他这会儿应该已经到机场了。”

话刚说完，顾千与的手机就响了起来。

白珊珊余光瞄了一眼，来电显示三个大字：白少爷。

白珊珊不由得抿唇偷笑了一下。

顾千与接起电话，简单应了几句，又叮嘱了一番“注意安全，路上小心”之类的话后便挂断。紧接着，她便笑着对白珊珊说：“你哥刚下飞机，在来这儿的路上了。”

白珊珊瞧她，故意促狭地眨眨眼睛，道：“这位顾小姐，请问你打算什么时候答应我哥当我的嫂子啊?”

顾千与一听这话，脸忽地泛红，清清嗓子，掩饰什么般瞪大了眼睛看她：“胡说什么呢?我和你哥这么多年朋友，我们是纯洁得不能再纯洁的革命友谊。”

“是吗？”白珊珊叹了一口气，“原来你一直把白继洲当朋友啊，那真是可惜了。”

顾千与微微蹙眉：“可惜什么？”

白珊珊瞥她一眼：“你是真傻还是假傻?我哥惦记了你这么多年，我都看出来他喜欢你了，你看不出来?白继洲是什么风流人物，能对你一往情深到这份儿上，你居然还不开窍。”

顾千与垂眸，沉吟片刻：“别开这种玩笑。”

白珊珊无所谓地耸肩：“你觉得是开玩笑，那就是开玩笑呗。”

顾千与沉默了好一会儿，苦笑了一下，低声说："珊珊，你不懂。白继洲和你的商迟不一样，他这种花花公子纨绔阔少，是沾不得的。"

白珊珊动了动唇正要说话，化妆师却扳住了她的下巴开始给她涂口红。她皱眉，僵着唇含含糊糊地说了句什么。

顾千与一个字都没听清楚，问："什么？"

白珊珊翻了个白眼，朝漂亮时髦的外籍化妆师抬手比了个"停"的手势，然后转过头，盯着顾千与，一字一顿认真地道："白继洲喜欢你的年头，不比商迟喜欢我的时间短。你说他是花花公子纨绔阔少，我不赞同。"

顾千与愣住了。

"别看他平时一副懒懒散散、不着调的样子，但事实上，他比谁都靠谱儿。"一袭洁白婚纱的准新娘坐在化妆镜前，跷起二郎腿，眉梢一扬，说不出地吊儿郎当又潇洒随意，"听过一句话吗？"

"什么？"

白珊珊说："一个人有多不正经，就有多深情。"

顾千与沉默了。

"你们之间的事我不清楚，但是作为一个过来人，我觉得有必要告诉你一件事。"妆化好了，白珊珊起身，提起长长的婚纱裙摆走到好友身旁，伸手拍了拍她的肩，道，"如果你喜欢一个人，就给自己和对方一个机会，人生就这么几十年，没有多的时间再给我们蹉跎了。"

顾千与和涂岚都安静地看着白珊珊，白珊珊也安静地看着镜子里的自己。

忽然，白珊珊的两位好友笑了。

顾千与笑道："珊珊，你是真的变了。"

白珊珊眼神里带上一丝困惑。

涂岚说："以前你从来不相信'爱'。"

过去的白珊珊不相信爱，对所谓的“爱情”更是嗤之以鼻。她的眼神是冷的、灰色的，她即使顶着那副天真无邪的笑脸，眼底也蒙着一层挥之不去的阴霾，非常厌世。

“是吗？”白珊珊对着镜子里的新娘轻轻地笑了一下，眼睛里闪动着对未来的憧憬，没有再说话。

多年前，她和商迟的缘分断了，他们的人生轨迹变成了两条平行线。

多年后，她和他终于修成正果。

她曾经不相信“爱”，如今却衷心祝愿世上每一个人都能得到爱，得到属于自己的救赎。

我们来人间一趟，其实都在等一束光。

她等到了。

她也希望其他人都能等到。

原本，考虑到自家老板孤僻冷漠的性子和拒人于千里之外的“高岭之花”气场，狐狸助理江旭在策划的婚礼流程中，直接略过了传统婚俗中“迎亲”这个十分接地气的环节。然而，策划书在交给夫人过目的时候，出了问题。

他们古灵精怪的夫人眉头一皱，说：“为什么没有迎亲？”

没等江旭解释，白珊珊又开口了，认真地问：“江助理，你不知道整场婚礼我最期待的环节就是迎亲吗？怎么可以没有？”说完，她大笔一挥，直接把这个环节写了上去。

江旭暗道：果然，“神经病”老板找的媳妇儿也不会是什么正常人。

江助理沉默片刻，看着这份被修改过的策划书纠结了整整一个钟头，然后就拿去找自家老板了。虽然“一米六大佬”的意见不可忽视，但天威不可犯，一切都还是要由真正的大佬最终定夺才行。

江旭把这份策划书递给了商大佬。

自幼在美国长大的大佬很显然不太了解祖国的传统婚俗，在看完这份策划书后，他随口问了句："迎亲是什么？"

江助理沉默片刻，委婉地跟自家老板解释了一番。

大佬又问："夫人加的？"

江助理谨慎地回答："是。"顿了下，他试探着问，"先生，需不需要把这个环节删除？"

"不用。"大佬轻轻把策划书合起来，随手丢回给他，"照夫人的意思办。"

江助理收起策划书，忽然又想起什么，恭恭敬敬地汇报道："先生，封总和封太太已于三天前回国。封先生说，他会携封太太准时出席婚礼，祝你和夫人百年好合。"

商迟闻言，微微挑眉："封霄？"

"是的。"江助理答道，又顿了下，说，"肖总那边应该也会带着肖太太一起来。"

商迟面无表情地静默几秒，道："知道了。"

早上八点整，浩浩荡荡的商氏迎亲车队准时停在了白珊珊所在的酒店大门口。周围还围了不少媒体工作者，一个个手持相机咔嚓咔嚓地拍摄。

须臾，主婚车的后座车门打开，商迟身着一身纯黑色的笔挺西服，沉稳冷硬、英俊逼人，单手拿捧花，径直进了酒店。几位助理和管家格罗丽、吉鲁则跟在后头。

走着走着，一脸淡漠的吉鲁忽然低声用英语道："格罗丽。"

格罗丽淡淡地应道："嗯？"

吉鲁大叔面无表情："虽然这么说好像很奇怪，但，我好紧张。"

格罗丽阿姨也面无表情："我也是。"

吉鲁问：“迎亲需要做些什么？”

“江助理会提示我们。”格罗丽镇定自若。

“OK！”

“嗯。”

与此同时，街对面的一辆黑色轿车内。

长着一张雪白小圆脸的姑娘趴在车窗上，大眼水汪汪，微微嘟嘴，眼巴巴地望着街对面的热闹场景，满脸羡慕。看了一会儿之后，她不由得长长地叹了口气。

然后，她就被身后的男人给抱了过去。

小姑娘抱住男人的脖子，一只手推了推他鼻梁上的金丝眼镜，说：“我们结婚的时候都没有这个环节呢，感觉好有趣。”

封霄抓住她的手轻轻一吻：“你喜欢，回去给你补上。”

“不用了不用了，我就随口一说。”田安安干笑着摆摆手，又看向窗外的迎亲车队，满脸期待地说，“没想到商总长得这么好看呀，那他的新娘子肯定也很漂亮！”

封霄脸色一沉，语气冷冷地喊她名字：“田安安。”

田安安意识到自己说错了话，当即换上副一本正经的表情，认真地道：“再好看，也没有你好看。我家泰迪世界第一帅，不接受反驳。”

驾驶座里的李昕听了抽了抽嘴角。

罗文压低声音，用只有他们两个能听见的音量道：“你知道商总发给先生的婚礼邀请函，写的什么吗？”

李昕道：“不知道。”

罗文说：“写的‘许久未见，不知健在否’。”

李昕愣了。

罗文啧了声，发出来自灵魂深处的疑问：“你说，先生和商总到底是朋友还是仇人啊？”

李昕没说话。

李昕心想：这俩都是心理阴暗的神经病，我怎么会知道？我只知道前方大佬见大佬，修罗场模式即将正式开启，非战斗人员务必尽快撤离。

酒店套房内，昊子和刘子也一副盛装打扮的模样。他们穿西装、梳油头，一看就是在家里对着镜子仔仔细细捯饬过的。

白珊珊身上穿的婚纱裙摆既蓬松又长，走路不太方便，顾千与和涂岚便一左一右上手帮忙，搀着她坐到了位于套房卧室正中央的圆形大床上。

“麻烦过来帮帮忙。”造型师助理上前几步，一边把白珊珊的婚纱裙摆呈圆形铺开，一边用英语对两个姑娘道，“先把裙摆铺开，再在上面撒上玫瑰花瓣。”

涂岚和顾千与连忙照做。

裙摆一铺，玫瑰花瓣一撒，妆容精致的白珊珊置身其中，就像《爱丽丝梦游仙境》里生活在花海中的精灵，清丽脱俗又娇媚得不可方物。

忙活完，一阵敲门声忽然响起。

屋子里的众人都是一愣。

白珊珊脸红红的，心跳急促，强压着内心的紧张不安，小声道：“这么快就来了吗？”

“不知道。”顾千与嘀咕，质问窗边的刘子和昊子，“不是让你俩盯着吗，迎亲的来了怎么也不说一声？”

“盯着啊，”昊子回话，伸长了脖子往外瞧，“还没到呢。不是。”

“那会是谁？”白珊珊自言自语，给涂岚递了个眼色，“去看看？”

涂岚点点头，起身到门前，凑近猫眼一瞧，顿时笑起来，说：“我说是谁呢，原来是咱们的大明星来了。”

说完，她开了门。

大家的目光都聚集过来，只见门口站了一个身材高挑的长发女孩儿。那姑娘穿着一身浅色连衣裙，戴着墨镜口罩，全副武装。门一开，她立刻拎着包兔子似的蹿了进来。

白珊珊眸子霎时一亮，惊喜地道："思涵？你怎么来了？你姐不是说你这段时间在法国拍戏吗？"

"珊珊姐你结婚，别说在法国，我就是在月球拍戏那也得赶回来啊。"女孩儿摘下墨镜和口罩，露出一张年轻美艳的面庞。她朝白珊珊露出了一个灿烂的笑容，大大方方，两手一拱，连声道："恭喜恭喜！"

看着年轻姑娘充满阳光的脸蛋儿，白珊珊也笑了起来。

一转眼，A城司马家的鸿门宴已经过去了数月。如今，司马集团已被商氏收购，司马邢也得到了法律的严惩。

令白珊珊感到无比欣慰的是，顾思涵在涂岚的帮助下走出了当初的痛苦，重新找回了自我，获得了新生。

一切都在往好的方向发展。

"你现在心里就只有你家珊珊姐，是吧？进了门也不知道招呼其他人。"顾千与伸手捏了下顾思涵的胳膊，笑着提醒。

"我这不是正准备喊人吗？"顾思涵调皮地吐吐舌头，依次乖乖地叫道，"涂岚姐、昊子哥、刘子哥。"

"哎哟，我家思涵妹妹都长这么大啦。"昊子故意揶揄道，"平时想见你一面，都只能看电视，这突然一个大活人出现在跟前，还有点儿不习惯呢。"

刘子也在边上附和："就是就是。大明星是不是不记得我们这些小老百姓了？"

顾思涵一下急了："最近实在太忙了，又要拍戏又要出通告，我都好些日子没回过家了呢……"说着她就拽住顾千与，连忙道，"姐，你帮我解释解释啊。"

白珊珊见状，噗的一声笑出来："昊子和刘子跟你开玩笑呢，别当真。”

一屋子多年好友嬉笑打闹，边聊边把白珊珊的银白色婚鞋藏了起来。刚藏完，守在窗户边上的昊子就叫嚷起来：“来了来了！迎亲的来了！”

白珊珊的心一下提到了嗓子眼儿，脸更红了。她想跳下床凑到窗边去瞧，又忍住了，转过脑袋看向一众小老弟，压低嗓子道：“我之前交代你们的事儿都记清楚了？”

小老弟们小鸡啄米般地点头：“嗯嗯。”

白珊珊正色道：“去吧。”

话音落下，几个小老弟各就各位。

大约五分钟后，又一阵敲门声响起来。嘭嘭嘭，节奏平缓。

扑通、扑通、扑通。白珊珊屏息凝神，感觉自己的心跳漏掉一拍。

顾千与这会儿也紧张得不行，但还是牢记着自家“一米六大佬”的叮嘱，强装镇定，清清嗓子，故作平静地问了声：“谁？”

“商迟。”隔着门板，一道低沉的嗓音响起来，听不出什么语气，淡淡的，不怒自威，“开门。”

一众小老弟暗想：这种不由自主就想把门打开，再扑通一声跪下，高呼一句“恭迎陛下”的感觉是怎么回事？

不愧是史诗级大佬中的大佬，这气场无人能比……一众小老弟不禁胡思乱想。

但他们毕竟都是跟着自家“一米六大佬”走南闯北的人物。这种关键时刻，以顾千与为代表的一众小老弟，对自家大佬忠心耿耿，是不可能掉链子的。

因此，在一秒钟的安静之后，顾千与清了清嗓子，非常平静地说：“商同学，这个门，不是这么容易就能开的。”

闻言，站在门外的迎亲大军顿时都是一愣。

吉鲁狐疑地看了一眼身旁的格罗丽，小声用英语道：“这是怎么回事？难道白小姐临时改变心意了？”

格罗丽淡然而高贵地瞥他一眼：“吉鲁管家，请你说话带脑子。”

吉鲁点头：“好的。”他说完就收回目光，继续和格罗丽一起站在自家先生左右。

相较两位管家的不解，商大佬就冷静多了。在听完顾千与的话后，他只是微微侧目，看了狐狸助理一眼。

江旭当即会意，于是上前几步，从背上背的大书包里抓出了一大把红包，然后弯腰，从门缝往内塞。

商氏一行人就这样面无表情地瞧着蹲在地上的狐狸助理，看他塞红包。

就这样看了足足半分钟之后，商迟问：“怎么了，江助理？”

江旭直起身，恭敬而淡定地回道：“先生，您包的红包太厚，门缝太窄，我塞不进去。”

屋子里的小老弟分队震惊了：红包厚到塞不进门缝，这是什么情况？？？大佬，您到底往里塞了多少张大钞……

白珊珊一个人在卧室里等得有些焦急，忍不住伸长了脖子问道：“怎么啦？”

涂岚淡淡地回：“没什么。你老公第一次结婚没经验，红包里钱塞得太多，从门缝塞不进来。”

白珊珊愣住了。

屋外。

商迟淡淡地说：“拆开，再塞。”

“是的，先生。”几位助理应声，齐齐上阵，把红包拆开，再重新塞。

于是，屋内的小老弟就看见从门缝不断塞进的红红的百元大钞，就跟下钞票雨似的……

大家顿时愣住了。

钞票雨下了差不多五分钟，小老弟们数钱数到手软。所谓吃人嘴软拿人手短，收了这么多红包，再拦门就有些说不过去了。

大家一合计，开了门。

商迟站在门口，西装笔挺，表情平静，手里拿着一束捧花，身后则是浩浩荡荡的“铁骑大军”。顾千与等人被这阵仗弄得一愣，连要在门口刁难这位大佬都忘了。

“多谢。”商迟礼貌而冷淡地说。说完，他就迈开长腿径直进了套房卧室。

一众小老弟就这样呆呆地目送大佬中的大佬进了他们“一米六大佬”的房间。

几秒钟后，几人回过神，一拍脑门连忙追上去。

此时，白珊珊已经紧张得心都快从嗓子眼儿里蹦出来了。听见开门声，她一下就抬起了头。沉稳有力的脚步声从套房门口渐渐接近，不徐不疾，沉稳从容。

白珊珊只觉那脚步像踩在她的心上，每走一步，每近一分，她的心跳便会错乱一分。

她忽然想起什么，连忙将头纱垂下来。

须臾，手持捧花的男人走进了卧室。

他第一眼便瞧见了坐在大床中央的白珊珊。姑娘穿着他为她选定的婚纱，置身于一片花海。微鬈的黑色长发轻轻挽在脑后，浅白色头纱的遮挡下，她娇艳的面容仿佛隔了一层迷蒙的雾，若隐若现，如梦似幻。

商迟的眼神霎时变深。

白珊珊心跳如擂鼓，两只手心全是汗，她不受控制地咬唇。她不停地告诉自己“冷静、冷静”，但是冷静不下来。

她整颗心都快炸开了。

商迟朝她走过去，在她略微惊诧的眼神中，掀起了她的头纱，低头俯身，贴近她。他的黑眸仿佛是化不开的浓墨，深不见底。

由于惊讶，她红唇微微张开动了动，想说什么，但对上他用情至深的目光，又什么都说不出来。

众人已经跟了进来。

顾千与几人原本还在回忆要提的问题、要刁难的内容，见到卧室里这一幕，不由得同时怔住。

整个空间顿时安静无声。

良久，商迟抬起姑娘的下巴，闭上眼，虔诚地在她眉心落下一个吻："知不知道我有多开心？"

白珊珊一时愣住了。

他轻声细语地道："我的白珊珊，终于成了我的新娘。"

商迟从不信奉所谓的神佛。

但在这一刻，他无比虔诚地感激诸神，把他的光还给了他。

白珊珊听完，不禁湿了眼眶，她抬手抱住他，把脸颊贴近他的颈窝。

看着安静相拥的两人，在场众人皆是感慨万千。

顾千与悄悄地抹去了眼角的泪珠，像想起什么似的压低声，问身旁的刘子："大哥之前交代我们刁难大佬，还刁难吗？"

刘子抹了把感动的泪，怅然地道："别了吧……有情人终成眷属，就别给他们使绊子了。"

一小时前，迎亲途中，车上。

江旭说："先生，据我所知，白小姐设计这个环节的目的是刁难你。具体项目涉及'背诵新时代好男人三从四德法则'，还有'当众表演三百六十度托马斯全旋'，以及类似以上两项的种种。"

车上众人一时错愕。

商迟道："哦。"

江旭面露不解，恭敬而谨慎地问："先生已经准备好了吗？"

商迟面无表情，静默片刻后，突然很冷静地说："我似乎记得，封霄结婚的时候，并没有背过三从四德，也没有表演托马斯全旋。"

江旭不解。

商迟继续冷静地说："陆简苍也没有。"

江旭还是不解。

商迟又说："肖驰、秦峥、厉腾，都没有。"

江旭好像有点儿明白了。

商迟视线移向他，淡淡地说："我也不。"

同样是娶老婆，我不要面子的？

上午十点左右，酒店大门口聚集的媒体越来越多，闪光灯闪耀如星海。在诸多镜头的捕捉下和无数记者的目光中，商氏集团CEO抱着身着洁白婚纱的新娘离开酒店，上了主婚车。

咔嚓咔嚓。

这一幕被无数相机记录下来——艳丽娇媚、娇羞含笑的新娘，怀抱新娘、面容冷峻、黑眸深处流露出浅浅笑意的男人。

多年之后，人们翻看当年这条占据了整个B市百分之八十新闻报道头版的消息时，才惊诧地发现，在其中一张远景照片中，酒店大门的喷水池旁，站着一个身着浅色旗袍的妇人和一个小男孩儿。

妇人素面朝天，五官姣好，依稀可见年轻时的风华，但又不敌在她面容上刻下道道皱纹的无情岁月。她目光平静而深远，安静地站在那对新人视线的盲区内，无声无息。

这对母子没有被人发现。

此刻，余莉目送着主婚车远去。直到迎亲车队完全消失于视野，酒店大门的各路媒体也都纷纷紧随着赶往婚礼场地商府时，她才收回视线。

小洋一脸天真无邪，扯扯余莉的手，仰起脖子看向她，道：“妈妈，姐姐今天好漂亮呀！”

余莉闻言，略带苦涩地弯了弯唇，眼神不明：“是啊。”

“她就像个仙女。”不足十岁的小男孩儿兴奋地拍拍小手，又很好奇地问，“姐姐今天要嫁人吗？”

余莉点头：“嗯。”

小洋笑：“难怪呢。”

余莉低头看了儿子一眼，轻轻地道：“什么难怪？”

“老师说，每个女孩子在成为新娘的那一天，都会漂亮得像个天使。因为那是她们人生中最幸福的时刻。”小洋认真地答道，“今天的姐姐比天使还好看呢！”

听完孩子的话，余莉微微顿了一下，然后蹲下身子抬手轻轻抚了抚小男孩儿粉嘟嘟的脸蛋儿，温柔地说：“老师说得不对。”

小洋不解地歪了歪小脑袋：“为什么？”

余莉侧目，眼神顺着浅金色的阳光落在遥远的、未知的远方，道：“今天不是她‘最幸福’的日子。因为嫁给爱情的姑娘，一定会一天比一天幸福。”

小男孩儿并不能理解妈妈的话，似懂非懂地歪了歪小脑袋，没答话。他只是顺着妈妈的视线看过去，奇怪地说：“妈妈，为什么我们要躲起来？我们不能去参加姐姐的婚礼吗？”

余莉没有说话，只是笑着捏了捏孩子的脸，牵起他，转身上了旁边的一辆银白色轿车。

车门关上。她抬眸看向头顶的太阳，被投射下来的阳光照得眯了眯眼。

B市长年日照充足，余莉却觉得，自己已经许多年没有见过这样灿烂的阳光。

她忽然无意识地笑了，眼底闪动着一丝光。

珊珊，你说得对，我是个自私至极的人，不配得到你和你父亲的原谅。

但，作为母亲，我衷心地祝愿你今后幸福。

亏欠你的，妈妈下辈子再补偿。

这时，驾驶座里的司机问道："夫人，回白宅吗？"

短短零点几秒，余莉眼底的泪光已消失得无影无踪。她垂眸，优雅地从手提包里拿出一支正红色唇膏，打开化妆镜，把唇膏仔细地涂抹在饱满的嘴唇上，然后戴上了墨镜。

再开口时，她已恢复成从容不迫、高贵优雅的样子。她淡淡地说："先送小少爷回家，然后去公司。今天有股东大会。"

白继洲要参加白珊珊的婚宴，白岩山不在国内，股东大会只能由她主持。这个千载难逢的机会，余莉自然不会放过。

司机恭恭敬敬地应声："是。"

迎亲车队从酒店驶离后便径直驶向位于云新区的商府。

车上，白珊珊又紧张又害羞，在商迟怀里不安地动了动，满脸羞红地小声说："你……你先把我放到座位上可以吗？"

从酒店房间到婚车，新娘不能下地。

虽然公主抱是婚俗，但……

这位大佬，请问你为什么上了婚车都还把我抱在腿上？要和我当连体婴吗？

商迟修长的双臂从姑娘细细的小腰上环过去，把她搂得紧紧的。听她说完，手上的力道不松反重，他低头，在她粉嫩的脸颊上轻轻咬了口："不放。"

白珊珊两颊的红云霎时更浓，伸手打了他一下，瞪大了眼睛斥道："我化了妆，满脸的粉，不许咬。你也不怕中毒。"

商迟亲亲她的唇，说："不怕。"

他中她的毒已十年有余，毒入骨髓，病入膏肓，早就无可救药。多这一点儿毒，算什么？

白珊珊淡淡地翻了个白眼，沉默片刻，决定不再和商大佬争论这个问题，乖乖由他抱着。她两手抱着捧花，忽然想起什么，眼珠一转，眨了眨大眼睛，抬头看向商迟，兴冲冲地道："之前听江助理说，你的几个朋友都会来参加婚礼？"

商迟把她雪白的小手攥在掌心里捏着玩，闻言面无表情地思考几秒，漫不经心地轻轻一挑眉："朋友？"

白珊珊一顿，谨慎地道："不算吗？"

商迟没有答话。成长环境和童年经历使然，他自幼寡欲，寻常人口中的亲情、爱情、友情，他一概没有感受过。

商迟信奉利益至上，生意场上云谲波诡、瞬息万变，没有永远的朋友，也没有永远的敌人。

商迟没什么朋友。

更准确的说法是，他不太清楚朋友的定义是什么。

商迟沉吟了数秒后，没什么语气地说："你是说封霄、陆简苍、肖驰，秦峥和厉腾？"

白珊珊不禁愣住了。原来商迟的朋友这么多，她还以为只有大名鼎鼎的封氏集团的封霄和拳坛神话肖驰呢……看不出来，商大佬交友很广泛。

白珊珊沉默了整整十秒钟，才挤出一个尴尬而不失礼貌的笑容："我只知道封总和肖驰……请问其他几位是……？"

商迟目光微微一冷："白珊珊。"

"哎呀，别这么小气呀。"白珊珊实在按捺不住好奇心。能被这位大佬纳入交际圈的人物，绝对不可能是平凡角色。她伸出两只小胳膊抱住他的脖子，凑过去嘟起嘴巴撒娇："跟我说说嘛。都是谁？长得帅吗？"

“我的公主殿下，”商迟抬起姑娘可爱的小下巴，微微眯眼，故意拖长尾音懒懒地喊了句，“你确定，要在今天和我讨论其他男人？”

白珊珊道：“我只是单纯地好奇。”

“单纯好奇也不行。”商迟捏住她的下巴轻轻一晃，淡淡地道，“你只能喜欢我，只能在意我，就连眼睛里都只能看到我一个。”

白珊珊抽了抽嘴角，然后微笑：“好的。”

有一个占有欲强到偏执的老公是个什么样的体验？你稍微打听一下他的朋友，他都会危机感爆棚，觉得你要跟人跑了。

举行婚礼的地方是商府花园里的一块大草坪。

现场贵宾云集，高朋满座。乐师们身着礼服，钢琴和小提琴的悠扬合奏声飘散在空气中。负责主持婚礼的神父站在礼台上，正在和提前到场的江助理最后一次核对一系列流程。

距离礼台最近的一排贵宾席上，田安安拿着一块小蛋糕吃着，转动小脖子东张西望，一双乌黑晶莹的眸子四处瞄着。忽然，她眼睛一亮发现了什么，于是兴奋地扯了扯身旁男人的袖子，惊喜地道：“啊啊啊！我看到眠眠和悠悠啦！”

封霄侧目，镜片后的眸子淡淡扫过自家夫人还沾着蛋糕屑的小白手，弯弯唇，满眼宠溺，伸手轻柔地拭去她嘴角的蛋糕渣，没有说话。

不多时，两对璧人落座。

几个姑娘多时不见，立刻叽叽喳喳地聊了起来，跟几只小喜鹊似的。

几个身着纯黑色笔挺西装的男人则都面无表情地坐在位置上，手臂搂着各自的媳妇儿。

片刻，肖驰没有语气地说：“商迟这个神经病居然会结婚。”

陆简苍漠然地道："接到请柬的时候，新郎的名字我看了整整三遍。"

封霄冷淡的目光依次扫过两人，不咸不淡地说："实不相瞒，当年接到你们请柬的时候，我也以为是名字写错了。"

他那眼神就像在说：都是神经病，大哥不要笑二哥。

肖驰和陆简苍同时瞥了封霄一眼，以眼神回：论神经和重口味，谁比得过你？

然后，三个男人就冷着脸不再说话了。

过了一会儿，林悠悠忽然注意到商府的女佣又领着两对俊男美女来到了贵宾席。她一愣，紧接着便抬起手兴奋地挥舞起来，高声道："念初！兮兮！这边、这边！"

于是，"畅聊小分队"和"冷场小分队"各自多出两名女选手和两名男选手。

八卦海洋，海纳百川，有了两位军官夫人的加入，姑娘们聊得更加热火朝天。

聊着聊着，坐在最外侧的董眠眠从侍者手里接过了几杯冰激凌，分给几个小伙伴。

阮念初正要伸手去接，却被身旁的男人给拦下了。

厉腾刚从军区开完会过来，军装笔挺，英俊逼人，带着点儿痞气。他握住阮念初的手轻轻一捏，低声道："忘了自个儿肚子里还有一位？不许吃冷食。"

这话音量不大，但清清楚楚地传进了在场每个人的耳朵。

田安安瞬间诧异地瞪大眼，惊喜地道："念初，你怀二胎啦？！"

阮念初的脸唰地通红。沉默片刻，她转头瞪厉腾："你需要这么高调地宣布吗？"

厉腾不说话。

几位大佬同时斜眼看他，厉大校面无表情。这副表情落在几位大佬眼中，就被解读出了“甭羡慕，我能力就是这么强”的味道。

现场有几秒钟的安静。

然后，秦峥伸手，把余兮兮手上的那杯冰激凌也拿走了，淡淡地说：“不许吃。”

余兮兮瞪眼，莫名其妙地问：“为什么？”

秦峥瞅她：“你忘了？咱妈让我们今年备孕生三胎。”

余兮兮一脸茫然。

见状，林悠悠以一种疑问的眼神看向自家大佬，小手捧着冰激凌不知道该不该吃。

肖驰宠溺地捏了捏她的脸蛋儿，淡淡地说：“想吃就吃，真正的实力不需要证明。”

陆简苍也拍拍董眠眠的脑袋，说：“吃吧。”

自家媳妇儿天生骨盆就窄，当初生龙凤胎的时候比其他人艰难许多，陆简苍差点儿没心疼死，根本舍不得她再怀孕。

田安安看向封霄，等待回复。

封霄低头吻了吻她的唇，轻轻地道：“怎么，老三刚出生七个月，你就想跟我生老四了？”

田安安一时无语。

这番对话在数分钟后一字不漏地传到了商迟耳里。

举行完仪式后，白珊珊在林悠悠的带领下，忙着结交新朋友去了。

看着自家姑娘娇艳的笑颜，商迟抿了一口红酒，悠闲地坐在椅子上，淡淡地说：“听说你在准备生四胎？”

封大佬神情淡淡的：“所以？”

商大佬神情也淡淡的：“封总肾不错啊。”

封霄微微一笑：“商总过奖。”

当晚，白珊珊小姐在天刚黑时就被自家大佬给拎到了床上。

她羞得耳朵都红透了，愤愤地道："我还想跟小伙伴们玩游戏呢！这位大哥，你能不能不要这么迫不及待？"

你是受了什么刺激？嗯？！

商迟轻轻一口咬在她娇红的小耳朵上，哑声道："要努力。"

白珊珊茫然："努力什么？"

"三年抱俩。"

七夕前一周，白珊珊的闺密群就闹腾开了。姑娘们兴致高涨，纷纷互相"安利种草"，讨论起今年七夕准备向自家大佬讨要什么礼物。

余兮兮："所以，你们准备要啥？"

林悠悠："我已经收到礼物啦！肖驰送了我一个最新款兔兔包！"

紧随其后的是一张图片。

其余人："哇，好漂亮喔！超级适合你耶！"

林悠悠："嘻嘻！"

余兮兮："这么说来，我也想要包包了……有一款包超好看的。"

田安安："可以呀！你去向你家秦首长疯狂暗示！我就不要包包了……这几年泰迪送我的包包已经堆成山了，我的包柜间都塞满了呢。"

其余人："封大佬果然财大气粗！"

阮念初："刚吃完我老公做的糖醋鱼，好撑……"

董眠眠："念念来啦！你家厉腾送你礼物了吗？"

阮念初："送啦！是口红礼盒加香水加一条小裙子！都是老夫老妻了，七夕那天他再帮我下厨，做顿饭就差不多啦！我们很随意的。”

众人内心感叹：这么多礼物还加亲自下厨，随意？首长夫人您认真的吗？

许思意：“顾江让我自己选礼物，七夕那天再带我去买，我都还没想好要什么呢……”

阮念初：“哎，珊珊呢，怎么一直没说话？”

群里的人继续叽叽喳喳，手机提示音响个不停。

商府主卧。

穿着一身卡通猫咪睡衣的白珊珊敷着面膜懒洋洋地躺在床上，一边吃零食，一边玩游戏，偶尔切到微信界面看同志们的聊天内容。看见小姐妹提到了自己，她眨了眨露在面膜外的一双大眼睛，想了想，敲字回复。

白珊珊是小超人：“叽。”

白珊珊是群里唯一刚结婚的人，因此，对于商夫人婚后的首个七夕将如何度过，大家都充满了好奇。

一见白珊珊露面，姑娘们便七嘴八舌地问了起来，群里消息瞬间多了。

白珊珊滑着屏幕看着大家发的内容，想了想，打字回复。她正打着字，就听见浴室那边哗啦啦的水声停了。

门开，一阵沉稳有力的脚步声从浴室传来。

白珊珊正专注于和大家聊天，压根儿没抬眼。忽然，她眼前有什么闪过去，手上一轻，她的小手机就被人抽走了。

白珊珊诧异地抬眸，然后皱起一双眉毛，腮帮子鼓鼓的：“干吗？我在跟安安她们聊天呢。手机还我。”

商迟刚洗完澡，赤着上身站在床边，黑发湿湿的，瞳色漆黑，冷漠俊美。他垂眸，面无表情地快速浏览微信群的聊天内容，然后锁屏把手机随手扔到一边，弯腰把床上的小家伙捞到怀里抱紧。

他低头亲亲她的耳朵，轻轻地道："七夕？"

白珊珊脸一热，强迫自己无视眼前的"蓝颜祸水"。她把脑袋转向别的方向，清了清嗓子故作淡定地说："下周就是七夕了，商同学不准备给你家女王大人表示表示吗？"

商迟把她娇小的身子放在腿上，双臂环住她的腰，打量她几秒后，食指点了点她敷着面膜的小脸蛋儿。他淡淡地问："这个还要敷多久？"

这东西真碍事，他都亲不到他家宝贝的脸了。

白珊珊估摸了一下，说："应该差不多了。"

商迟摘了她的面膜扔进垃圾桶，再一瞧，姑娘一张小脸水嫩雪白，跟刚剥出来的水煮蛋似的。他眼底满是柔光，抬手替她轻轻地按摩脸蛋儿和额头，动作自然又熟练，嗓音温柔："夫人想要什么礼物？"

白珊珊坐在商迟怀里乖乖地让他帮自己按脸，大眼睛眨巴两下，道："我还没想好……"顿了下，她忽然问，"你呢？"

商迟闻言顿了一下，手指挑起她的下巴："什么？"

白珊珊握住他的大手，盯着他，眼儿亮晶晶的，一字一顿认真地道："七夕呀，你想要什么礼物？我送给你呀！"

礼尚往来，她堂堂"一米六大佬"，才不会占他便宜。

商迟静默几秒，忽然浅浅地弯了弯唇。

白珊珊道："笑什么？说呀，有什么心愿？"小手拍拍胸脯，她豪气冲天，"只要我送得起，绝对满足你！"

商迟低头吻住她，闭上眼："珊珊。"

白珊珊疑惑地应："嗯？"

他嗓音低得发哑，性感得要命："送我一窝孩子。"

白珊珊："……"